「無知蒙昧にして、天馬不滅の風来坊！

不束者ですが、どうぞよろしくよしなに！」

「今さらすぎる自己紹介だったのよ」

「

知ってる、わよね？」

「あれー!?」

「――」
正直なところ、スバルは
容疑者の見当がつかない。だが、塔で
一緒に行動していた誰かなのは間違いない。

明確な誰かの殺意に、ナツキ・スバルは殺されたのだ。
誰が味方で敵なのか、スバルには判別が不可能だった。

「……ユリウスに、頼まれて」
「彼は五層の様子を見にいったはずだ。……いや、それより頼まれたとは？　彼は今は……」
「──あ」

少女から目を逸らし、
言葉に詰まるスバルは
苛立つエキドナの向こうを見る。
その現実逃避の視線が、
それを捉えた。
――通路の先に浮かぶ、赤い光点だ。

「は」

――刹那、想像を絶するほど
巨大なサソリの尾針が、
光となって通路を蹂躙した。

Re: Life in a different world from zero

The only ability I got in a different world "Returns by Death"
I die again and again to save her.

CONTENTS

Re：ゼロから始める異世界生活23

長月達平

MF文庫J

口絵・本文イラスト●大塚真一郎

第一章『コンビニを出ると、そこは不思議の世界でした』

1

菜月昴は太陽系第三惑星地球で生を受けた、極々平凡な中流家庭出身の日本男児である。

彼のおおよそ十七年の人生を簡略的に語るのであれば前文だけで十分であり、いくらか補足するのであれば『公立高校三年生にして不登校君』といったところだ。

進学と就職。人生の岐路に立たされたとき、人は決断を迫られる。誰しもに訪れるそれを人生を呼ぶのだが、彼は少しばかり人より嫌なことから逃げるのが得意だった。結果、ずるずると自主休校が増えていき、気付けば立派に親を泣かせる不登校児となり、

「挙句の果てに異世界召喚されて高校中退確てふべ」

「スバル？」

うんうんと唸りながら、現状整理に勤しむスバルの顔が白い両手にガッと掴まれる。見れば、それをしたのは目の前にいる銀髪の美少女だ。

――正直なところ、どえらい美少女だった。

月光のように煌めく長い銀髪、宝石を嵌め込んだ紫紺の瞳。長い睫毛を震わせる彼女の

顔立ちは、世界中の芸術家が筆を折るような常軌を逸した美の顕現だった。

そして、そんな美貌の少女があろうことか、息がかかるほどの至近距離でスバルの顔を掴み、「んー？」と覗き込んできているわけで。超いい匂いがする。

「スバル？」

「は、はひ、ナツキ・スバルです」

今一度、銀鈴の声音に呼ばれて、スバルは引きつった笑顔で答えた。

顔も、声も震えていたかもしれない。あと、笑顔もキモかったかもしれない。だが、眼前の美少女はそんなスバルの不安を余所に、「ん」と小さく喉を鳴らすと、

「スバル……よね。ごめんね。なんだか、ちょっと変な風に見えたから」

「へ、変ってのは、あれかな？　目つきとか、そういう意味だったり？」

「ううん、違うの。目つきはいつも通りすごーく悪いけど、頭打ってないかなって」

「目つきはいつも通りすごーく悪い!?」

軽いジョークで和ませようとしたら、思わぬコメントで殴られた。そのことに驚くスバルに、美少女は「ごめんね」と舌を出す。可愛い。なんだ、この子は。

ものすごい好意的な美少女だ。その、『いつも通り』発言は少し気になったが——、

「——エミリア、まだ無事と決めるには早いのよ。やっぱり、どこか変な感じかしら」

「——？　でも、スバルの目つきはいつも通りだと思うけど」

「スバルの目つきの極悪さはこの際、どうでもいいのよ。そこじゃないかしら」

「極悪は言いすぎだろ！　ちょっと可愛いからって、お前ら……いや、君たち……」

銀髪の美少女と、彼女に声をかけた相手——豪奢なドレス姿と、漫画でお馴染みの縦ロールが特徴的な、妖精みたいに可愛らしい幼女にスバルは声を荒げかける。

が、持ち前の図太さも、初対面の美少女と美幼女の前には尻すぼみになった。

「ああ、クソ、なんなんだ、この状況は……」

これがスバルの想像通りの状況なら、二人の美少女はかなり重要なキーパーソンだ。第一村人どころか、それ以上のポジション——おそらく、美少女がヒロイン候補で、美幼女の方がシナリオ進行に役立つマスコット的な立ち位置だろう。

「おほん」

そこまで考えたところで、スバルは身嗜みを整え、第一印象を優先すると決めた。

咳払いを入れ、二人に向き直ったスバルは一歩後ろに下がり、

「——改めまして自己紹介をば。俺の名前はナツキ・スバル！」

ビシッと指を天井に突き付け、反対の手を腰に当てながらポージング。

「無知蒙昧にして、天馬不滅の風来坊！　不束者ですが、どうぞよろしくよしなに！」

「——————」

名乗りの口上を高らかに述べると、それを聞いた二人が呆気に取られる。それから彼女たちは、たっぷり十数秒沈黙してから顔を見合わせ、

「ええっと……別に知ってる、わよね？」

「今さらすぎる自己紹介だったのよ」

「あれー!?」

そう、気合いを入れた自己紹介も肩透かしに、そんな感想をこぼしたのだった。

2

──事の重大さが本格的に明らかになったのは、その少しあとのことだ。

わりと会心の自己紹介のウケが悪く、首をひねる羽目になったスバル。そんなスバルに美少女と美幼女が告げたのは、衝撃的な物語だった。

「つまり、俺と君たちとは一年以上の付き合い……?」

「……本当に、何も覚えてないの？　この塔のことも、プリステラであったことも……ううん、それどころか、ラムたちも、ベアトリスも。……私の、ことも？」

「えーと、その、はい。そのようです……」

その場に正座し、小さくなるスバルに美少女が目を見張る。その瞳は激しいショックに揺れ動いており、スバルは強烈な罪悪感を味わった。

「記憶が、ない……？　まさか、そんなことあるはず……」

そして、スバルの言葉に、あるいは美少女以上に動揺している美幼女がいた。

蔦(つた)で編まれたベッドに腰掛けるスバル。その隣に座った美幼女の手が、そっとこちらの袖を摘んでいる。細い指先が震えているのを見て、やはりスバルの胸が痛んだ。

「――――」

ただ、混乱する二人を気遣ってやれないぐらい、スバルもいっぱいいっぱいだった。

――当初、スバルは自分が『普通の異世界召喚』をされたのだと思っていた。

漫画やアニメでお馴染みの異世界召喚。実際、スバルの想像はそう外れてはいない。ここは、スバルが十七年間過ごした世界ではない。

それは奇抜な衣装と、人外めいた美貌を持つ二人の少女の存在からも明らかだ。それでも証拠が足りないなら、弁護側は馬ほどもある黒いトカゲを提出する。

――故に、ここは常識の異なる世界、すなわち異世界。

ただし、その事実を認識したところで、前述の二人と大きなすれ違いが発覚した。

「二人とはすでに出会ってるってのに、俺だけがそれを忘れてる……ってか」

『普通の異世界召喚』と大きく条件を違える問題、その浮上にスバルは頭を悩ませる。

正直、寝耳に水だ。スバルの意識は、夜のコンビニを出た直後からシームレスに異世界召喚直後へ繋がっている。その間を埋める出来事なんて、全く記憶にない。

しかし、目の前の二人が嘘をついているとも、その理由があるとも考えにくかった。そもそも、美少女と自分なら美少女の意見を信じるべきだろう。

「ってのは冗談だが……この腕とか、確かにコンビニ出た直後の体じゃねぇんだよなぁ」

そうぼやきながら、スバルは自分の右腕の袖をまくり、拳を開閉する。

心なしか、ややたくましさを増した腕。掌には覚えのないマメ。そして――、

「グロいな……」

肘から手の甲にかけて、黒い血管のような斑の紋様が浮かび上がっている。タトゥーと誤魔化すのも不可能なそれは、生物的なグロテスクさを持った状態異常だ。

それ以外にも、体のあちこちに白い傷跡。幸いというべきか、スバルはそれほど自分の体の傷に頓着しない。親からもらった体を傷付ける罪悪感はあるが、親への罪悪感など積もりに積もって今さらだった。――ただ、明らかにエピソードが足りない。

それだけに、美少女たちの説明の信憑性は高いと、そう理性は判断していた。

「じゃあ、俺はコンビニで異世界召喚されて、美少女たちと仲良くして、記憶喪失？」

慌ただしく、忙しすぎる。と、そんなキャパシティオーバーな事態を呑み込みつつ、消化に勤しんでいたところでスバルは少女たちの表情に気付いた。

その、スバル以上に沈んでいる少女たちの表情が、スバルの心に火を付ける。

「あー、あれだ！　へっこむ気持ちはわかるけど、ここは気を取り直していこうぜ！」

「――――」

「俺の知る限り、こういう一時的な健忘症ってのはぽんと何かの拍子に戻ったりするもんだ。映画なら二時間以内にケリがついて丸っと元通り！　大げさに心配しなくてＯＫ！」

「ごめん、ちょっと何言ってるのかわかんない」

「あれれ、そう……？」

早口で励まそうとしたスバルに、美少女からご無体なお返事。しかし、肩を落とすスバルの前で、すぐに美少女は「でも」と言葉を継いだ。

「スバルは、やっぱりスバルだから……ん、それは安心した」

「え。そ、そう？　そう言ってくれると、俺も少しは気が楽に……て、ちょっと!?」

ふやけた顔のスバルの前で、美少女が「えいっ！」と勢いよく自分の頬を叩いた。両手で挟むような一発、それで美少女は頬を真っ赤に染めながら、

「よしっ、元気を入れたわ。あんなんじゃダメよね。スバルの方がずっと困ってるはずなのに、いつまでも私が困った顔してちゃ」

「可愛い顔に似合わず、めちゃくちゃ勇ましいなこの子……」

「ほら、ベアトリスも！」

赤い顔のまま、威勢のいい美少女にスバルは驚く。そのまま、美少女はスバルの隣で固まる美幼女にも声をかけた。

「驚いちゃったのも、悲しい気持ちもわかるけど……今、一番辛いのが誰なのか考えなくっちゃ。私たちが何とかしてあげなきゃダメでしょ？」

「べ、ベティーは……」

美少女の剣幕に圧され、美幼女は言葉に詰まった。その幼い戸惑いを、美少女はじっと見守っている。その瞳には、確かな信頼があった。

スバルの知らない、美少女と美幼女との間に結ばれた信頼、それが。

「スバルは……今、困ってるかしら」

「……あー、正直、そうだな。うん、助けてほしいと思ってる。お手上げだ」

情けないとは思いつつ、スバルは素直な心情を美幼女に打ち明けた。それを聞いた美幼女の瞳、奇妙な紋様の浮いた青い瞳が見開かれる。

それが、スバルにはまるで蝶の羽ばたきの瞬間にも見えて――。

「――――」

「――ああ、もう、まったく！　スバルは本当に手のかかる契約者なのよ！」

直後、蝶の羽ばたきが竜巻を起こしたみたいに、美幼女の態度が大きく変わった。短い腕を組み、美幼女は丸い頰を膨らませ、ぷんすかと声を大きくする。

「いつもいっつも、面倒事ばっかりでベティーはいい迷惑かしら！　こんなことはこれっきりにしてくれないと、いい加減にベティーも愛想を尽かすのよ！」

「お、おお……えと、それは、つまり？」

「素直に助けてって言えたから、今回だけ目をつぶってあげるかしら。――どうせ、スバルはベティーがいなくちゃ、寂しくて生きていけない弱虫なのよ」

「そこまで言う⁉」

すごい勢いで調子が上向いた美幼女の態度に度肝を抜かれる。一緒にいないと寂しくて生きていけないとは、またずいぶんと大げさなことを言われたものだ。

ただ、沈んだ顔が明るくなったことにはホッとした。色々と、『契約者』とか聞き捨てならない発言があったことへの突っ込みは、ひとまず堪えて。

「――――」

正直、スバルはまだ、この状況を丸っと呑み込めたとは言い難い。
混乱は収まらず、現実とは向き合い切れず、説明を事実と鵜呑みにするのも困難だ。
だがそれでも、目の前の二人の親愛は、嘘ではないと思いたいから。

「俺の名前はナツキ・スバル。右も左もわからねぇが、たぶん君たちのお友達。図々しいとは承知の上で、一つ君たちに頼みがある」

改めて立ち上がり、スバルは天井に指を突き付けて名乗った。
それから最後に二人に手を差し伸べ、ウィンクする。

「――君たちの名前を、教えてほしい」

「――――」

その言葉に、何故か美少女は喉を詰まらせ、美幼女が目を瞬かせる。
しかし、それも一瞬のことだ。
二人は一度間を置くと、ゆっくりとそれぞれの笑みを浮かべて、

「私の名前はエミリア、ただのエミリアよ。またよろしくね、スバル」

「ベティーは大精霊ベアトリス、スバルはベティーの契約者なのよ」

と、そんな風に名前を教えてくれたのだった。

3

さて、そんなこんなでひとまず、エミリアとベアトリスとの二度目の初対面という稀有なイベントをこなしたスバルだったが――、

「――これは、何の悪ふざけなの、バルス」

と、朝食の席という名の事情説明の場で、針の筵のような気分を味わっていた。

場に同席してくれているのは、当然ながらエミリアとベアトリスの二人。そしてそれ以外の五人の男女――男が一人と女が四人で、男女比の偏った面子がいる。

事前にエミリアから聞いた話だと、彼女らはスバルと同行し、この塔――中にいるのでその実感もないが、この塔を攻略するために協力し合う仲間たちなんだそうだ。

色々とバラエティに富んだメンバーだが、一つ言えることは全員が美形。スバルが一人で容姿の平均値を下げていて、申し訳ない気分だった。

そして、申し訳ないのは容姿のことだけではない。記憶のこともそうだ。

エミリアとベアトリスの説明――話し上手ではないエミリアを、ベアトリスが補足しながら話されたスバルの記憶問題。それに関する反応はまちまちだ。

その中で、最初に動いたのが桃髪の少女――ラムと、説明を受けた彼女だった。

「聞いているの、バルス」

「ああ、聞いてるよ。疑って当然だけど、マジな話なんだ。それと、俺の名前が目潰しの

呪文になってんぞ。……お前が、あのベッドに寝てた子のお姉ちゃんか」

「――――」

その答えを聞いて、ラムの瞳がすっと細められる。

話題にしたのは、スバルが目覚めた緑色の部屋――『緑部屋』と呼ばれるそのまんまなネーミングの部屋で、黒いトカゲと一緒に療養していた少女のことだ。

明るい青髪に、ラムとそっくりな顔立ち。――眠り続ける彼女を目覚めさせることが、スバルたちがこの塔を攻略している目的の一つらしい。

「妹を起こしてやりたいタイミングで、俺がこんなんなって悪い。けど、俺も正直いっぱいいっぱいなんでな。文句は、記憶が戻ったあとの俺に頼む」

「……その物言いで、記憶がないなんて説得力があると思う？　普段と全く同じよ」

「俺の変わらない良さが伝わっててくれて嬉しいよ。……まぁ、人の性根は簡単には変わらないってとこで、新しい俺とも前とおんなじ感じで仲良くしてくれ」

その受け答えで、ますますラムが疑惑の眼差しをスバルに向けてくる。

彼女の気持ちもわかるが、スバルもあえて違う自分を演じることはできない。記憶を失う前のスバルと区別がつかないなら、それはそれで悪い話ではないだろう。

「お互い、余計な気遣いはなしってことで……うお!?」

「お師様～？」

と、ラムと話したところで、スバルは耳に息を吹きかけられてひっくり返る。見れば、

それをしたのは黒いビキニにホットパンツの美女──、

「シャウラッス！　お師様最愛の教え子にして、このプレアデス監視塔の星番ッス！」

「ほ、星番……？　それに、お師様って俺のことか？」

「はいッス！」

美女──シャウラが、太陽に匹敵するぐらい明るい笑顔で自己紹介してくれる。その屈託のない笑顔は、彼女の外見から受ける印象をあっさりと打ち砕いた。

露出の多い格好から大人びた美女かと思いきや、あけすけな態度はまるで子どもだ。あるいは構ってもらえて嬉しくて仕方ない子犬、みたいに見える。

「しっかし、懲りないッスね、お師様。そうやって何回あーしのこと忘れるッスか？」

「待て待て待て！　なに、俺そんなポンポン記憶抜けてんの？　異世界召喚の弊害？」

あっけらかんとしたシャウラの衝撃発言にスバルは仰天する。

記憶喪失の事実は何とか呑み込めても、頻発しているならそれはまた別の大問題だ。この世界特有の風土病なり、異世界召喚に不備があったと疑うべきだろう。

「そんなの生きにくいどころの話じゃねぇよ。俺、これで記憶なくすの何回目？」

「お、落ち着くかしら、スバル。シャウラ、お前、ややこしいこと言うんじゃないのよ」

「べー。別にあーし、お師様を困らせようなんてしてないッスもん。あ、でも、それでお師様があーしのことで頭が一杯になったら嬉しいッス。魔性の女ッス！」

スバルの左手を取り、安心させようとしてくれるベアトリス。一方、そんなベアトリスに舌を出し、シャウラはまともに取り合うつもりがない。それも、どうやらスバルへの好感度の高さが原因のようなので、彼女の態度は悪い気はしないのだが——、

「……それは、記憶がなくなる前の俺が稼いだ好感度だからなぁ」

シャウラが『お師様』と慕うのも、エミリアやベアトリスが親しげに名前を呼んでいるのも、どちらも自分ではないのだ。かなり、ややこしい自己認識である。

「本当、お兄さんってば、すごおく困ったさんよねえ」

「——。と、そんな俺を甘ったるく見つめるお前は？　今、みんなへの初期好感度を設定してる最中でな。今のうちに仲良くしとくと、前より距離が縮まるかもだぞ？」

「ぷっ……仲良くだってえ」

パタパタと足をバタつかせ、スバルの答えに楽しそうに笑っている少女。

ベアトリスと同年代で、濃い青の髪を三つ編みにした牧歌的なスタイルながら、その可愛らしい顔立ちの中で丸い瞳が悪戯に輝くのが印象的な少女だった。

「メィリィよお、お兄さん。思い出と一緒に、得意なお裁縫のやり方まで忘れちゃってなければ、またぬいぐるみを作ってくれたら嬉しいわあ」

「へえ、俺の特技を知ってるとは相当の仲良しと見た。ベアトリスと同じ妹枠かな？」

「あの娘は、スバルとベティーを殺しにきた殺し屋かしら」

「どういう冗談!?」

なかなかヘビーな冗談だったが、何故か誰もそれを否定してくれない。悪者にされたメ

イリィさえも、薄く微笑んでひらひら手を振るだけだった。

「で、ラムにシャウラ、メィリィと自己紹介のターンが続いてるが……」

メィリィの真実はいったん棚上げにして、スバルは視線を残りの二人へ向ける。狐の襟巻きをした美人と、これまた秀麗な顔立ちをした美青年の二人だ。

まだスバルの記憶喪失にコメントしていない二人だが、スバルとしては唯一の同性である青年の反応に期待したいところだ。正直、女性だらけで肩身が狭い。

ただ、そんなスバルの期待に対して——、

「——」

口元に手を当て、押し黙る青年の様子は鬼気迫るものがあった。読んだ空気をあえて壊すことに定評のあるスバルさえ、迂闊に声をかけるのを躊躇うほど。

あるいはこの中で、一番衝撃を受けているのが彼なのではと思わせるほどに。

「……少し、彼に落ち着く時間を与えたい。構わないかな？」

その青年に代わり、厚着した襟巻きの美少女がそう言った。女の子らしい外見に反し、どこか男っぽい口調——いわゆる、ボクっ子っぽい雰囲気の発言だ。

「そう、だな。いきなりな話で、ビックリさせちまったし……」

「ボクの見立てだと、そればかりでもないんだが……」

「あ、やっぱりボクっ子なのか」

「——。今はアナスタシア、と名乗っておこうか。君の衝撃的な告白がなければ、本当はボクから驚きの告白をするつもりだったんだけどね」

襟巻きを撫でながら美少女――アナスタシアが薄く微笑む。彼女がするはずだった告白の内容も気になるが、今のスバルが聞いても驚けるかは怪しい。

ともかく、アナスタシアの提案を受け入れ、青年に時間を与えようとなると、

「それなら、朝食の準備を済ませましょう。エミリア様、水汲みにバルスを借りても？」

「え、でも、スバルはまだ記憶もあやふやだし、休ませてあげた方が……」

「休んで記憶が戻るとでも？　それに記憶がどうあれ、バルスの立場はロズワール様の使用人……ちょっとの物忘れでサボれるなんて思われてはたまりません」

「辛辣な意見だな、ラムちゃん……ラムさん？」

「……ラムよ。生意気に、そう呼び捨てていたわ」

立ち上がり、膝を払っていたラムがスバルの言葉に視線を鋭くする。

実際、ラムの提案は渡りに船だった。スバルも過度に気遣われるのは居心地が悪い。それに青年の動揺を思うと、スバルはこの場にいない方がいい気がした。

「じゃあ、私も一緒に……」

「エミリア様、水汲みくらいで甘やかしてはためになりません」

「でも……」

「まあまあ、ラムの言葉にも一理あるよ。記憶はともかく、体は元気だし、どうも俺は使用人か雑用係ってポジションぽいし、水汲みぐらいやってのけるさ」

「……スバルは使用人じゃなくて、私の」

辛辣なラムに食い下がろうとしたエミリアが、スバルのとりなしに目を伏せる。

「私の、なに？　も、もしかして、あの、その、こ、恋人的な……」

「ううん、全然そんなじゃないけど」

「全然そんなじゃないんだ！　まぁ、そうだよね……」

期待を込め、鼻息荒く聞いてみたが、エミリアにすげなく撃墜された。

実際、エミリアの外見はスバルの好み一直線なのだが、高嶺の花すぎて手が届くとも思えない。記憶の有無に拘らず、相手にもされていないだろう。

「とにかく、俺はいいからあっちをお願い。君と、ベティーが頼りだ」

「……うん、そうよね。わかった。何とか話してみる」

声を潜めて青年のことを任せると、エミリアは静かに頷いた。それからふと、スバルは自分と手を繋いだベアトリスの難しい顔に気付く。

彼女はスバルの視線に、「ベティー」と小さく呟くと、

「スバル、その呼び方はやめてほしいのよ」

「──？　そうか？　じゃあ、ベアトリス？」

「……ひとまず、それでいいかしら。スバルの頼みは引き受けたのよ」

そうしてベアトリスと手が離れ、代わりにエミリアから空っぽのバケツを手渡される。

「じゃ、ちょっといってくるから、エミリアちゃんも頼んだ」

「――。うん」

一瞬、エミリアの返事に躊躇いがあった気がしたが、その理由は聞けなかった。

彼女らを部屋に残し、スバルはラムと一緒に廊下へ出る。そうして、エミリアたちの話し声が聞こえない距離まで歩くと、スバルは深い息を吐いた。

「……ずいぶんとお疲れね」

「そりゃそうだろ。かなり無理してるぜ。元々、人に気を遣うキャラじゃねぇんだ」

大きく肩を回しながら、スバルはラムの言葉にそう応じる。

エミリアとベアトリスに打ち明けたときからそうだが、やはりあからさまに落ち込まれるのはスバルも傷付く。これは空気の読める読めないの問題ではない。

「……さっきの、あれってどういうことなのか聞いても大丈夫か？」

「騎士ユリウスのこと？　それは残酷なことね、バルス」

「残酷なのか……」

ラムの冷たい切り返しに、スバルは自分と青年との間に何があったのか渋い顔になる。

そんな考え事をしていたからだろうか。

バケツ片手に歩くスバルの隣で、ラムが足を止めたのに気付くのが遅れたのは。

「ラム？」

「――いい加減、つまらない芝居はやめなさい、バルス」

半身で振り返り、名前を呼んだ直後の反応にスバルは瞠目する。すると、彼女はその薄紅の瞳に静かな怒りを宿し、桃色の髪をかき上げた。

「こうしてわざわざ場所を変えたのよ。あまり女に恥を掻かせないで。いやらしい」

「いやらしいて」

「どうせ、またつまらない思いつきでしょう？　腹芸のできないエミリア様はともかく、ラムにぐらいは何を企んでいるのか明かしておきなさい」

そうすれば、いざというときに対応しやすいからと。そんなニュアンスを込め、己の肘を抱いたラムが淡々とスバルに言い放つ。

それを受け、スバルは目を泳がせながら頭を掻いた。

「ええと、だな。ラム、お前の言い分はアレだ。わからなくはないんだが……」

「だが？」

「悪ぃけど、これって演技とか芝居とか、悪巧みってんじゃねぇんだよ。俺は本当にすっぽりと記憶が抜けてんだ。だから、お前の期待には応えられない」

「強情ね。バルスが一人で抱え込むのはいつものことだけど、今回ばかりはそれじゃ困るのよ。ラムも、レムのことが懸かってる。ちゃんと一枚噛ませなさい」

「いや、だから……」

強情なのはどっちなのか、と頑なにスバルの言葉を否定するラムに困り果てる。

記憶喪失が信じられない話なのはわかるが、こうも頑固ではお手上げだ。大体、記憶喪失の芝居をして、塔の攻略の何の役に立つというのか。

「それはラムにもわからないわ。でも、バルスにはバルスなりの腹案があるんでしょう。だから、それを洗いざらい話しておきなさい。ちゃんと内緒にしてあげるから」

「二人だけの秘密って響きにはそそられるけどさ……」

ラムの根拠の乏しい言い分に、スバルは驚きを通り越して少し呆れた。そもそも、『スバルならば』なんて、どれだけスバルを買い被るのかと――、

「うおっ」

不意に、答えに窮するスバルの胸倉が掴まれ、姿勢を崩されていた。

とっさに手を離れたバケツが廊下を転がり、スバルは背中を壁に押し付けられる。それをしたのは、すぐ目の前にいる小柄な少女だ。

「お前、いきなり何を……」

「言いなさい。いい加減にしないと、ラムにも考えがあるわよ」

「――っ、わかんねぇ奴だな！　だから、嘘じゃねぇんだよ！　俺は」

「――いいから、全部話しなさい!!」

信じないラムを押しのけようとして、次の瞬間、その怒声に貫かれる。

身を硬くし、スバルはラムを押しのけようとした手から力を抜いた。突然の怒声に驚いた。理由はそれだけではない。それ以上の理由があった。

「全部、話して……」

声は、ひどく震えていた。

そのことに、スバルは記憶がないにも拘らず、衝撃を受けていた。

「……お願いだから、全部、話して」

「ら、む？」

「……お願い」

弱々しく、スバルの胸に額を当てて、少女が震える声でそう漏らす。

それは直前までの勢いを完全に失い、ただただ悲痛なものへ成り果てていた。

涙声ではない。それほど脆くはない。嘆いてはいない。それほど自分に優しくない。

ただ、声に宿った行き場のない悲憤が、スバルの胸を強烈に穿つのだ。

「バルスが忘れたら、ラムは……レムは……」

――レム、それは彼女の妹の名前だ。

『緑部屋』のベッドに寝かされる、ラムと瓜二つの『眠り姫』。彼女らとスバルとの間に何があり、どんな関係が結ばれていたのか、それはスバルには想像もできない。

でも、ラムが本気で、スバルが忘れた何かに縋っていたのだと、それだけはわかった。

「……ごめん」

胸に顔を押し付けたまま、決して表情を見せないラムにスバルは謝った。

忘れたことを謝ったのか、何も答えられないことを謝ったのか。

きっとどちらでもあり、そのどちらかだけではない他の感情もあっただろう。

「――――」

ラムはそれ以上、何も言わなかった。スバルも、何も言えなかった。

そんなどうにもならない二人の様子を、転がるバケツだけが静かに見つめていた。

4

「――スバルは、忘れられることがどれだけ辛いのか知ってる。だから、誰かを忘れるなんて冗談でも言ったりしないわ」

部屋に戻る直前、室内から聞こえた声にスバルは思わず息を詰めた。

その姿は見えないが、声音から彼女が浮かべた表情は想像がつく。美しい横顔を張り詰めさせ、『ナツキ・スバル』への信頼が瞳を満たしているはずだ。

断じて、『菜月・昴』へ向けたものではない信頼を。

「……冗談でも言わない。そうね。珍しく、エミリア様の方が正しいわ」

同じ言葉を聞いて、隣でラムが自嘲するように呟く。エミリアの使用人の立場にありながら不遜な発言だが、直前のやり取りがそう突っ込むのを躊躇わせた。

「益体のない戯れ言よ、聞き流しなさい。さっきのことも、エミリア様たちを心配させるだけだから黙っていなさい。ラムの名誉のためにもね。もし喋ったら……」

「喋ったら？」

「……本当に、覚えていないのね」

喋ったら怖い、とでも言いたかったのだろうか。あるいはスバルの方が、彼女に先んじて率先して軽口を叩くべきだったのかもしれない。

それができなかったスバルの前で、ラムの瞳を感傷が過り、すぐに掻き消えた。

何も言わせてくれないのはラムの強さか。それとも弱さだったのか。

「――お待たせして申し訳ありません。戻りました」

そう言って、部屋に戻るラムに続いてスバルも何食わぬ顔で足を踏み入れる。多少、汲み前よりかは空気は和らいだか。これもエミリアの頑張りの成果だろう。

それを証明するように、戻ったスバルに最初に声をかけてきたのは――、

「――。先ほどは醜態を晒してすまなかった。改めて、話せるだろうか？」

「お、おお。こっちこそ驚かせて……あ、話の腰折っちゃ悪いな。拝聴します」

「そう硬くならないでくれ。君に畏まられるのはいささか以上に落ち着かない」

薄く笑みを浮かべ、紫髪の美青年――ユリウスがその場で一礼する。

先の、スバルの告白に顔を青くしていた彼だが、どうにか気持ちを立て直してくれたらしい。ただ、通路でのラムの言葉もある。――ユリウスのことを尋ねたスバルに、彼女は残酷だとそう言った。それはいったい、どういう意味だったのか。

「改めて、ユリウス・ユークリウスだ。こちらにいらっしゃるアナスタシア様……彼女の騎士を務めている。君とは友人……の、ようなものだ」

「そうか、よろしく頼む……って、なんでそこに自信なさげ？」

「生憎と、君と私でお互いの認識に多少の違いがあってもおかしくはない。私は友人と思っていたが、君がどうだったかは……」

「文字通り、記憶の彼方ってか」

「――。そういうことだね」

迂遠だが、優麗な言い回しにスバルは片目をつむった。

過酷を極めたらしい旅路、その同行者で唯一の同性なら関係はそれなりと思うが。

「実際、初対面なら俺が噛みつきそうなタイプなのは事実なんだよな……」

「心配しなくてもへっちゃらよ。スバルとユリウスはすごーく仲良しなんだから」

そんなスバルの所感に、腰に手を当てたエミリアが太鼓判を押す。それから、彼女が「ねえ？」と周りに同意を求めると、「そうねえ」とメィリィが笑い、

「ちゃんと仲良くしてたから心配いらないわよお。それに、騎士のお兄さんにとっての問題って、それどころじゃないんだしい」

「それどころじゃない？　それって……」

「――それは、今朝から様子のおかしいアナスタシア様と関係あること？」

含むところのあるメィリィの発言を、ラムがユリウスに問う形で引き継ぐ。それを聞いて、スバルはユリウスとアナスタシアの二人を見た。

ラムの問いかけにユリウスは目を伏せ、アナスタシアは薄く微笑する。

「……ご明察だ、ラム女史。スバルの告白に上乗せする形になってしまうが」

「混乱に混乱を重ねるのは本意じゃないね。ただ、後回しにすればするほど不和とは積もるものだ。なので、砂丘攻略の旅路で培った絆を信じて話させてもらうよ」

「……ずいぶんと遠大な物言いかしら」

「そう怯える必要はないよ、ベアトリス。ボクと君とは、浅からぬ因縁で結ばれた姉妹のようなものじゃないか。お察しの通り、ね」

　アナスタシアの言葉に、頬を硬くしたベアトリスがスバルの服の裾を摘んだ。その仕草を見て、スバルも自然と彼女の手に手を重ねる。

「――。君とナツキくんとの関係は微笑ましくて理想的だな。ボクも、アナとそうした関係を築くのが理想だったんだが、今はそれがうまくいっていない」

「アナスタシアさんのこと、他人みたいに話すのね。やっぱり、あなたは……」

「君たちの推測は正しい。――今、この体に宿っている意思はアナのモノじゃない。彼女は体の中で眠っている。その間の代理はこのボク……エキドナが務めているのさ」

「エキドナ……!?」

　自らの胸に触れ、そう打ち明けたアナスタシアにエミリアが瞠目する。重ねたベアトリスの手にも力がこもり、皆が少なからず衝撃を受けたのがわかった。

　アナスタシアが、自分はアナスタシアではないと告白した。エキドナを名乗った彼女の告白、そのことはスバルにも伝わった。ただし――、

「……そ、そうなのか。それはなんだ。ええと、大変、だよな？」

当然ながら、記憶を失ったスバルには全くピンとこない話だった。

元々、アナスタシアに対する記憶がない状態で、それが実は別人だったんですと告白されても、スバルとしてはどう驚くべきなのか実感に乏しい。

無論、これが深刻な事態なのは、エミリアたちの反応からしても明らかだ。

「しかし、聞いた話だと、眠ったまま目が覚めないレムって子と、別の街の病気にかかった人たちを助けに塔にきたはずだろ？　だってのに……」

「いざ、塔について攻略を始めた段階で、肝心のこちらが満身創痍……バルスはなけなしの記憶を失い、アナスタシア様の意識は深淵の中」

「あ、明るい情報がない……」

端的にまとめたラムの結論に、スバルは頭を抱えたい気持ちになる。

山積みの問題の一個である立場で恐縮だが、一行はかなり身動きの取れない状況に追いやられている。こうも難題続きでは、とても塔の攻略など――、

「――みんな、下ばっかり向いててもしょうがないと思うの。うんと悩みたい気持ちは私もおんなじよ。でも、落ち込むだけじゃダメ」

できない、と考えたところへ、手を叩いたエミリアがみんなの顔を見渡して言った。

「エミリアちゃん……」

「私たちは、たくさんの人の期待を背負ってこの塔まできたの。今、スバルとアナスタシアさんが大変なことになって、すごーく大変。だけど」

そこで一拍、エミリアは紫紺の瞳に真っ直ぐな光を宿しながら続ける。

「足は止められない。――諦めちゃダメって、ずっとそう教わってきたから」

強い口調で言い切り、エミリアの視線が順繰りに仲間の顔を眺め、最後にスバルで固定された。美しい眼差しに囚われ、スバルは呼吸を忘れる。

胸が、熱くなった。彼女の視線に宿る期待、それを無下にできないと魂が吠える。

「いたっ！　ちょ、スバル！　手の力が強いのよ！　痛いかしら！」

「ご、ごめん、悪かった！　……けど、エミリアちゃんの言う通りだよ」

華奢な手を握り潰されかけたベアトリスの抗議に謝り、スバルは頭を振った。

エミリアの言葉は、スバルの胸に強く響いた。もちろん、スバルだってこんな状況、途方に暮れたい気持ちはある。でも、スバルは一人ではなかった。

記憶はない。思い出も消えた。だが、エミリアたちが一緒にいてくれるなら――、

「俺の記憶がすっぽ抜けて、みんなに迷惑かけたのは悪い。でも、それが絶望に直結するわけじゃない。考え方次第だ。もしかしたら、今の俺はこの世界のしがらみに囚われない斬新なアイディアをバンバン出せるかもしれねぇ。ピンチをチャンスに変えるんだ！」

「……それはまた、ずいぶんと前向きな意見だね」

「でも、スバルらしい意見なのよ」

勢い任せの発言に苦笑するアナスタシア――否、エキドナにベアトリスが呟く。そんなスバルの空元気を受け、重たかった室内の空気が微かに和らいだ。

一番に言葉を発したスバルに、エミリアは自分の胸をそっと押さえると、

「ん、そうよね。スバルはいつだって、色んな大変な場面を飛び越えてきてくれた。だからきっと、これも乗り越えてくれちゃうわよね」

「おお、その意気だぜ！　何を頑張れるかは今後の俺に期待だけど、期待される以上は頑張ってみせるよ。可愛い女の子が応援してくれてるわけだし」

「ありがと、スバル。――うん、よかった。やっぱり、スバルはスバルなんだ」

「――――」

吐息と共に豊かな胸を撫で下ろすエミリア、その呟きにスバルは虚を突かれた。

――やっぱり、スバルはスバル。

彼女のこぼした安堵の一言に、スバルも安堵する。これで、間違っていないのだと。

彼女の、エミリアの知る『ナツキ・スバル』との齟齬を少しずつ埋めていける。そうすればきっと、ぎくしゃくとぎこちない関係も円滑になってくれるはずだ。

と、そんな感触をスバルが得ていると、「やれやれ」とユリウスが肩をすくめ、

「記憶の有無に拘らず、君の勇猛と無謀の区別がつかないところは変わらないのだね。我々が直面した障害がどれほど強大か、忘れたからこその発想と言えるだろうか」

「おお？　言ってくれるじゃねぇか。その態度、さてはそっちがあんたの……いいや、お前の素ってわけか、ユリウスさん……ユリウス、だな」

「……なるほど。エミリア様の仰る通り、人となりは記憶に左右されないらしいね」

「俺も、お前とどんな付き合いだったのか想像がついたよ。コンゴトモヨロシク」

剣呑というほど険しくなく、友好というには刺々しい会話。しかし、しっくりくる感覚から、スバルはこれがユリウスとの距離感だったのだと確信した。

最初の印象通り、記憶のあった頃からスバルとユリウスの相性は良くない。それがこの旅の中、どんな関係性を築き上げていったかはおいおいだ。

「──記憶など、些細なことか。そうだとも。……その通りだ」

己の前髪に触れ、そう呟いたユリウスにスバルも鷹揚に頷いた。

ともあれ、スバルの記憶とアナスタシア＝エキドナの告白によって生じたぎこちない空気、それはどうにか払拭できたように思う。

「とはいえ、俺の心労は絶大だぜ。あとでエミリアちゃんに二人きりで慰めてもらおう」

「──？　膝枕する？」

「あ、いえ、ごめんなさい。それはまだちょっと、早いかなぁって」

調子に乗った軽口のつもりが、受け入れ態勢の整っていたエミリアの前でへたれる。まさかの膝枕まで提案され、反射的に辞退したことを永遠に呪いそうだ。

「いやでも、好みの超絶美少女にいきなり膝枕はハードルが高い……痛ぇ！」

「鼻の下が伸びているわよ、バルスケベ」

ブツブツ言っていたスバルの横っ面が、軽蔑の目をしたラムに引っ叩かれる。そのまま彼女は何食わぬ顔でエミリアたちを振り返り、「よろしいですか」と前置きして、

「大事な話の最中ですが、続きは食事をしながらにしましょう。塔内は時間の感覚が曖昧ですが、あまり間隔がズレるのも好ましくないので」

「賛成！　あーしも賛成ッス！　ご・は・ん！　ご・は・ん！」

ラムの提案を聞いた途端、興味なさそうな顔をしていたシャウラが飛びついた。その晴れやかな笑顔に、そんな場合かと突っ込もうとしたスバルの腹が鳴る。

そうして一度意識してしまえば、否応なしに自分が空腹だと気付いてしまった。

「……記憶はなくても腹は減る。ナツキ・スバルです」

「ふふっ。ラムの言う通り、ご飯にしましょ。食べながらでもお話はできるから」

情けない気分を味わいながら、しょげるスバルにエミリアが小さく笑い、手を叩いた。

そんなわけで、異世界召喚されて初の食事（記憶的に）の準備が始まるのだった。

5

「ボクの立場は、アナと行動を共にする人工精霊だ。普段から彼女が肌身離さず持ち歩いている狐の襟巻き……それが、ボクの本体と言える」

「そう……でも、本当なの？　私たちの知ってるエキドナとは別人って」

「事実だよ。その点はナツキくんにも……ああ、記憶を失う前の彼にも弁明したけどね」

そう言って肩をすくめるエキドナに、エミリアが可愛い顔で「ん～」と唸る。

一同で車座になり、朝食を済ませながらの会話の一幕だ。この朝に発覚した問題の一つである、エキドナの事情について詳しい取り調べが行われている。

なお、朝食の内容は干し肉がメインのいわゆる旅の保存食。正直、口に合わないとは言わないが、現代日本の味に慣れている舌だと物足りないのが本音だ。

そんなスバルのグルメレポートはともかく、エミリアの反応にエキドナが苦笑する。

「ナツキくんもそうだったが、やはり名前が引っかかるみたいだね」

「あ、嫌な思いをさせてたらごめんね。たぶん、スバルも私と同じで、前にエキドナって名前の子に意地悪されたから……」

「同じ名前のエキドナにとばっちりか。そいつは傍迷惑(はためいわく)なエキドナがいたもんだ」

その悪いエキドナのせいで、こっちのエキドナとの円滑な関係の構築が妨げられているとしたら、悪いエキドナは余計なことをしてくれたものである。

そんなスバルの反応に、エミリアも「そうね」と頷(うなず)いて、

「ホント、エキドナには困っちゃう。……また会ったら、文句言わなくちゃ」

「それは是非、風評被害を多く受けているボクからもお願いしたいところだね」

「ええ、わかったわ。でも、エキドナって名前以外にも驚いちゃった。まさか、アナスタシアさんも精霊術師だったなんて」

「正確には、ボクとアナとは精霊と術師の関係は結んでいないんだ。だから、アナは精霊術師ではないよ。ボクとは、歳(とし)の離れた友人といったところか」

「――？　家族じゃないの？」

きょとんとしたエミリアの言葉に、エキドナが一瞬だけ目を見張る。それから彼女は思案げに指を唇に当て、「家族、家族か……」と確かめるように呟いた。

「その表現は面映ゆいものがあるな。……うん、でも、しっくりくる」

「なら、それでいいと思う。契約をしてるかどうかは重要じゃないもの。大事なのは、お互いを大切に思ってること。そうよね、ベアトリス」

「な、なんでベティーに……まぁ、ちょっと表現が柔らかすぎるけど、エミリアの考えで間違ってはいないかしら」

ほんのりと頬を染めながら、ベアトリスがちらとスバルを見る。

ベアトリスとスバルとがパートナー関係、というのは『緑部屋』でも聞いた話だ。その強い信頼と関係性が、彼女とのめちゃめちゃ近い距離感から感じられる。

おそらく、アナスタシアとエキドナの関係も、そうしたものだったのだろう。

「彼女……エキドナに悪意はなく、その目的はアナスタシア様へ肉体を返却することにある。その意思確認はしてあります。嘘はないと、私の方でも」

「首尾よく塔で方法がわかればよかったんだけど、不慮の事態が発生してね。これ以上、隠しておくのも無理があると思って打ち明けたんだ。実は、ナツキくんとベアトリスはすでに知っていた話だったんだが……」

「え、そうなのか!?」

ユリウスの保証と、エキドナの追加の証言に当事者のスバルが一番驚く。

何故、部外者っぽいスバルがそれを知っていたのか。もちろん、今のスバルにはそれは与り知らぬことなので、

「頼むから、そんな不審そうな目で見るなよ、ラム……」

「隠し事が多いものね。いったい、あとどれだけ秘密があるやら。ひょっとして、自分の記憶も棚の奥に仕舞い込んだせいで見つからないだけじゃないの？」

「毒が強火すぎる！」

声の調子は淡々としたものだが、それだけに切れ味と毒性の鋭い舌鋒だった。そんなラムの口撃にたじたじになるスバルを、「待つのよ」とベアトリスがフォローする。

「スバルが黙っていたのは、余計な軋轢を避けるためかしら。その証拠に、ベティーにはちゃんと打ち明けていたのよ。パートナーのベティーには」

「あらあ、それじゃあ、他の人のことは信頼してなかったってことなのお？」

「たまに発言したかと思えば、幼女大戦を引き起こしそうな爆弾発言をやめろ……」

ベアトリスの自任と、からかい姿勢のメィリィにスバルはため息をついた。

記憶のあったスバルが、エキドナの事情を周囲に打ち明けなかった真意は不明だ。だが察するに、ベアトリスの話が一番適切だろう。

「まぁ、究極的には答えはわからんままだけど」

「──その、記憶をなくした責任を追及するわけではないのだが」

エキドナへの質疑応答が落ち着いたのを見計らい、ユリウスがそう話題を差し込む。食事を済ませ、口元を白い手拭いで拭きながら、彼はスバルの方を見ると、

「スバル、改めて君の話がしたい。記憶の話だ」

「いや、気持ちはわかるけど、そう簡単に思い出せるもんじゃ……」

「そうじゃないんだ。失った記憶の取り戻し方にも関わるが……重要なのは、君が記憶を失った経緯。それがもしも塔の何らかの干渉だとしたら」

「いつ、ラムたちもバルスと同じ状況に陥るかわかったものじゃない、と」

結論を引き取ったラムに、ユリウスが「そういうことだ」と頷く。その二人の懸念を聞いて、スバルもなるほどと合点がいった。

「確かに、そりゃ大事だ。我が事ながらあれだが、記憶喪失って面倒臭ぇからな」

「本当に我が事なのにあれな言い方かしら……」

「とはいえ、俺も起きたら記憶がなくなってたって体たらくなんで、詳しいことはわからないんだよな。……エミリアちゃんたちは、どういう経緯で俺を？」

「それが……実はスバル、三層の書庫で倒れてたの」

三層、とまたしても心当たりのない単語が出たが、その事実を聞いた面々の表情には一様に驚きが浮かんだ。

「三層とは、この塔を構成する複数の階層の一つだ。今、我々がいるのが四層で、最上層の一層を目指して攻略を進めている。三層はすでに攻略済み……君の貢献でね」

その驚きを共有できないスバルに、ユリウスが懇切丁寧に説明してくれる。最後に付け加えた一言は、記憶の足りないスバルへのリップサービスだろうか。

「この状況下で、俺の貢献って想像つかねぇしな……」

「それはホントのお話。私たちはちんぷんかんぷんだったのに、スバルったら一人ですぐに謎かけを解いちゃって……すごーくカッコよかったのよ」

「ははは、ありがと。……ちんぷんかんぷんってきょうび聞かねぇな」

「――――」

褒められた照れ隠しに頬を掻くと、それを聞いたエミリアが黙り込んだ。一瞬、彼女の瞳が深い感情に揺れたのが見えたが、その正体はわからない。

ともあれ、水面を揺らす波紋のようなそれには追いつけず、

「それで、三層で倒れてた俺を、あの緑色の部屋に運んだと……ちなみに、あの部屋が回復ルームって話は聞いたんだが、俺の記憶喪失はあの部屋が原因って説は？」

「え！　それは、考えてなかったけど……」

「なかなか面白い着眼点だが、それは考えにくい。その場合、君よりも長く、あの部屋に入っていたボクにまず異変があるべきだろう？」

スバルの推測を、どうやら『緑部屋』の先達だったらしいエキドナが否定する。彼女は自分の――否、借り物の少女の体をそっと撫でながら、

「無論、ボクの抱える問題はあの部屋とは無関係だ。付け加えるなら……あの部屋にいた

ナツキくんの地竜は、君のことを忘れていたかい？」

「地竜って……あの、でかいトカゲのことか。妙に俺に馴れ馴れしい」

『緑部屋』で目覚めたとき、エミリアやベアトリスと同じく、スバルを案じていたらしい黒いトカゲ――地竜と呼ばれるそれは、どうやらスバルの飼い竜だったようだ。

「道理で俺に懐いてたわけだ。あの感じだと、俺を忘れてた感じはなかったな……」

「そうした点からも、悪さを働いたのはあの部屋よりも、『タイゲタ』の書庫の可能性が高い。なにせ、『死者の書』を収めた曰く付きの書庫だからね」

「待て待て待て、タイゲタ？　それに『死者の書』だと？」

矢継ぎ早に与えられる情報に、スバルの興味関心があちこちへふらふらする。その、『タイゲタ』という響きには覚えがあるが、それ以上に関心は『死者の書』だ。

「なんだ、その中二チックな胸の高鳴る響きは……」

「まだ確証はないが、三層の書庫には世界各国の死者の名を冠した本が並んでいる。書かれている死者の、生前の記憶を追体験するような『死者の書』が」

「悪趣味どころの話じゃねぇ！　ファンタジックにも限度があるだろ!?」

「強烈な思念が焼き付く感覚だ。……あまり、何度も体感したいものではないな」

そう目を伏せるユリウスからは、体験した当人にしか語れない言葉の重みを感じる。

死者の生前の記憶の追体験、それを可能とする『死者の書』を収めた書庫。想像するだけでとんでもない場所だが、そこでスバルが倒れていたということは――、

「俺も、本を読んでて倒れた？　まさか、それで脳がパンクして記憶喪失とか？」

「ない、とは言い切れないだろうね。そのあたり、『賢者』としての見解は？」

「……あれ？　もしかして、今のってあーしに聞いてるッスか？」

スバルの推測に頷きつつ、エキドナが意味ありげな視線をシャウラへ向けた。その視線の意味もさながら、『賢者』とは全く彼女に不釣り合いな呼び方だ。

何なら、最も『賢者』から程遠い印象のシャウラが、胡坐を掻きながら頭を揺らし、

「何度言われても、あーしの答えは一緒ッスよ。あーしは塔のルール以外はなんも知らねッス。お師様が塔で何をしてたかとか、ノータッチのノー関係ッス」

「……今さらなんだけど、なんで俺はシャウラにお師様って呼ばれてんの？」

「安心なさい。それについては記憶がなくなる前からバルスの答えは同じよ。都合がいいから何も言わずに利用しているだけ。……最低ね」

「勝手に勝手な結論出されましても！」

シャウラの好感度がMAXな理由は不明と言われ、スバルの困惑もMAXへ達する。本来、グラマラスな美女に迫られるのは悪い気はしないのだろうが、その好意の発生源がわからないとなると、ひたすらに得体の知れなさが勝った。

それに、シャウラの好意と親愛には絶妙な違和感がある。エミリアやベアトリスがスバルに向けてくれる、ひたむきな信愛とは根本から異なる違和感を。

これが、記憶がないことの弊害なのか今のスバルにはわからないが――、

「ともかく、急に記憶が抜ける持病があるわけじゃないんだ。外的要因って意味なら、その書庫が一番臭い。確かめにいくのも手だな」

「同感だ。ただでさえ難題が重なった状況で、我々を悩ませる問題は少ないに越したことはない。それに、こうした状況になって素直に思い知る」

「思い知るって何を？」

「──君が、どれだけ多くを補ってくれていたかを、だ」

そのユリウスの言葉に、スバルは虚を突かれ、それから頬を歪めた。

それは照れ臭さを隠すためではなく、本心からの苦笑だった。それこそ、買い被りが過ぎるというもの。ナツキ・スバルを頼るなど、末期も末期。

弱り目に祟り目。──自分の記憶喪失が彼らに与えた心労を思うと、心底申し訳ない。

「なんにせよ、朝ご飯を片したら実況見分といこう。俺の落とした記憶が床に散らばってるなら、拾い集めて詰め直さなくちゃだから」

「もう、そんな変な言い方して。ホントに、スバルなんだから」

「そのスバルなんだからって言い方、たぶん褒め言葉じゃないよね!?」

あえて軽い調子で話したスバルに、エミリアがほんのり微笑んでそう言った。それを受け、場の空気が少しだけ柔らかくなったのを感じる。

──これでいいんだと、スバルは自分に言い聞かせ、拳を握りしめた。

6

さて、そんなこんなで朝食を終え、一行は『タイゲタ』なる書庫へ向かう。

その道中、エミリアとベアトリスがスバルの両手を繋いで離してくれない一幕などがあったが、記憶をなくした前歴があるのでやむを得ない対応だった。

「でも、幼女と手を繋いでることと、美少女と手を繋ぐこととの間には今日も冷たい雨が降るっていうか、そもそも二人に守られてる俺ってカッコ悪くない？」

「スバルはカッコ悪くなきゃスバルじゃないのよ」

「それ、どんな評価⁉」

と、そんな評価を下されつつ、一行は別室の大階段を使い、上層へ上がった。そうして待ち受けていた光景を目の当たりにして、スバルは感嘆の息を漏らす。

「ここが『タイゲタ』……聞いてた通り、本だらけだ」

見渡す限りの書架と、その書架一杯に詰まった本の量、まさしく情報の海だった。

スバルもなかなかの読書家（ラノベや漫画）だったが、これほどの本に囲まれた経験はない。元の世界の国会図書館などなら負けてはいないのかもしれないが、冊数を競い合うのもナンセンス。――この書庫とは、目的が違っているのだから。

「この全部が『死者の書』……一冊一冊が一人分の生涯だってんなら、それこそ気が遠くなる量になってるだろ。タイトルは……しまった、読めねぇ」

手近な本棚の背表紙を眺めたところで、スバルは文字が読めない事実を自覚する。

背表紙にあるのはおそらくタイトルのはずだが、スバルの目にはミミズののたくったような模様にしか見えない。生憎と、文字の翻訳機能はないらしい。

「そう考えると、エミリアちゃんたちと言葉が通じてるのは不思議だな……異世界召喚でお馴染みの、不思議パワーが働いてるっぽい？」

「不思議ぱわあ？」

「いや、こっちの話。ちなみにエミリアちゃん、俺って読み書きはできたのかな？」

ふわっとした発音で首を傾げたエミリアが、スバルの質問に形のいい眉を顰める。

「ええと、最初はできなかったんだけど、勉強してできるようになったの。だから、もしも今、スバルが本の題名が読めないんなら……」

「勉強成果がすっぽ抜けた、か。……やっぱり、召喚後の記憶がないんだな」

「つまり、バルスがこの書庫で何の役にも立たないお荷物と判明したわけね」

「そのまとめ方はあまりに愛がない……」

げんなりと肩を落とすと、ラムは「ハッ！」と鼻を鳴らしてすげない対応。

とはいえ、彼女の言は正しい。異世界での勉強成果が記憶と共に露と消えた以上、スバルにはこの書庫の本を役立てることができない。

「すなわち、パーティーメンバーの地位的に死んだ……俺の本、どっかにないかな？」

「冗談でもそんなこと言わないの。……でも、何から手をつけたらいいのかしら」

社会的な死を持ち出したスバルの額を、エミリアが白い指でつつく。その感触と言葉に反省を促され、スバルは読めないタイトルに目を走らせながら、

「まず、何を探すのかってとこからだけど……片っ端から『死者の書』に手をつけていくってのは、ユリウス的には反対なんだよな？」

「好んで人に薦めたいとは思わない体験だ。それから、先ほどは説明しそびれたが、手当たり次第に生前の記憶を追体験できるわけではないんだ。おそらく、生前の相手を知っている場合しか、『死者の書』は機能しない」

「知ってる故人限定なのか。そしたら、俺一冊も読めないじゃん……」

記憶のあるなしまで本が裁定してくれるか不明だが、少なくとも、文字の読み書き以前の問題でスバルは挑戦者から弾かれているらしい。そもそも、この膨大な蔵書量だ。記憶があったとしても、目的の人物の本を探すのにどれだけかかるか。

「検索機能もなさそうだし、外れの本を床に積んでくとかしかないのか？」

「それもどうだろうね。ボクの推測だが、本にそうした扱いをするのは書庫への不敬に当たる気がする。その場合、塔の禁則に触れることになるんじゃないかな」

「禁則？」

「あ、ごめんね。まだちゃんと説明してあげてなくて」

エキドナの語った単語に首をひねるスバル、そこにエミリアが指を立てて、

「この塔なんだけど、やっちゃいけない決まり事がいくつかあるの。『試験』を終わらせ

ないで塔を出ちゃダメとか、書庫で悪いことしちゃダメとか、そういう決まり事」

「なるほど。で、床に本を積むのは書庫での悪さの判定に引っかかるかもってことか。……ちなみにだけど、ルール違反するとどうなるんだ？」

「はいはいはーい！　そこであーしの出番ッス！」

そのスバルの疑問に、勢いよく挙手したのはシャウラだ。彼女は自分の束ねた髪を振り回しながら、その豊満な胸の前で拳と掌を合わせ、

「誰かがルール違反すると、星番のあーしがビビッとくるッス！　で、血も涙もないキリングマッスィーンになって、挑戦者全員ズンバラリッス！」

「血も涙もないキリングマシーン……お前が？」

冗談にしても出来の悪い発言を、スバルは肩をすくめて鼻で笑った。

この溌剌としてやかましいシャウラが、血も涙もない殺人機械に変貌するとは考えにくい。そもそも、彼女の細腕でどれほどのことができるのやら。

「それも、魔法ありありのファンタジー世界だと過信はできない考えか？　イマイチ、この世界のパワーバランスがわからんからな……」

いずれにせよ、破ってはならない決まり事への抵触を避けると、手当たり次第に本を抜き出していく作戦もできそうにない。本格的にスバルの役立たずが確定する。

なので、自然な流れで一行の結論はまとまり――、

「スバル、昨日と同じことになったら困るから、私たちが調べてる間、大人しくしてて」

「うぐ……わかった。何もできなくて歯痒いけど、ここは信じて大人しく待つぜ」

「本当に大人しく待てる？　勝手に動かない？」

「すごい念押しするね！　大丈夫だよ！　約束したっていいぜ！」

「じゃあ、やっぱり大人しくしてないつもりなんじゃゃ……」

「どういうこと⁉」

何故か、大人しく待つことに全く信頼性が置かれていないナツキ・スバル。

助けを求めるように周りを見れば、ユリウスとエキドナの二人はともかく、ベアトリスとラムの二人も助け船は出せないとばかりにエミリアの味方だった。

ともあれ、そんな調子で『タイゲタ』の書庫の捜索、及び調査が始まった。スバルは階段の脇で、体育座りしながら吉報を待つ役回りである。

「なんか、テストの日に仮病で休んだみたいな罪悪感があるな……」

「そのたとえって全然わからないんだけどお、あんまり合ってない気がするわあ」

働き者のみんなの背中を眺めるスバルの隣で、本棚に寄りかかるメィリィが呟く。三つ編みの先端を弄っている彼女を見上げ、スバルは首を傾げた。

「あれ、お前はみんなを手伝わないのか？」

「ええ。だって、わたしってお兄さんやお姉さんのちゃんとしたお仲間じゃないものお」

「ちゃんとした仲間じゃない？」

「言ったでしょお？　殺し屋……失敗したし、元殺し屋かもお。元々、お手伝いのつもりで塔に連れてこられただあけ。そのお手伝いも終わってるしい」

「それってつまり、保釈の条件みたいな話か？　……元かどうかはともかく、殺し屋を味方に加えて大冒険って、かなり思い切った判断したんだな」

「――。ホント、そうよねえ。どうかしてると思ったわあ」

口元に手を当て、メィリィはくすくすと笑って会話を区切った。そんな彼女の態度にスバルは肩をすくめ、今度は視線を反対に向けた。

そこにはメィリィと同じく、エミリアたちを手伝おうとしないシャウラがいて。

「メィリィの事情はわかったけど、お前は？　なんでサボり？」

「くっくっく、あーしは読み書きできないんス。だから、チンでプンでカンッスよ」

「お前のどこが『賢者』なの？　そこだけ言語翻訳バグってんのかよ……って、ちょ！」

あけすけに役立たずを公言したシャウラ、その彼女がスバルの隣にすり寄り、腕を胸に引き寄せようとするのを慌てて振りほどく。柔らかい感触、頬が熱くなった。

「あーん、お師様ったらいけずッス～」

「い、いけずとかじゃねぇよ、やめろ。女の子がはしたない……そういうのは好きな男相手に……いや、好きな男もいきなりそんなんされたら引くからやめとけ」

「ぶーぶーッス。また女子の品格の話ッスか？　お師様、マジ変わんないッス」

唇を尖らせ、腕を振りほどかれたシャウラが不服を表明する。しかし、そんな彼女の言葉を聞いて、スバルは小さく息を呑み、目を伏せた。

そして――、

「……お前も、俺は変わってないと思うか？」

変わらないと、そうスバルを評したシャウラに問いかける。

目覚めてからの数時間、何度となく言われた言葉だ。変わっていないと、そう言われることはスバルにとって救いでもあり、同時に呪いにも思えた。

覚えのない『ナツキ・スバル』と、まるで間違い探しをされているようで。

「うーん、よくわかんねッス」

しかし、そんなスバルの悩みに、首をひねったシャウラの答えはあっさりしていた。その彼女の答えに、スバルは期待外れと肩を落としかける。

「お前……いや、お前に聞いた俺が馬鹿だったか」

「ん～、変わったとか変わってないとか、お師様はお師様なんでどーでもいくないッスか？　お師様は好きに自由にしてくれたら、あーしはそれについてくだけッスもん」

「――。その結果、おかしなことになってもか？」

「ま！　それで変なことになっても、あーしが無理やりこじ開けるッスよ。お師様は忘れんぼッスけど、それがお師様とあーしの関係ッスから」

「――――」

積み重ねられるあけすけな言葉には、裏表なんて微塵も感じられなかった。だから、そんなシャウラの本音をぶつけられ、スバルは思わず目を見開いた。

それから、シャウラに表情を見られないよう顔を反対へ向ける。

「お兄さん？」

反対を向いたらメィリィに顔を見られたので、勢いよく反対へ顔を向け直す。

「お師様、どうしたッスか～？」

「があ！　もう！」

結局、逃げ場を失ったスバルは抱えた膝の間に顔を埋め、表情を隠した。これで、今のこの顔をシャウラにもメィリィにも見られずに済む。

そんなスバルの様子に、二人が顔を見合わせる気配があるが、顔は上げられない。

彼女らにはわかっていないはずだ。――否、わかられたくない。

あんな、頭空っぽで考えなしの、あけすけな言葉に救われた気持ちになるなんて。

記憶を失ったことを過剰に気負うなと、言葉より雄弁に態度で示された気がして。

「お兄さんったら変なのお」

「お師様が変なのは元からッス。でも、そんなとこも愛してるッス」

頭を飛び越えた少女たちのやり取りに、スバルは膝に埋まったまま何も言えない。

ただ、ほんの少しだけだが、心を急き立てる切迫感が和らいだ気がした。

――スバルが何とか顔を上げられたのは、エミリアたちが書庫からの収穫は得られなかったと、しょんぼりしながら戻ってくる数分前のことだった。

7

硬い床を踏み切り、スバルは全力で廊下を駆け抜ける。

風のように、とはいかない。しかし、期待より速く駆ける体が廊下の端へ到達、そのまま壁に手を押し当て、一拍、スバルは裂帛の気合いを込め――、

「――はっ!!」

全身をひねり、掌からエネルギーを放出するイメージで力を放つ。確かな手応えが右手に跳ね返り、スバルは深々と息を吐き、頷いた。

「これ、やっぱり何にももらってないな……」

眼前、掌を当てた壁に何の変化もないのと、むしろ痺れている手を見下ろして呟く。

廊下の全力疾走、跳躍、壁への攻撃といくつかパターンを試してみたが、そのどれにも常識外れなパワーは感じなかった。しいて言うなら、思ったより体力がついている。股関節も柔らかくて、柔軟性が増した気がした。――だが、そのぐらいだ。

それが体中の傷と同じで、この記憶にない一年間をスバルが過ごした証なのだろう。親の期待にも応えられない凡人が、それなりの努力の末に勝ち取った程度の実力。そこにはいわゆる、『神』から賜った特別な力の恩恵は感じられなかった。

「一応、変身ポーズまで試してみたんだけどなぁ」

ウルトラの戦士だったり、仮面のライダーだったり、はたまたプリプリでキュアキュア

してみたり、セーラ服美少女ウォーリア風のものも試したが、成果はなかった。

異世界に召喚or転生した存在のお約束、神から与えられる特別なチート能力——残念ながら、スバルにはそれが付与されていないらしい。

「ステータスオープンって言ったら、エミリアちゃんにきょとんってされたしな……」

どうやら、ゲーム的世界のお約束であるステータス表記も、レベルの概念も存在しないらしく、ことごとくエミリアたちの首を傾げさせる結果に終わっている。

物理方面に伸び代がないなら、魔法方面に期待をかけたいところだったが——、

「魔法なら、スバルは永久に使えなくなったのよ」

「永久に!? なんで!? 禁呪にでも手を出したのか!?」

「使っちゃダメって言われてた初級魔法を使いすぎてゲートを壊したかしら。それで、スバルは二度と魔法が使えなくなったのよ」

「初級魔法で壊したんだ!? だせぇ!」

と、パートナーのベアトリスから魔法使いとして不能である烙印を押されたあとだ。

魔法使い生命と引き換えに大魔法を使ったとかではなく、初級魔法で元栓を壊したと聞かされて、記憶をなくす前の自分へ怒り心頭である。

記憶の有無と無関係に、ナツキ・スバルの異世界生活は底辺スタートではないか。

「人に恵まれた、ってのがせめてもの救いか」

持って生まれた自分の体と相談しつつ、胸の奥を占める不安の種を意識する。

エミリアたちの前では空元気を張れていたが、こうして落ち着いて状況を俯瞰してみれば、途端にスバルは自分の足下の不確かさを自覚してしまう。

記憶がなくなったこと。それはもはや疑いの余地はないだろう。

信じるべき証拠が多すぎるし、正直、今は『信じたい』気持ちの方が強かった。それを信じられなくて、どうしてこの場に今も留まっていられるものか。

ここにいたい。ここしか、今はない。だから、そのための力が欲しかった。

「結局、覚えてない絆に縋り付くしかないってわけだ。泣けてくるぜ」

もらうばかり、消費してばかりのナツキ・スバルは異世界でも変わらない。

エミリアたちが真剣にスバルを心配してくれていると伝わってくるほど、スバルは借り物の立場にあやかる自分が呪わしかった。


「――――」


廊下に佇むスバルは一人きりでいる。他の皆は現在、四層の拠点――食事をした部屋の中で話し合いの真っ最中だ。議題は、スバルの処遇と塔の攻略について。

議題の焦点は、スバルの記憶を取り戻すことを優先するかどうか。もちろん、スバルとしても最終的には記憶を取り戻したいところだが。

「俺の記憶が消えたのが、塔の『試験』とやらと関係ある可能性があるからな」

『死者の書』と記憶喪失の関連性は不明でも、塔で発生した何らかの異常がスバルの記憶に干渉したことは間違いないはずだ。その場合、最も可能性が高いのが『死者の書』であり、次点で回ってくるのが三層を攻略した事実――スバルが回答したらしい、三層攻略の謎かけとやらの反動、といったところだ。

「この手のギミックで一人一殺ってのもよくある話だし、チートキャラが一人で複数の課題を無双するのは盛り上がりに欠けるから、それ対策とか……？」

自分で言っていて漫画脳だと思うが、そんな考えしか浮かばないのだから情けない。

だからこそ、エミリアたちの話し合いの場から逃れ、こうして一人で、自分の知らない力が目覚めている可能性に期待したりしている。

「二層の番人、か……」

三層の攻略を終えた一行が直面しているのは、二層で待つという凶悪な番人。シンプルな腕試しを挑んでくるその敵が、どうやら尋常でない強敵であるらしい。

スバルも中学時代は剣道をやっていたので、武道のド素人ではない。が、武道と戦いは明確に違う。それを履き違えない常識ぐらいはスバルにもあった。

「ちっ、だったら……」

唇を曲げたスバルが、腰の裏――そこに備え付けていた鞭を抜き取り、素早く振るって先端を壁にぶつけてみる。引き戻す。強烈に自分の足を打った。

「ぐおお……！　こ、こういうのって体が覚えてるもんじゃねぇのかよ……！　もしくは形だけで、最初から使いこなせてなかったのか……？」

痛い思いをした脛を撫でて、スバルは涙目になりながら鞭を睨む。

そもそも、メインウェポンが鞭なのもどうなのか。剣や銃ではなく、鞭をセレクトしているところに、人と違うことがカッコいいと勘違いしている節がある。

「それでも使いこなせてたとしたら……なくなったのは記憶だけじゃなく、経験も？」

たとえ記憶がなくなっても、自転車の乗り方は忘れないとどこかで聞いたことがある。だとしたら、何故、スバルの体は鞭の使い方を覚えていないのか。

記憶を失い、一緒にいたはずの人たちに心配をかけ、積み上げてきたものもなくして役立たずになった挙句、体に刻まれた傷という歴史だけ残し、ガワだけ整えてある。

これではまるで、ハリボテではないか。

「は」

短く息を吐いて、スバルは立ち上がった。

内心に浮かんだ『ハリボテ』の四文字が、馬鹿笑いしたくなるほどくだらない。

今さらなんだ。――ナツキ・スバルが『ハリボテ』でなかったことなど、いつある。

「あー、やめだやめ！　アホらしい。自分で自分のモチベ下げてどうするよ……」

自分の頬に拳骨を当てて、スバルはため息をつきながら鞭をまとめる。まとめ方もよくわからず、四苦八苦してぐちゃぐちゃな状態を何とか腰に戻した。

掌に残ったマメが、おそらく、この鞭を使いこなすために苦心した証だろうか。

「こんなときのために、やってきたことの日記でも残しておけよ、使えねぇ」

記憶がなくなる前の自分を理不尽に罵り、スバルはゆっくりと歩き出す。

チート能力は確認できなかったが、ある意味、確認できなかったことが収穫だ。これで存在しないものを頼りにしなくて済む。とは、いささかネガポジすぎるか。

「ととと、こっちじゃねぇや」

そろそろ話し合いも終わった頃と、拠点に戻ろうとしてスバルが道を一本誤る。

正面、そこにあったのは塔の下の階層へ向かうための螺旋階段だ。六層からなる塔において、五層から四層は高さ数十メートルの螺旋階段で繋がっているらしい。実際、目の前の螺旋階段の高さはそのぐらいはありそうだった。

「螺旋階段だとぐるぐる回りながら上がることになるから、実際は高さ以上にしんどいだろうな。しかし、変な構造……でもないのか、異世界だと」

『緑部屋』なんて、いるだけで治癒してくれる不思議部屋だ。そんなファンタジーが存在する世界観で、建築様式にケチをつけるのも無粋な話。

それに元の世界のピラミッドだって、形も設計思想もそこそこどうかしている。

「元の世界との共通点を探す、みたいなことは前の俺もやってたのかね」

前の俺、という表現が自分でおかしくなる。

記憶をなくす前後で、何かの歯車が狂ってしまった気分だ。本来であれば、自分に以前も以後もない。過去も現在も、自己は地続きにあるものだ。

だから、ここでもナツキ・スバルは——、

「——お？」

ふと、感慨を振り切るように首を振ったスバルは、息を抜くような声を漏らした。

それは本当に、何気ない吐息だった。

思いがけない出来事に際して、思わずこぼれたものだった。

それ以上でも以下でもない。

「――――」

その、それ以上でも以下でもない吐息をこぼして――天地がひっくり返る。

「ぁ？」

足が、地面を離れていた。――否、離れたのは足だけではない。体全部だ。

体ごと地面を離され、宙に投げ出され、完全に天地を見失い、浮遊感に呑まれる。

「ま、ぇ」

ごう、と猛烈な風が吹くような音が鼓膜を突き抜ける。

わからない。何もわからない。今、ナツキ・スバルは落ちていた。落ちている。くるくると宙を錐揉み回転しながら、真っ逆さまに落ちていく。

「ま、て、待て待て、待て――」

視界が回り、手足が宙を掻いて、投げ出されてからの時間経過が曖昧になって、ようやくスバルは自分の身に起きたことを理解する。

落ちている。転落している。どこから。はるか高みから、はるか低い場所へと。

螺旋階段を踏み外し、大口を開ける巨大な闇の中に呑み込まれている。四方、必死に目

を凝らせば、面白みのない塔の壁が下から上へと高速で滑っていく。

違う。景色がズレているのではない。スバルが落ちながら、落ちているから、視界が下から上へズレて、そのまま、嘔吐（おうと）感が込み上げる。酸っぱい胃酸が宙にばらまかれた。

「――ッ」

呼吸が間に合わず、胃液に喉（のど）を塞がれる。鼻の奥につんとした痛みが走り、内臓が全て定位置から外れていくような感覚、スバルは自分を喪失した。

記憶の次は、自分を見失って、それがなんだかおかしくて。

「ふへ」

酸味まじりの笑みがこぼれたのと同時に、ナツキ・スバルは失神した。

失神して、意識が途切れて、そして――、

硬いしょうげ――。

8

「――スバル！　ねえ、スバルってば、大丈夫なの？」

目覚めて、最初に聞こえたのは銀鈴（ぎんれい）の声音（こわね）だった。

腕に触れる細い指の感触と、間近に感じる息遣い。その感覚を頼りにスバルの意識はゆっくりと浮上し、重たい瞼（まぶた）が開かれる。

——すぐ目の前に、恐ろしく美しい月の妖精の顔があった。

「じゃなくて、エミリアちゃん……？」

「ああ、スバル、よかった。目が覚めたのね。すごーく心配したんだから」

スバルの呼びかけに、月の妖精——エミリアが安心したように胸を撫で下ろす。その様子に目を丸くしながら、スバルはぐるりと辺りを見回した。

緑色の蔦に覆われた部屋、その蔦で編まれたベッドの上に横たわる自分。安堵の表情をしたエミリアと、その隣に佇む縦ロールの美幼女。

「エミリア、そんな優しい態度だとスバルは反省しないかしら。もっときつく言ってやらないと、ベティーたちの心配が伝わらないのよ」

「そうよね。ほら、ベアトリスもこう言ってるでしょ？　スバルが見当たらないって大慌てで、倒れてるところを見つけて泣きそうだったんだから……」

「言わなくていいことまで言わなくてもいいかしら！」

ベアトリスが顔を赤くして、悪気のないエミリアの発言にぷんすかと怒る。

そのやり取りを見ながら、スバルはただ、大いに首をひねった。

「え？　なに、夢？」

「——？」

そのスバルの発言に、エミリアとベアトリスも揃って首を傾けたのだった。

第二章『オマエハダレダ』

1

首を傾げるエミリアとベアトリスを前に、スバルの意識は混乱を極めていた。

「――――」

見慣れたとは言わないが、見知った内装の部屋の中だ。

壁や床、天井までもが緑色の植物に覆われ、スバル自身、蔦で編まれたベッドの上で体を起こした状態でいる。背後には巨大なトカゲ、近くのベッドに眠り続ける少女。

どこをどう見ても見間違いようのない、プレアデス監視塔の『緑部屋』だ。

「だけど……あれ？　俺は、なんだってまたここで？」

頭に手をやり、スバルは意識が覚醒する直前の出来事を思い出そうとする。

確か、エミリアたちと離れ、チート能力の有無を確認していたはずだ。結局、変わらず無能という結論を持ち帰り、さぞ彼女たちを落胆させると思っていたが――、

「そのあと、部屋に戻ろうとして……なんだっけ？」

イマイチ、その後の記憶が判然としない。気付いたらベッドの上、という印象だ。

そうして、スバルが曖昧な記憶を手探りしていると、

「ねえ、スバル、大丈夫？」

「うひゃっ！　エミリアちゃん、近いって！」

ずいっと無防備にエミリアに顔を近付けられ、慌てふためくスバルがベッドの反対側から転がり落ちる。その過剰反応に、エミリアは目を丸くした。

「そんなに驚かなくても……もう、驚かされたのはこっちの方なんだから」

「お、驚かせたってのは……」

「決まっているのよ。姿が見えないと思って探していたら、倒れているところを見つけたかしら。これで心配しない方がおかしいのよ」

「マジで？　俺、また倒れてたの？」

腕を組み、呆れた顔のベアトリスの説明にスバルも驚いて立ち上がる。ぺたぺたと体を触って異常がないか確かめようとするが、生憎、触ってわかる異常はない。

そもそも、記憶喪失も外傷はなかったので、傷のあるなしは当てにならないが。

「けど、短時間に二回もひっくり返るってかなりヤバい感じだよな……。ほんの数時間とはいえ、その記憶が吹っ飛ばなくてよかったって思うべきなのか？」

「スバル、そうやってブツブツ言う前に、ベティーたちに言うことがあるはずかしら」

「言うこと……」

広げた両手を眺めていると、ベアトリスがそんな言葉を投げかけてくる。その言葉に顔

を上げたスバルは、エミリアとベアトリスの様子を見て、遅れて気付いた。

「そ、っか。えっと、ごめん。心配かけて悪かった。また助かったよ」

「それでいいのよ」

「ふふっ、どういたしまして。でも、ホントに何ともない？　安心しても平気？」

「大丈夫大丈夫。こうハイペースじゃ、エミリアちゃんも心が休まらねぇもんな」

短時間で二度も助けられたと、スバルはエミリアに頭を下げる。しかし、そのスバルの返答を受け、エミリアが形のいい眉を顰めた。

それから、彼女は美しい紫紺の瞳を戸惑いに揺らして、

「ええっと、それでなんだけど……スバル、さっきからどうしたの？」

「どうした、ってのはわりと漠然とした疑問だね。どこにかかってくる疑問？」

「だって、さっきから私のこと、エミリアちゃんって。なんだか、スバルにそんな風に呼ばれるのってすごーく変な気持ちになるから」

言いながら、エミリアは自分の長い銀髪に指を絡め、おずおずとスバルを見る。その眼差しに胸を掻き毟るような寂寥を感じ、スバルは思わず喉を鳴らした。

無防備で親しげで、スバルの好みにドストライクすぎる外見の少女——しかし、彼女の今の態度には、そのスバルの感慨との間に深い溝があった。

だって、そんな態度はまるで——、

「スバルの悪ふざけは今に始まったことじゃないかしら。そんなことより、話すのよ。な

んで、夜の間に勝手に『タイゲタ』に入って、しかも倒れていたのかしら」

「──は？　待て待て待て！　え、なに、俺ってまたタイゲタで倒れてたの？」

「……また？」

桜色の頬を膨らませたベアトリス、彼女の言葉にスバルは愕然となる。

「あ、あの部屋って本気で怖いとこだな……つか、俺はそんなとこにまた何しに向かってんだよ。ただでさえ怪しいスポットなのに、命知らずすぎるだろ」

身に覚えのない出来事を聞かされ、スバルは不穏すぎる事実に再び困惑する。

ひょっとすると、意識が途絶える前後の記憶が曖昧なのも、『タイゲタ』の書庫での出来事が影響しているのかもしれない。またしても、記憶に干渉されたのかと。

しかし、そんな慌ただしい思考のスバルに「待つのよ」とベアトリスが声をかけた。

「なんだか、話が食い違ってる気がするかしら。スバル、正確に話すのよ」

「うん？」

「今、自分が置かれてる状況を、ベティーたちに話してみるかしら」

噛んで含めるようなベアトリスの指示、その言葉の重みを噛みしめ、スバルは雰囲気に呑まれながら頷いた。

「まず、話してた通り……目を覚ましたら、俺には記憶がなかった。すっからかんってわけじゃなく、この世界に召喚されてからの記憶が……」

「ちょ、ちょ、ちょ、待つのよ！　記憶!?　記憶って何のことかしら!?」

「え？」

威厳たっぷりだったベアトリスの態度が、説明の出鼻でいきなり砕かれた。

思いがけない彼女の反応にスバルは驚き、慌てるベアトリスの肩を後ろからエミリアが支える。が、エミリアも落ち着いているわけではない。

彼女もまた、スバルに驚きの目を向けていた。

「記憶って、どういうこと？　スバルは何を言ってるの……？」

「いや、ここでそんな引っかかる？　だって、このことは二人にも……」

──話したはず、と続けようとした言葉がそこで止まった。

「──────」

エミリアとベアトリス、二人の瞳には色濃い困惑がある。それが決して演技によるものでないことは、さすがのスバルでも見て取れた。

だがしかし、この場合、二人の態度が演技でない方がスバルには恐ろしい。

演技でないなら、二人はスバルが記憶を失った事実を忘れている。何もかも忘れたスバルと向き合い、困惑しながらも受け入れてくれた決意を、喪失していた。

まさかとは思うが、この塔にきてから記憶を失い続けているのは、実はスバルだけではなく、エミリアたちも含めた全員なのでは。

と、そんな恐ろしい想像をしたところで、スバルははたと気付く。

「今の、寝起きのやり取り……」

それに既視感があった。——否、何となくのものではない。確かな記憶だ。

エミリアとベアトリスとの初対面——この場合、記憶をなくしたスバルにとっての初対面という意味だが、そのときに交わした会話とそっくり同じ内容なのだ。

もっと言えば、『緑部屋』で二人に見守られながら目覚めた状況そのものが、記憶をなくしたスバルの目覚めの再現ではないか。

「——」

そのことに思い至り、スバルは音を立てて唾を呑み込んだ。

ちらとエミリアたちを見れば、彼女らの態度に変化はない。ただ、二人の困惑している瞳にあるのは、『ナツキ・スバル』へ向けられた心からの憂慮だった。

それが不信ではなく、信頼であったことがスバルの心の安定に一役買う。

正直、スバルの心は今も大波に揉まれる嵐の中にいる。だが、この状況は——、

「前にも見た状況。——つまり、予知夢」

目覚めの瞬間の状況を鑑みるに、そう考えるのが妥当ではないだろうか。

そう思えば、意識の途絶——現実への覚醒というべきか。その瞬間の記憶が曖昧なのも納得できる。夢とは不思議と、指の隙間からこぼれ落ちて消えゆくものだ。

あるいはこの予知夢こそが、異世界へ招かれたスバルへ与えられた特殊能力——、

「すげぇ使いどころが難しい、ピーキーな能力だな……」

ただし、使いこなせればかなり強力な力であることは間違いない。

予知夢とは、つまるところ未来予知だ。この的中率が高ければ高いほど、閉塞した状況を打破するための決定打となり得るだろう。

生憎、今の予知夢から学べた情報で役立つものがあるかは怪しいが——、

「——二人とも、ちょっと落ち着いて俺の話を聞いてくれ」

そう言って、自分の能力の推測を立てたスバルは二人に向き直った。そのスバルの様子に、エミリアとベアトリスは顔を見合わせ、それから頷いてくれる。

そうして、真剣な顔をした二人に、スバルは微かな躊躇いを挟んで、続けた。

「信じてもらえるかわからないんだが、どうも、俺は記憶をなくしたらしいんだ」

2

——『タイゲタ』の書庫で倒れたスバルは記憶を失っていた。

そのスバルからの告白を聞いたエミリアたちの反応は、それこそ予知夢で見たときとほとんど変わらないものだった。

「えいっ！」

空気の弾ける音がして、エミリアが自分の白い頬を両手で叩く。その痛みと衝撃に、彼女は不安に揺れていた瞳に力を取り戻し、「よしっ」と気合いを入れた。

「べ、ベティーは……」

エミリアに励まされ、ベアトリスが悲痛な目をスバルへ向ける。

そうして口ごもる彼女の様子を、スバルは胸の奥の疼痛を堪えながら見ていた。このあとに続く台詞を、表情を、スバルはすでに知っている。

だが、そのことがスバルの心に安らぎをもたらすかと言えば、それは見当違いだ。

——誰かの気持ちを、期待を、裏切ることは辛いし、恐ろしい。

それが何度目であろうと、同じ問題であろうと、同じことだ。

そして今、スバルは一度目のときよりベアトリスを知っている。だから、一度目のときよりもずっと、不安に揺れ動く彼女の瞳がスバルには恐ろしかった。

「……ああ、もう、まったく！　スバルは本当に仕方のない契約者なのよ！」

そう言って、ベアトリスは不安と困惑の殻を突き破り、瞳に浮かんだ蝶の紋様のように停滞という蛹から羽化し、羽ばたいた。

そのことに安堵しながら、同時にスバルは強い自己嫌悪も抱く。

——これでいいのか。これで満足なのか。ええ、『ナツキ・スバル』よ。

——お前がそうやって築いてきた絆と信頼の上に、俺も砂の城を建てればいいのか。

「————」

エミリアとベアトリスの、優しくも心の痛む決断を見届け、スバルは奥歯を噛む。

予知夢を見たことを、スバルは二人に打ち明けていない。

目覚めた直後のやり取りと、二人の名前を覚えていた矛盾に関しては、全部の記憶がなくなったわけではないという理屈で強引に押し切った。

記憶のあるなしはスバルの匙加減であるため、二人には疑う根拠がない。そうまでしてスバルが前回と同じ状況を整えるのは、予知夢の信頼性を確かめたいからだった。

予知夢と同じ状況をなぞれば、どれだけ展開は同じ流れを辿るのか。すでに出だしで変化があったが、まだ修正可能な範囲だと思いたい。

ただ、スバルが予知夢を公言しなかったのは、それだけが理由ではない。

「――――」

先の、予知夢で体感した一度目の世界のことを思い出す。その世界では、誰もスバルに予知夢の能力があることを触れなかった。エミリアたちの、誰一人として。

これだけの力だ。彼女たちがスバルにそれを隠したとは考えにくい。口裏を合わせるタイミングはなかったし、それを隠そうとする理由が見当たらない。

ならば、エミリアたちは予知夢の存在を知らなかったと考えるのが自然だ。

つまり、『ナツキ・スバル』は一度も、彼女たちに自分の能力を打ち明けなかった。

「……何を考えてたんだ、『ナツキ・スバル』」

自身の名を、もはや別人のような感覚でスバルは呼ぶ。――否、もはや別人のような感覚なんて言い方は誤りだった。

スバルにとって、『ナツキ・スバル』は知らない未知の人物だ。その考えを推し量ることはできないし、対話も交わせない。理解してやれる糸口がない。

何故(なぜ)、『ナツキ・スバル』はエミリアたちを欺き、予知夢の力を隠そうとしたのか。

そんな『ナツキ・スバル』への不信感が、沸々とスバルの中で芽生えていく。

「お前は……」

──何を考えていたんだ、『ナツキ・スバル』、と。

3

──その後の展開も、やはりおおよそ予知夢の通りに事が運んだ。

「──これは、何の悪ふざけなの、バルス」

エミリアとベアトリスの拙い説明を受け、スバルの記憶喪失を疑うラム。

「しっかし、懲(こ)りないッスね、お師様。そうやって何回あーしのこと忘れるッスか？」

記憶喪失の事実を、あっけらかんとした態度で受け入れてくれるシャウラ。

「本当、お兄さんってば、すごおく困ったさんよねえ」

興味があるのかないのか、混迷する状況を楽しむように悪戯(いたずら)に微笑(ほほえ)むメィリィ。

「……少し、彼に落ち着く時間を与えたい。構わないかな？」

衝撃を受けるユリウスを気遣い、落ち着く時間を設けたいと提案するエキドナ。

「……お願いだから、全部、話して」

それを受け入れ、水汲みに連れ出された廊下で、ラムの本音をぶつけられ、確信する。

ラムの静かな慟哭と、話を聞いた皆の反応で確信が持てた。

――予知夢は、憎らしいほどに正確な力だと。

スバルとて、全員の言動を一言一句覚えているわけではない。それでも、印象に強く残っている彼女らの態度は一致していた。

問題があるとすれば――、

「ナツキくんは、こんな状況のわりにずいぶんと落ち着いているんだね」

改めての自己紹介と、アナスタシアの意識がエキドナに上書きされている状況、そうしたお互いの爆弾を打ち明け合ったところで、エキドナがスバルにそう言った。

「――――」

そのエキドナの言葉に、スバルは口の中が渇くのを感じる。

正直、エキドナの指摘も無理はない。スバル自身、どうにも演じ切れていなかった。

みんなが驚き、慌てふためいて、それでもどうにか不条理な現実に抗おうと決意する姿を見ながら、そのことに心から感情移入することができなかった。

一度見た映画を、初めて見たように感じることができないのと同じだ。

気丈に振る舞う彼女たちへの同情と、それを放置する罪悪感、そしてこれを続けてきただろう『ナツキ・スバル』への嫌悪感と、負の感情の詰め合わせが募る。

結果、反応の乏しいスバルが訝しがられるのも無理はない。ただし――、

「落ち着いてるって評価は新鮮だな。俺は通信簿には必ず『落ち着きがありません』って書かれるタイプのガキだったから」

「……結局、記憶をなくした君自身の混乱が一番少ないというのもおかしな話だね。何とかしなければ、とボクたちの焦燥は募るばかりなんだが」

「周りが慌ててると、かえって当事者は冷静になる的なやつかもしれない。俺だって、見えないかもしれないけどビビってるぞ。そこは安心してくれ」

「それって、全然ホッとできない気がするんだけど……」

平静を装い、エキドナにそう回答したスバルにエミリアが苦笑する。ただ、この状況が先ほどと比べて、どこか空気に澱みがあるのは感じてしまう。

それもこれも、おそらくスバルが予知夢で見た流れを再現し切れていないからだ。できるだけ夢の自分をトレースしようとしても、細かな記憶の抜けに違いが出る。

これ以上、自分の物真似なんて高度な要求でボロが出る前に――、

「なんにせよ、朝ご飯を片したら実況見分といこう。俺の記憶が書庫の床に散らばってるんなら、拾い集めて詰め直さなくちゃならねぇからな」

と、前回と同じ流れを辿るよう、全員を『タイゲタ』へと誘導する発言をした。

そして――、

「うへへへ〜」

三層の『タイゲタ』へやってきたスバルの隣で、だらしない顔でシャウラが笑う。

背筋を伸ばし、凛とした表情をしていれば、それだけで多くの男を虜にするだろう美貌を崩壊させ、彼女は緩み切った顔でスバルにしなだれかかってきていた。

その彼女の額を掌で押しやりながら、スバルは書庫を調査するエミリアたちの背中を見ている。——何の成果も挙がらないと、そうわかっている調査の背中を。

「正直、歯痒いな……」

「ん〜？　お師様どうしたッスか？　悩み事ならあーしが聞くッス！　ぶっちゃけ、何にも身になるアドバイスはできねッスけど、どんとこいッスよ！」

「お前の割り切りは潔くて気持ちいいな！」

「うしし、もっと褒めてもっと褒めて。その調子であーしを頼って溺れてッス〜」

スバルとの会話の何がそんなに嬉しいのか、すげない言葉にもシャウラは喜色満面で、そんな彼女の距離感が今のスバルには少し、いや、かなり心地よかった。

予知夢の内容をなぞると決めたことで、スバルの心はエミリアたちへの罪悪感に苛まれている。誠実でひたむきな彼女たちを欺く決断が、ひたすら心苦しい。

だからこそ、頭空っぽで、記憶の有無でスバルを区別しないシャウラが救いだった。

そういう意味の距離感でありがたいのは、先と同じように書庫の捜索に参加していないサボり側のメィリィもだった。

彼女はスバルにしなだれかかるシャウラ、その長いポニーテールを掴んで引っ張り、

「ほらほら、お兄さんが困ってるでしょお。あんまりはしゃがないのお」

「あたたたた！　なんて真似するッスか、ちびっ子二号！」

首のひねりでポニテを取り戻し、大事に抱え込んだシャウラがメィリィを睨む。その言葉にメィリィは、大人びた目つきで「だってえ」と唇に指を当てる。

「お姉さんとか、ベアトリスちゃんに怒られたくないもおん。半裸のお姉さんがお兄さんに悪さしないように、見張っててあげないとねえ」

「むっきーっ！　腹立つッス！　お師様、何とか言ってやってくださいッス！」

「シャウラ、俺の一メートル以内に接近禁止命令な。怖い」

「お師様のバカーっ！」

おいおいと泣き崩れる素振りをして、シャウラがスバルに背を向ける。

頭からマントを被っていじける姿に頬を掻き、それからスバルは後ろ手に手を組んでいるメィリィの方を振り返った。

「助け船、サンキュな。……殺し屋にこんな礼言うのも変な感じだけど」

「別にいいわよお。殺し屋は廃業したみたいなものだしい、今のわたしはお兄さんたちに使われる立場だからあ。魔獣ちゃんたちみたいに、うまく使ってちょうだいねえ」

「――――」

他意も悪意もない発言、それだけにメィリィの言葉はスバルには応えた。

メィリィは特に何の呵責もなく、当たり前の考えとしてそれを発言している。それがスバルの世界と、この世界の価値観の違いといえばそれまでだが。

スバルの目から見ても、彼女はまだ幼い子どもなのだ。それが、耐え難かった。

「お兄さん？」

「使うとか、そんな嫌な言い方するなよ。お前には頼る。使うんじゃなく、だ」

「……ふーん」

一瞬、スバルの言葉に目を細め、それからメィリィは意味深に俯いた。ただ、その反応は不快感ではなく、居心地の悪さが原因に見えて、スバルは安堵する。

違う世界観、異なる常識がまかり通った世界でも、通じ合えないわけではない。

メィリィの反応から、そんな希望が垣間見えた気がして。

「……お兄さんって、ホントに何にも覚えてないのよねえ」

「うん？　ああ、残念ながら。なんか、大事な約束とかしてたりしたか？」

「――。いいえぇ、ペトラちゃんが聞いたら泣いちゃうかもねえって」

「うぐ……また知らない子の名前が」

聞き慣れない名前にスバルが頬を硬くすると、メィリィがくすくすと楽しそうに笑う。

「ペトラちゃんはねえ、お兄さんのことが大好きな女の子なのよお。ここに送り出すときもすごおく心配してたから、ほらやっぱりって声が聞こえてきそうねえ」

「おのれ、昨日の俺め。なんて迂闊な真似してくれたんだ……！」

まだ見ぬペトラなる少女の想いに苦しめられ、スバルは自分への恨み節をこぼす。

スバルの知らない『ナツキ・スバル』の足跡を、あとどれだけ拾い集めたらいいのか。

「――昨日のお兄さんが迂闊ってお話、わたしもホントにそう思うわあ」

そんなスバルの内心を余所に、メィリィが背伸びしながらそう言った。

それが、彼女の偽らざる本音に聞こえたのは、スバルの気のせいだったのだろうか。

いずれにせよ、それを確かめるより早く、エミリアたちが戻ってくる。

やはり手掛かりはなかったと、予知夢の正確さを証明する結果だけを持ち帰って。

4

『タイゲタ』の捜索が不発に終わり、エミリアたちは拠点で話し合いを始める。

塔攻略における今後の方針――自分がいては話しづらい内容になると思い、チート能力の有無を確かめたかったのもあって、前回は参加しなかった会議だ。

おおよそ、ここまでがスバルの知る予知夢の範囲であり、ここから先は未知の状況へ突入する。――もはや、予知夢の効力を疑う余地は皆無だろう。

問題があるとすれば、今朝までの予知夢を役立てる方法が思いつかないことだ。

「未来予知ができる、って事実が確かめられたことが大きい、か？」

確かに重要な情報だが、それはあくまで記憶をなくしたスバルにとっての話。記憶をなくす前のスバルは、この予知夢を使いこなしていたはずだ。エミリアやベアトリス、仲間たちがスバルに向ける信頼は、その力で勝ち取ったものだろう。

　しかし、肝心の発動条件も曖昧で、予知夢は使いづらい。単純に眠るだけでいいのか、何らかの発動のキーとなる条件が存在するのか、謎だ。

　今のところ、唯一の特別な能力と言える予知夢だけに、条件は見極めたい。

「夢から覚めた理由と、このあと何が起きたのかも確かめないとだ」

　結局、目覚める前後の記憶は判然としない。エミリアたちの話し合いがあり、その間にチート能力の考察をして、その時点では何も持っていないと結論を出した。

　その後、夢から覚めたことで予知夢の存在に気付けたが――、

「それがなかったら、夢の中でどこまでいけたんだ……？」

　例えば、夢の中で何も気付かず眠りについた場合、予知夢はそれをどう処理するのか。一日の終わりで目覚めるのか、夢の中で夢を見て物語は続くのか。

「今、ちょっとゾッとしたけど、予知夢の中の夢とか、胡蝶の夢っぽくて怖いな」

　胡蝶の夢とは、自分が夢の中で蝶になったとき、はたして夢を見ている自分は本当に人間なのか、あるいは蝶が人になる夢を見ていたのではないか、という夢と現との境が曖昧になることを語った説話である。

　堂々巡りになる思考、答えの訪れない問いかけ。それは自分自身という存在の定義をあやふやなものにして、息苦しい自問自答へ追い込む悪夢の迷宮だ。

今のスバルに当てはめれば、これは予知夢から目覚めた現実なのか、覚めた現実だと思っている予知夢の中なのか、といったところか。

まさか、またしてもあの『緑部屋』で、エミリアとベアトリスに揺り起こされるところから再スタートするなどと、そんな風に考えたくはないが――、

「――そうならないために、夢の先にいけばいい。それができるなら、エミリアたちに予知夢のことを打ち明けても大丈夫なはずだ」

記憶がなくなる前の『ナツキ・スバル』は、どういうわけかエミリアたちに予知夢のことを打ち明けていないようだが、生憎、今のスバルは状況の変化に貪欲だ。

未確定の未来に怯えて、おたおたと手遅れを招くようなことはしたくない。

「決めた。予知夢のことを、みんなに話そう」

そう決断して、スバルは拠点のエミリアたちの下へ戻ろうと足を向ける。

正直、予知夢のことをどう説明するかは出たとこ勝負な感が強い。発動条件も不明なので、その効力を証明するには彼女たちの協力が必要不可欠だろう。

だが、解明できればきっと強力な武器になる。あるいはこれが、このプレアデス監視塔を突破する鍵となり得る可能性だって。

だから、そんな思いを胸に――、

「――ナツキくんのことだが、彼を同行させるのは危険じゃないかい？」

「――――」

拠点の前にきたところで、聞こえてきた声にスバルは息を詰めた。

漏れ聞こえたエキドナの理性的な声、それを聞き取った途端、スバルはとっさに壁に張り付き、声をかけることを躊躇ってしまった。

切っ掛けを失い、聞き耳を立てるスバル。それを余所に、会話は続いている。

「エキドナ、危険というのはどういう意味だろうか」

「説明の必要があるかい？　記憶を失ったという彼の発言……おそらく、ここまでの態度から事実だと思われるが、そんな不安定な状態の彼を連れてゆくと？」

「それは、バルスの身を案じてというより、バルスが足手まといになると思っての発言と考えていいのかしら？　だとしたら、同感ね」

エキドナの整然とした物言いに、冷たく張り詰めたラムの声が重なる。それを聞いたエミリアが、「ラム！」と声の調子を高くして、

「ラムまで、スバルのことをそんな風に言うの？」

「客観的な事実を言ったまでです。それとも、エミリア様には記憶のないバルスに、昨日までと同じ働きができるとお思いですか？」

「それは……」

「バルスが悪人でないことは、ラムも認めます。ですが、関係が白紙に戻ったバルスを信用できるかと言われれば、ラムは否定します。……信用する、根拠がない」

冷たい理論武装の最後に、ラムは苦いものを堪えるような響きを交えた。

彼女の語ったスバルへの不信——この場合、スバルの発言への信用ではなく、全てを失ったスバルを信じられないという理屈、それは当然のことだった。

「私は、スバルを信じる。ベアトリスもそう。みんなもお願い。スバルを信じてあげて」

「……エミリア様、エキドナやラム女史は彼を疑っているわけではありません。ただ、今の彼を頼るのは不確定要素が大きすぎると、そう指摘しているだけです」

「その言いぶりだと、お前はそっちの精霊に賛成ってことかしら？」

　エミリアの懇願とユリウスの理性的な返答がぶつかる。だがそれは、全面的にスバルの味方をしようとするベアトリスによって、悪い空気の後押しとなった。

　途端、部屋に不穏な空気が立ち込め、立ち聞きするスバルの額を汗が伝う。いっそ、この場でスバルが空気を壊すように割り込んでいけば。

　——そんな考えが頭を過（よぎ）るのに、スバルの足は動いてくれなかった。

「まあまあ、ピリピリしてもしょうがなくないッスか？　ここであんたらがポコポコやり合っても、別にお師様は喜んだりしないッスもん」

「そういうお話はしてないと思うけどお、そうねえ……」

　変わらず、傍観者に徹する立場にあったらしいシャウラとメィリィの声。少女は「ん～」としばらくもったいぶるように唸（うな）り、

「お兄さんにでも直接聞いてみたらあ？　お兄さん、信じて大丈夫なのおって」

「——っ」

その言葉の孕んだ毒に、スバルは奥歯を噛んだ。そして、自分でも驚くほど冷静に壁を離れると、足音を立てないように慎重に部屋を離れる。

そのまま、足取りは徐々に早足に、やがて駆け足になり――、

「クソ……！」

突き当たった壁に額を押し付け、スバルは湧き上がる感情に体を震わせた。

スバルを欠いた状態での話し合い、その内容は想像以上にショックだった。

全面的な信頼を勝ち取れた、などと自惚れていたわけではない。むしろ、そんなことは考慮の外だったと言っていい。

――信頼は、前提だとスバルは思っていたのだ。

「――――」

エミリアとベアトリスが、あまりにスバルに親身で、気遣ってくれるものだから。

そのことに罪悪感を覚えていながら、信じてもらえて当然だと驕っていた。記憶をなくした自分でも仲間にしてもらえると、何の疑いもなく信じ込んでいた。

そんな自分を客観視できていなかったと、ようやく思い知らされたのだ。

何が、信頼は砂の城だ。わかったような顔をして、何もわかっていなかった。

――『ナツキ・スバル』が勝ち取ったモノを、ナツキ・スバルが横取りしようなどと。

「あの調子じゃ、予知夢のことも信じてもらえるかどうか……」

記憶喪失を信じてもらえたのは、エミリアたちが善良であることの証。だが、それで何

もかもをありのままに受け入れてくれると、そう期待するのは独りよがりだ。

「最初から、掛け違えた……」

失敗した。スバルは、失敗したのだ。

今さら予知夢のことを話したところで、それを信じさせる根拠が提出できない。素知らぬ顔をして彼らの下へ戻って、知らないふりを続ける演技力だってない。

彼らが求める『ナツキ・スバル』の代わりを、ナツキ・スバルができるだなんて。

「――――」

そんな、自分の不足を自覚したスバルの正面、急に視界が開けた。

出くわしたのは、四層と五層を繋いでいる巨大な螺旋階段――数百メートル以上もある監視塔、その大部分を占めているとされる広大な空間だ。

「螺旋、階段……」

ふと、その光景に目を凝らし、スバルは掠れた息を漏らした。

ここへ足を運ぶのは、夢を含めれば三度目のことだ。夢でも現実でも、記憶をなくしたスバルのために、エミリアたちは塔の中を軽く案内してくれたから。

だから、この光景に見覚えがあるのは間違いではない、のだが――、

「なんだ……？　それとは別に、妙な感覚が……」

ぞわぞわと、背筋の産毛が逆立っていく感覚がある。

全身の血が冷たくなり、耳鳴りがやけに大きく感じる。自然と心臓の鼓動が早くなり、

息遣いが荒くなって、何故か膝が震え出した。

カチカチと、合わない歯の根が音を立て始め、スバルは異常を自覚する。

急激に気温が下がったり、空気圧に変化があったとか、そんな外部的な要因ではない。この異常は、異変は、スバル自身の肉体を起因としたものだ。もっと言えば、この肉体への影響は、スバルの精神か、もっと深いところの何かが――、

「――ぁ」

とん、と軽い衝撃があって、スバルは一歩、前に踏み出していた。

――否、それは踏み出したとは言えない。何故なら、踏み出すには地面が必要だから。

前に一歩、足が出た。

そして、その足は、宙を掻いていた。

だから――、

「あ、うあああああああああ――ッ!?」

落ちる、落ちる、落ちている。

自分の体が浮遊感に呑まれ、天地が逆さにひっくり返り、豪風が鼓膜を殴りつける。

その状況を知覚し、理解した。転落している。違う、軽い衝撃、背中を押された。

誰かに、自分は突き落とされ「ああああああああああああああああああ

ああああああああああああああああああああああ──ッ!!」

絶叫を上げ、スバルは必死に手を伸ばした。何か、掴まれるものを懸命に求める。

何もない。どこにもない。世界がわからなくなるぐらい、回転していて。

まるで体の中身が浮かび上がる絶望的な嘔吐感、それが胃液となって喉から溢れ、その瞬間、スバルは曖昧だった記憶のベールの向こう側を覗き見た。

そう、そうだ、そうだった。──これは、初めての体験ではない。

予知夢から目覚める直前、スバルは同じ目に遭っていた。そして衝撃のあまり、意識が途切れて、気付いたらあの『緑部屋』で目覚めて。だったら、これも──、

「──くか」

瞬間、衝撃がスバルの右半身を粉々に打ち砕いた。

空気の割れるような音と、稲妻のような衝撃が右半身を襲い、スバルの甘い考えは彼方に消えた。そして遅れてやってくるのは、空前絶後の激痛だった。

「ぎ、ぃいいいあああああッ!!」

ちらと見れば、右腕が肘から反対にへし折れ、白い骨が突き出していた。どこかに激突し、なおも勢いは止まらず、スバルは落下しながら、螺旋階段に何度もぶつかる。

「が！　ごぉ！　げぅっ！」

転落と回転の勢いを保ったまま、血塗れのスバルが幾度も塔に殴られる。

額が割れ、漏れてはいけない何かが漏れる感覚があった。一瞬、意識が白んで消えかけ

るのを、続いてやってくる痛みが手放さない。地獄が、連鎖する。

「あああ‼　ぎあぁぁぁぁっ‼」

痛い、痛い痛い痛い痛い痛い痛い痛い痛い。

痛みが、苦しみが、嘔吐感が、灼熱が、ナツキ・スバルを粉々にしていく。

腕が、足が、顔が、叩き付けられる石段に削られ、砕かれ、潰されて、人の形を失っていく、人でなくなっていく。『ナツキ・スバル』ではないものに、整形していく。

『ナツキ・スバル』ではなくなっていく。記憶を失い、形を失い、そうしたら、いったいこの肉の塊を、この血袋を、何がどうして、『ナツキ・スバル』と定義する。

『──記憶が、人を形作るんだよ』

激痛と喪失感に呑まれるスバルの脳が、不意にそんな声を聞いた。

そんな馬鹿なことを言ったのは、わかったような口を叩いたのは誰だったのか。

だが、いいことを言うものだ。記憶がその人を形作る。実にいい言葉だ。

だとしたら、記憶を失い、自分の在り方を損なった存在は、いったい、どこの誰で、何者になるというのか。

「ふへ」

血を吐くような、文字通り、血を吐くような絶叫を上げる喉も潰れた。

はるか遠い地上へ辿り着くまでの間に、ナツキ・スバルはバラバラになる。

夢が、覚めることはない。ナツキ・スバルはしくじった。ハリボテが、砕け散る。


――オマエハ、ダレダ。

痛苦と鮮血の果てに、ナツキ・スバルの存在は、完膚なきまでに砕け散った。

5

断続的な痛みが、壮絶な灼熱が、存在を根本から塗り潰していく。

肉体を構成するあらゆる部位が、硬い衝撃に押し潰され、叩き壊され、折り砕かれ、発生する痛みに脳を焼かれ、神経が蝕まれ、魂が引き裂かれ、爆ぜる。

痛みが、世界を支配していた。

痛みだけがあった。痛みだけだった。世界は痛みで満たされていた。世界が痛みで満たされていると、そう考える思考さえも痛みに塗り潰され、痛んでいく。

不安も、混乱も、緊張も、悲嘆も、憤怒も、失望も、痛みの前では全てが無価値だ。

価値がない。そう、価値がない。

思考にも、行動にも、思案にも、意見にも、希望にも、記憶にも、等しく価値がない。

無価値なものが失われて、いったい、何を惜しむ必要があるのか。

ただ、終わりのない痛みだけがあった。痛みが、世界の全てだった。

その、終わるはずのない痛みが、唐突に存在を手放して――、

「――うああああああああああああッッ!!」

絶叫を上げ、覚醒する。

悲鳴を上げる喉が潰れ、込み上げる血に溺れていたことも忘れ、ただ叫んだ。

「ああああああ！　うああああああ!!」

叫びながら手足を振り回し、螺旋階段に砕かれる自分を守ろうとする。砕けた右腕、ぐしゃぐしゃの肉体、それを守ろうとして、気付く。腕が、足が、動く。

動くが、バランスを崩し、そのまま体が浮遊感に包まれ、すぐ床にぶつかった。声にならない声を上げ、ごつごつした床の上でのた打ち回る。太い縄を敷き詰めたような床の感触を味わいながら、スバルは落ち着きなくその場で咳き込んだ。

そのまま、咳と一緒に込み上げる嘔吐物を吐き出す。溢れたのは黄色がかった胃液で、血ではなかった。酸っぱい臭いと味が舌の上を滑り、何度も咳き込む。

「う、ぼぇっ！　げぇっ！　げほっ！　がほっ！」

流れる涙と鼻水を乱暴に袖で拭い、何度も、力なく額を床に打ち付けた。それを繰り返し、荒い息をつきながら、気付く。

──全身を容赦なく叩き潰した、灼熱に似た痛みが掻き消えていることに。

「──ぁ」

ふと、消えた痛みに怯えていると、さらに遅れて別のことに気付く。

背中を、蹲っているスバルの背中を、誰かが優しく撫でてくれているのだ。

「落ち着いた？」

振り返り、涙で歪んだ視界に背中を撫でる相手の顔が映り込む。それはぼやけた視界の中でもなお美しい、銀色の髪と紫紺の瞳を持つ少女──心配そうに眉を寄せ、背中を撫でてくれている彼女の姿に、ひゅっと喉が鳴った。

背中を、他人に触られていた。──あの、痛みが降ってくる前と、同じように。

──ニゲナクテハ、イタイツライクルシイガクル。

「スバ──」

「うあああああああああ──ッ!!」

呼び声と、背中を撫でる手を乱暴に振り払い、スバルは転がった。

背中、背中だ。背中に、触られた。あの瞬間、転落の直前、誰かが背中に触った。触ったのだ。背中に。だから、背中だけは、絶対に。

触られてはならない。あの痛みを、もう一度味わうなんて、考えられない。

「ひ」

ぞわりと背中の産毛が逆立つ感覚があり、スバルはその場で後ずさる。足腰が立たないまま、背中を撫でた少女から遠ざかろうとする。その体が、後ろの何かに当たった。

振り返り、その、硬い何かと目が合った。

「────」

それは、怯えるスバルを黄色い瞳で見つめる黒い巨体だ。

鋭い面貌と爬虫類の眼光、鋭い牙の並ぶ口を見て、スバルの恐怖が破裂する。

「スバル！　落ち着くかし……あうっ！」

「ベアトリス！」

破裂の瞬間、スバルはしがみついてくる軽い感触を乱暴に振り払った。振り払われて転がるそれに、声を上げる誰かが駆け寄っていく。

それを顧みる余裕もなく、スバルは四つん這いになりながら部屋の外へ飛び出した。震える足を叱咤し、肩を壁にぶつける。硬い衝撃と痛みに、意識が赤く染まる。

痛みだ。とにかく、痛みの全てから逃げなくては、ならない。

「はっ、ひっ、あひっ……っ！」

よたよたと息を切らし、涎をこぼしながら必死に通路を走る。

顔が熱い。心臓が爆発しそうだ。全身の血が逆流したみたいに、体中が痛い。

だから、逃げる。逃げなくては、追いつかれてしまう。──『死』に、追いつかれる。

ひたひたと、足音を立てながら『死』が追いかけてくる。追いかけてくるそれから、スバルは必死に逃げた。逃げて逃げて逃げて、逃げ惑い、逃げ続けた。

——あんなに苦しい思いをして、痛い思いをして、死んだはずなのに。それなのに、死んだはずのスバルを、『死』が殺そうと追いかけてくる。

何故、終わっていないのか。こんな怖い思いをするぐらいなら、いっそ——、

「ひ、ひ、ひ……」

まるで、溺れている気分だった。

地上で、水などどこにもないのに、水面を目指してもがいている気分だ。

溺れ、溺れて、溺れるものが足掻くように、水面を目指すように、ジタバタ、ジタバタ、ジタバタと、足掻いて足掻いて足掻いて、足掻いて——。

階段を見つけ、足をかけ、四つん這いになりながら、無我夢中で這い上がる。

物理的に上を目指したところで、本当に溺れているわけではないスバルが救われることなどありえない。それなのに、溺れる哀れな道化は必死だった。

必死で、ただ必死で、ただ必死に足掻くだけで、そんな見当違いな努力の果てに——、

「——オメエ、こンな朝っぱらから何しにきやがったンだ、オイ」

「——」

恐ろしく強大な気配を感じて、スバルの足が止まった。

——否、止まったのは足だけではない。荒かった呼吸が、うるさかった心音が、怯えと

疲労に震える膝が、あらゆる生命活動の首根っこが押さえ付けられたようだった。

開けた空間、白亜の世界、そんな場所に佇んでいた、強大すぎる存在。

これは、いったいなんだ。この人形の、人ではありえない鬼気を纏った生き物は。

「――ぁ」

「一人かよ、オメエ。オメエ、稚魚が一人って、お話になンねえだろ。稚魚じゃ、一人じゃなく一匹か。一匹でもお話になンねえよ。昨日の美人と、いい女共連れて出直せよ、オメエ。おう、オメエ、聞いてンのかよ、コラ。オメエ、オイ、オメエよ」

それは矢継ぎ早に、容赦のない言葉をスバルに浴びせてくる。

ひどく暴力的で、どこか投げやりな感情を孕んだ言葉に殴られ、スバルの止まっていた生命活動が再開する。そして、理解した。

怯え、逃げ惑うあまり、スバルは決して入り込んではならない場所へ迷い込んだ。

――ここは、足を踏み入れてはならない猛獣の檻の中なのだと。

「おうコラ、無視ぶっこいてンじゃねえぞ、オメエ」

気付けば、息がかかるような鼻先に相手の顔があった。

長い赤髪、左目を覆った黒い眼帯、右肩をさらけ出すように着崩した着物の下には白いサラシが見えていて、何のつもりか、手には細い二本の木の棒を握っている。

その、鋭利でも何でもない棒切れの先端が、突き付けられた『死』に思えて。

「ひ」

「おいおい、オメエ、まさか泣いてンのかよ。ピーピー泣き喚いてンのか、オメエ。下で連れとケンカでもしたかよ、オメエ。言い負かされて泣いてンのか、オメエ」

怯えて竦んだ姿を見られ、身を硬くしたスバルに男が頬を歪める。それから、彼は「仕方ねえ奴だな」と呆れた様子で頭を掻くと、

「──馬鹿が。勘違いしてンじゃねえぞ、オメエ」

──獰猛な、血を求める鮫の形相で、男が棒切れをスバルの胸に突き込んだ。

瞬間、肋骨の隙間に棒の先端が滑り込み、骨に守られるはずの繊細な臓器を、嬲るように優しく、いたわるように生々しく、つつき、くすぐったのがわかる。

それだけで、文字通り、血を吐くような苦痛が全身を貫いた。

「ぎ、が、ぁぁあああああ⁉」

「何、逃げてきてンだ、オメエ。おまけに、逃げた先がオレのとこってのは何の冗談だ、オメエ。オレはオメエの保護者でもダチでも何でもねえぞ、オメエ。群れる相手はオメエで選んでンだろーが、オメエ、死にてえのか」

「ぎ！　がっ！　あぎっ！　ぐぎゃぁっ！」

苛立たしげに吐き捨てながら、男が棒切れで芸術的にスバルの内臓を嬲る。その恐ろしく緻密な手先の動きが、男の尋常ならざる剣才の証明だった。

──コレハ、マジワッテハナラナイ、テキダ。

人間は、こうまで暴力の才能に愛されることができるのだ。

それは、他者を虐げるものとして完成された存在、蛮行の頂点、暴力の化身。

——違う。あまりに、目の前の男は、この場所は、自分の常識とは違いすぎる。

「失せろ、稚魚」

興味が掻き消え、次の瞬間、内臓を掻き回す棒の感触が消えた。次いで、男はその長い足で乱暴にスバルを蹴りつけ、その体を後ろに転がした。

ふわりと踵が浮かび、スバルは自分が階段を踏み外したと気付く。——階段を。

——マタ、コロガリオチルノカ。

「い、やだぁぁ……っ！」

階段を転がり落ちるトラウマを刺激され、とっさに床に爪を立てた。

歪な音がして、床を掴もうとした右手の爪が剥がれる。血が散り、新鮮な痛みが脳を突き刺してくる。それでも、転落を堪えた。それが大事だった。

「ぐ、ぐ……っ」

爪の剥がれた痛みを堪え、血の滴る手を抱きながら遁走する。遁走と呼ぶには、その足取りはあまりに遅い。壁に肩を預け、足を引きずりながら暴力から逃げる。

可能な限り、早く遠ざかりたい。いつしか、スバルは長い長い階段の途中にいる。無我夢中で誰もいない場所を目指し、とんでもないところにきてしまった。

——否、とんでもないところという意味なら、この世界そのものがそうだった。

「痛い……痛い、痛い、痛いよぉ……」

どうして、自分はこんなところに、こんな世界にいるのだろうか。

自分は砕け散ったはずなのに、バラバラになったはずなのに、終わったはずなのに。

あの灼熱（しゃくねつ）の全ては夢か、幻か。——そうだったなら、よかったのに。

「予知、夢……」

自分の身に起きた不可思議を、そんな現象によるものと想定していた。

見たことのある光景が、接したことのある人物が、交わした覚えのある会話が、通過したはずのイベントが、自分という存在を通り過ぎていったものだから。

それが起きた理由を、自分なりに理屈づけるためにそんな想像をした。

きっと、どこかそれすらも、対岸の火事のように他人事（ひとごと）な感覚で捉えていて。その浅慮（せんりょ）と浅薄（せんぱく）の代償を、壮絶な苦痛で支払うことになるとも知らずに。

「————」

気付いたときには、その場にしゃがみ込んでいた。

階段の段差に腰掛け、壁に体を預けながら、指から滴る赤い血をぼんやり眺める。

徒労感と、喪失感と、失望感と、そうした負の感情がぐるぐると頭の中を巡っていた。

「なん、で……」

ほんの数時間前まで、自分はぬくぬくとした、倦怠（けんたい）の日々の中にいた。

何の危険もない、心配事なんてせいぜい先のない自分の未来ぐらいなもので、誰かに脅かされることも、真剣に取り合うようなこともないぬるま湯の時間。

――父と母の視線に、ただ顔を伏せていればいいだけの、そんな場所にいた。

その、報いなのだろうか。

父と母に、迷惑をかけ続けた。失望させ続けた。いい子で、あれなかった。

だから、死ぬほどの苦痛を味わって、それでも死ねない地獄に放り込まれたのか。

こんな思いをするぐらいなら、いっそ、もっと、ちゃんと。

「……いってきますって、言えばよかった」

後悔ばかりの人生だった。その、いの一番に浮かんだ後悔がそれだった。

家を出るとき、いってらっしゃいと母に声をかけられた。

自分は、それに答えなかった。

何故(なぜ)か。――台所の、水につけたコップを、洗っていなかったからだ。

「ぐ、ふ……っ」

コップを、洗わなかった。

ココアを飲んで、こびりついた茶色い汚れを洗うのが、面倒だった。

母の声に応えて、会話が生まれてしまったら、コップを洗えと言われるかもしれなかった。だから、母の声に応えなかった。コップを、洗いたくなかったからだ。

コップを洗いたくなかったから、自分は母の言葉を無視した。

何も言わなかった。何も言わないまま家を出て、コンビニに向かって、自分で稼いだわけでもない金を使って、そのまま、気付けばこんな場所にいた。

母にも、父にも何も言わずに、コップを洗わないで、こんな場所にいた。

コップの一つも洗わずに、優しい母に何も言わずに、こんな場所で、死にそうだ。

迷惑をかけて、何一つ返せないまま、コップも洗わないで、死ぬのだ。

「……俺は、死ぬ」

死ぬ。生きとし生ける全てのものがいずれ死ぬが、自分はここで死ぬのだ。

父も母もいない、見知らぬ他人に囲まれて、汚い血の塊になって、死ぬのだ。

「――――」

それを理解した途端、『死』の存在を間近に感じた。へたり込んでいるスバルを、階段の下からじっと見ている。嘲るように、その口元が微笑んでいるのがわかった。

その、『死』に見覚えがあった。こんな場所で、父も母もいないこの場所で、見知った誰がいるものかと考えて、すぐに気付く。

何のことはない。『死』は、他ならぬ自分の顔を貼り付け、こちらを嘲笑っていた。

「笑うな」

『死』を睨みつけ、どす黒い憎悪を込めて、そう言った。

「笑うな。笑うんじゃねぇ。笑うんじゃ、ねぇ……！」

嘲笑をやめない『死』へと、込み上げる怒りのままに立ち上がった。壁伝いに、『死』へと近付いていく。嘲笑をやめない、『死』へ向かって。

「笑うな、やめろ。俺は、死ぬ。お前にじゃない。お前に殺されるんじゃない……っ」

『死』が、初めてその嘲笑を曇らせた。

それは、自分のモノが、自分の言いなりにならないことに腹を立てたように見えた。その反応が痛快に思えて、憤怒の形相のまま、スバルは攻め立てる。

「俺は、お前には殺されない。俺は死ぬ。確かに、俺は死ぬ！　俺は死ぬ！　死んだ！死んだんだ！　死んで、ここに戻って、だけど、俺はお前には——」

——殺されてやらない。

そう、はっきりと口走ろうとした瞬間だった。

「——————」

唇が、意のままに動かなくなった。次いで気付くのは、『死』を睨みつけていた眼球の不自由と、自分自身の肉体が完全に制御を離れた喪失感。

何故、などと疑問を呈することすら封じられ、ただただ異常の変化を待ち望んだ。

動かない。体が。——否、動かないのは体ではない。世界そのものが、止まっている。

目の前にいた『死』も、その動きを止め、憤怒の形相を歪めたままでいる。

そんな世界にあって、動けない自分を残して、唯一、動くものがある。

それは——、

「——愛してる」

——それは、たぶん、黒い女だった。

黒い、全身を黒一色で染め上げた、すらりと細い肢体を持つ女だ。

黒が女の形をしているのか、女が黒を纏(まと)っているのか、どちらか定かではないし、それを決めることに意味があるとも思えない。

とにかく、それは黒い女だった。まるで、花嫁衣裳(いしょう)のような黒い装束を纏い、内からも外からも顔を覗(のぞ)くことのできない黒いヴェールが顔貌(かおかたち)を隠す。

「——愛してる」

ただ、黒い女の唇が紡ぐのは、想像を絶するほどに強い感情だった。

いったい、どれほどの感情を煮詰めれば、その唇から漏れる言葉に近付くだろう。

それは質であり、量であり、時間であり、重さであり、価値であり、概念だ。

『愛してる』という言葉を口にするものが世界にどれほどいるかは知れないが——その、全ての『愛してる』を含有すれば、きっとこの女の『愛してる』になる。

そして、愛を囁(ささや)く女はゆっくりと、その黒い腕をこちらの胸へと向けて。

細い指先が胸板を、皮を、肉を、骨を通り抜けて、鼓動を刻む心臓へと寄り添う。

「————」

ほんの数分、十数分、時間などわからないが、目覚めてから幾度となく、その存在を意識してきた心の臓——しかし、今、この瞬間ほどそれを思ったことはない。

その存在を、忌々(いまいま)しく思ったことはない。

何故なら――、

「――愛してる」

愛を囁くのと同じ情熱を込めて、女の黒い指が心臓を愛撫する。

それと同時に突き抜ける衝撃が、痛みを恐れるこの身を、完膚なきまでに屈服させる。

転落の衝撃に全身を砕かれ、消えぬ灼熱に魂を焼かれ、母への罪悪感に心を摩耗したことさえも、この痛みの前では塵芥のように思える。

絶叫できるなら、させてほしかった。

喉が張り裂けるほどに叫べたなら、少しは痛みに対して何かができた。痛みに向き合うのではなく、痛み以外のものに気を向けることで、痛みから逃れられた。

それができない。ただ、痛みと、向き合わされる。

「――愛してる」

女の愛が、心の臓を手放さない。

それはまるで、自分以外のものへ興味を向けることなど許さないと、尽きせぬ独占欲がそうさせているかの如く。

――あらゆるものへの嫉妬心が、そうさせているかの如く。

「――はっ」

解放は、突然のことだった。

「――」

息を吐いて、その場に崩れ落ちる。

はらはらと、涙がこぼれ、ついにはその場に失禁していた。生温かい感触が股間を濡らして、階段を階下へ向かって小水が流れ落ちていく。

そんな無様な醜態を、止まっていた『死』が指差して、声高に嗤っていた。

謀られたのだと、その笑う姿を見ていて気付く。

ああして、弱味を見せた素振りをすれば、容易に飛びついて、踏んではならない虎の尾を踏むと、謀られたのだ。

「俺を……」

続く言葉は、言葉にならなかった。

頭を抱える。まだ、爪の剥がれた傷からは血が流れている。涙も、階下へと流れていく小水も、何もかもが、自分の弱さと愚かさへの罰に思えて。

――いっそ、殺してくれ。

その言葉は、声にならない。

殺されたとして、本当に自分は『殺されられる』のだろうか。

階段を、靴音と心配げな声が駆け上がってくるまで。

汚水と失望感に塗れたまま、ただ、愚かな子どものように泣き続けた。

残骸は、泣き続けた。――泣き続けた。

第三章　『残骸』

1

——何もかも、散々だった。

文字通り、散る散ると書いて、散々だ。何もかも、散々だった。

階段の途中で蹲っていたところを見つかり、階下へ連れ戻され、何があったのかと問い質されて、時間の経過と共に状況が悪くなるのを理解する。

もう、どうにでもなれという気持ちが溢れ、記憶がないことも、周りが怖くて逃げ出したことも、全部ぶちまけた。——自分の、『死』の事実にだけ触れずに。

「それじゃ、スバルは本当に何にも覚えてないの……？」

憂いの瞳を浮かべるエミリア。彼女以外の面々も、衝撃の告白に動揺を隠せない。

これで三度目。すでに三度、スバルはエミリアたちを落胆させた。もっとも、汚物を垂れ流して逃げ惑い、一人で泣きじゃくっていた今回が最悪のパターンだ。

それが最悪のパターンであることも、スバル以外の誰も知らないことだが。

「へ」

笑えてくる。

自分が、同じ状況を――否、同じ時間を、三度も繰り返している事実が。同じ時間を三回繰り返して、スバルはようやく自分の置かれた状況を正しく把握した。

――自分は、二回死んだのだ。

死因はどちらも転落死、螺旋階段から突き落とされ、あえなく潰れて砕け散った。一度目は落下の途中で意識を失ったから、それを自覚することができなかっただけ。

二度目の壮絶な苦痛の死で、ようやくその事実に気付けた。――そして、舞い戻った。

死んだ瞬間、あの緑色の部屋に舞い戻り、同じ時間をやり直す。

死んで、舞い戻る。――『死に戻り』だ。

それが、この異世界で、ナツキ・スバルに与えられた、神からの祝福だった。

「へ」

二度目の笑みがこぼれた。正直、もう涙も涸れ果てて、笑うしかなかった。

エミリアたちは、目を離した隙にボロボロになったスバルを扱いかねている。記憶だけでなく、気力もなくしたスバルは触れるのも躊躇われる汚いガラス細工だ。容易く壊れるくせに、見ていていい気がするものでもない廃棄物だった。

「……レムが、可哀想だわ」

緑色の部屋に戻され、経過を見守ることになったスバル。そんなスバルの傍に妹を置いておけないと、瓜二つの顔をした姉が大切な妹を連れ出していく。

去り際、ラムが言い残していった言葉に、スバルも同意見だった。

「スバル、ここで大人しくしているのよ。きっと、ベティーが何とかしてみせるかしら」

「――――」

「一人きりで、蹲ってなんかさせないのよ」

困惑を色濃く残しながらも、その幼い声音には使命感が満ち満ちていた。だが、そんなベアトリスの呼びかけにも、スバルは何も答えられなかった。

それどころか、少女の差し出す指を拒絶し、頭を深く下げ、顔も見られない。

「――――」

他人だった。彼女たちはどこまでいっても、他人なのだ。

しかし、それは彼女たちが悪いのではない。他人なのは彼女たちではない。スバルだ。

彼女たちが向けてくれる親しみも、気遣いも、あるいは信愛に近いそれも、本来の『ナツキ・スバル』に向けられたもので、この残骸に向けられたものではない。

スバルには、彼女たちの親愛を向けられる資格がなかった。

だが、それと同じように――、

「……殺される謂れだって、俺にはねぇよ」

一人、部屋に取り残されて、スバルは奥歯を軋らせながら呟く。

身に覚えのない信頼と親愛、積み重ねたはずの時間と絆をなくして、居心地の悪い好意を向けられることはまだマシだ。どうとでも取り繕える。

だが、どうして『ナツキ・スバル』が積み上げた殺意の尻拭いをしなくてはならない。

良いことも、悪いことも、その全てが自分の行いではないのだ。それなのに、どうして
こんな場所で、自分が溺れそうになりながら足掻かなくてはならない。

「俺は、御免だ……」

長い、長い自問自答の果てに、スバルはゆっくりと立ち上がった。

奥歯を噛みしめすぎて、血の混じった唾を吐き捨てる。そして、『緑部屋』の外へ向
かって足を進めようとして――不意に、上着の裾を引かれた。

「――ッ」

それをしたのは、唯一の同席者であった黒いトカゲだった。

トカゲはその凶暴な外見に見合わない甲高い鳴き声を上げ、まるでスバルを引き止めよ
うとするかのようにしている。その黄色い瞳には、寂寥感があるように見えて。

「馬鹿馬鹿しい。……餌が欲しいなら、誰か別の奴に頼んでくれ」

口に咥えられた裾を外して、そう言い残したスバルはトカゲの眼差しを振り切る。その
まま『緑部屋』の外へ出て、誰もいないのを確かめてから歩き出した。

「水と、食料の場所は……」

わかっている。水汲みに同行し、塔内を案内もされた。水と食料の場所はわかる。あと
はそれを確保して――スバルは、この塔から外へ脱出する。

当然の判断だろう。だって、スバルは誰かに突き飛ばされ、殺されたのだから。

「――――」

正直なところ、スバルは容疑者の見当がつかない。だが、塔で一緒に行動していた誰かなのは間違いない。明確な誰かの殺意に、ナツキ・スバルは殺されたのだ。

容疑者はエミリア、ベアトリス、ラム、エキドナ、ユリウス、メィリィ、シャウラの七人――誰が味方で敵なのか、スバルには判別が不可能だった。

そもそも、彼女たちが本当にスバルと知り合いだったのかさえ確実ではないのだ。本当は全員が、スバルを殺すために集まった刺客の可能性すらある。

――エミリアとベアトリスの、あの眼差しが嘘だったと、そう言い切れるなら。

「クソ、クソ、半端野郎……！」

自分の胸中でせめぎ合う感情を押し殺し、スバルは密かに水と食料を持ち出す。本気で自分のことだけ考えるなら、根こそぎ持ち出すのが正解だったのだろう。

だが、スバルは目分量で三日分、それだけ選別して持ち出した。荷物が多すぎれば、逃避行が不利になると、そんな言い訳をしながら。

「外は砂漠って話だったが……」

食料と同じ場所にあった外套を羽織り、口元まで隠せる防砂布を装備する。そうして水と食料、砂漠用の装備を揃えれば準備は万端だった。

「俺が、二回死んだ時間は越えたかな……」

みっともなく逃げ出して、たどたどしく事情を話して、『緑部屋』で蹲っていた時間を考えれば、おそらく前回の生存時間をスバルは更新したはずだ。

さっそく、『死に戻り』の効果が発揮された。こうやって自分の身に降りかかる死亡フラグを次々と乗り越え、命懸けの綱渡りを続けていけばいいと。

「そんなの、御免だ」

そんな目に遭わされてまで、どうしてこの場に留まる理由がある。

『ナツキ・スバル』がどうであろうと、知ったことか。スバルには、自分が死んでもこの場所に縋り付きたい理由など、何一つないのだから。

塔の外を目指して走り出し、スバルは階下へ続く螺旋階段へと出くわした。自分が二度死んだ場所を目の当たりにして、全身の細胞が悲鳴を上げる。

「――っ」

息を詰め、スバルは入念に自分の背後を確かめた。刺客が近寄ってきていないか、スバルを突き飛ばすための腕が伸びてきていないか、しかと確かめる。

いない。誰も。今頃、エミリアたちは『死者の書』を詰め込んだ書庫か、あるいは凶悪な試験官が待つ上階へ向かっているはずだ。

だから、今が絶好の機会なのだ。何もかもを放り捨て、逃げ出すための絶好の。

優しくしてくれた彼女たちを、その優しさが偽りかもしれないから、見捨てて逃げる。

ただ、それだけだった。

「知るかよ！　俺には、関係ねぇ！」

耐え難い苛立ちを噛み殺し、スバルはトラウマを踏み殺すように段差へ挑んだ。

螺旋階段を駆け下り、底の見えない下層を目指す。上がったり下がったり、生きようとしたり死なされていたり、滑稽な自分が馬鹿みたいだった。

それでも、死にたくない。死にたくないのだ。

「でかい、扉……」

息を切らして階段を駆け下りながら、徐々に輪郭のはっきりしてくるそれを見る。それは全長十メートル以上もありそうな、信じられないほど巨大な扉だった。

まるで巨人の出入りのためにあるような扉。広い広い五層にあるのは、さらなる階下である六層へ続く階段と、その聳え立つ巨大な扉だけだった。

「――――」

扉の前で、スバルは微かに砂を孕んだ風を感じて息を呑む。砂混じりの風が吹いているのは、この扉の向こうが塔の外へ繋がっている証拠だろう。

ここから外へ出れば、砂漠――正式な名前は忘れたが、とにかく、砂漠がある。その砂漠を踏破して人里へ出れば、塔に潜んでいる危険人物から離れられるはずだ。

砂漠の移動は暑い時間帯を避け、砂嵐に注意すること。方向を定め、その一点に向かって進むこと。漫画ではスーツがいいなんて話も見たが、それは眉唾だ。

正直、砂漠についての知識なんてその程度しかない。それでも――、

「確実に殺される場所にいるより、助かるために行動する方がマシだ」

正常な判断力を失っているのかもしれない。だが、これが異常な判断であろうと、自分の判断だ。この状況で『自分』が信じられなくなる方がずっと怖い。

恐怖に膝を屈したら、待ち受けるのは『死』の嘲笑、それだけなのだから。

「――――」

正面、巨大な扉に手を当て、ゆっくりと前に押していく。

扉の大きさはスバルの十数倍、本来なら体ごと押し込んでもびくともしない重量だ。それが、スバルの掌で押されると、機械仕掛けのように容易く押し開かれる。

「あ？」

勢いで開きすぎた扉を止めて、スバルはそっとそこから外を窺った。何かの罠で、外で誰かが待ち受けている可能性を懸念し――夜の気配のある、砂海の歓迎を受ける。

目を細め、地平線の彼方に目をやるが、その果てはどこにも見えない。

「……本当に、砂漠、なんだな」

一切の建物が見えない、広大すぎる砂の海。そこへ踏み出す準備が整ったところで、スバルは一度だけ、塔内を振り返った。

この場所に残していくことになる、きっとスバルに悪意のない人たちを、置き去りにしてしまうことへの後ろめたさがそうさせた。

それを、スバルは振り切る。それ以上の、外への、元の世界への未練がそうさせた。

ここには、いたくない。

ナツキ・スバルの帰る場所は、父と母の待つ、あの家なのだから。

「だから……」

扉の隙間を抜け、強く、前へ踏み出した。

砂を踏みつけると、思った以上に靴底が砂に取られる感覚がある。それを力ずくで踏み躙って、ナツキ・スバルは外の世界へと、力強く歩み出した。

そして――、

「――え」

踏みつけた靴裏が大きく炸裂して、スバルの体は宙に高々と投げ出されていた。

2

真下からの衝撃に宙に跳ね上げられ、スバルの意識は混乱の渦中にあった。

「――――」

完全なパニック状態――もはや、今のスバルにとってはパニック状態の方が常態化しているように思えたが、そんな混乱が知覚を大きく引き伸ばす。

交通事故に遭う瞬間、世界がスローモーションに見えるというタキサイキア現象。世界がコマ送りになる感覚の中、スバルは逆さの自分の視界にそれを見た。

それは、夜の砂海から顔を出した、恐ろしく強大な体躯を持った生物。手足がなく、ぬめる体皮をして、凶暴な牙の並ぶ口腔を見せる、巨大なミミズだった。

体長十メートルを下らないミミズの化け物、その存在感にスバルの喉が鳴る。

「ごあっ！」

現実離れした光景への衝撃が、物理的な衝撃によって中断した。背中から砂の上に落とされ、肺が痙攣してうまく呼吸ができない。

足下から飛び出したミミズが、スバルを空に打ち上げた。そのまま砂の上に転がったのが今の真相。そして、ここからスバルがやるべきことは——、

「クソったれ……！」

あのミミズは、地下に潜伏して獲物を探していたに違いない。つまり、このままだとスバルは巨大生物の餌にされる。生き残るには、塔内に逃げ込むしかない。

塔を出発して、たったの二歩で逆戻り——だがそれも、吹き飛ばされた分だけ開いてしまった距離、これを埋めなくては辿り着けない場所だった。

「ミミズを躱して、中に入って、扉を閉める……？」

できるのか、という呪いのような言葉が脳内を塗り潰す。しかし、次の瞬間には生存欲求が、生き残るためにはやるしかないと結論する。

「一発、一発だ。一発、一発、一発……」

首元の防砂布を引き上げ、スバルはミミズの挙動を血走った目で観察する。

あのデカブツが涎を垂らして飛びついてくる、その刹那の隙を捉えるしかない。生きる

ために、ナツキ・スバルの全霊を懸けて――、

「――ッッ!!」

瞬間、その巨体から想像のできない耳障りな奇声を上げて、ミミズがスバルへ倒れ込むように襲いかかる。轟と風の唸る音を聞きながら、スバルは生き残る目を求めてミミズと砂漠の間隙を探す。――見えた隙間へ、自分をねじ込むイメージ。

一心不乱に砂を蹴り、イメージをなぞるようにミミズの初撃を躱した。生まれる衝撃波と砂嵐に揉まれて吹き飛ぶ。が、生き残った。

「はぁ……っ！」

体が、自分の記憶よりも機敏に動いた。

刹那、脳裏を過るのは記憶にない『ナツキ・スバル』の一年間。この過酷な世界で一年間生き延びた『ナツキ・スバル』の経験、それがスバルを生かした。

「このまま――」

勢いを殺さず、スバルは塔の入口へ駆け込もうと足を踏み出した。ほんの二十メートルも駆け抜ければいい。それぐらい、駆け抜けてみせ――、

「る」

直後、砂海を爆発させたのはミミズの頭ではなく、地中に埋まった尾の方だった。砂海が割れ、現れるミミズの尾がスバルの足を刈り、再び宙に打ち上げる。

尾を引く悲鳴を上げながら、スバルは眼下、回る視界にミミズの頭部を見た。

その頭部が大口を開けて、スバルを牙だらけの口腔に迎えようとしているのを。

「――ぁ」

――甘く、見た。

この過酷な環境を生き抜いた野性を、温室同然の世界で生きてきた自分が出し抜けるなどと。呆れた浅慮浅薄、その代償を、また命で支払うことになる。

「いや、だ」

落下し、翅をもがれた虫のように足掻きながら、声がこぼれる。

死ぬ。また死ぬのか。死んだとして、死に切れるかもわからない。そもそも、死んで、ここで終わって、どうなる。耐えられるのか。

この先に待ち受けるのが、永劫の暗闇だったとしたら――、

「嫌だぁぁぁ――っ!!」

叫び、助けを求めて夜空に手を伸ばす。

触れられるものはない。薄雲のかかったような視界、ぼやけた空の彼方にはあるはずの星の光も見えず、スバルは一人、落ちていく。

同じ名前を持った星にすら見捨てられ、化け物の腹に呑まれ、消えてなくなる。

そんな絶望を――白い、光が迸った。

「――――」

白い光が迸り、それが大口を開けたミミズの頭を吹き飛ばしていた。

白光を浴びるミミズの頭部が、まるで飴細工のように歪み、爆ぜる。汚い色の血と肉をまき散らして、醜い顔が消し飛んだ。そして、それで終わらない。

次々と、光は止まることなく放たれ、そのたびにミミズの巨体が欠けていく。虫食いのようにミミズの体が弾け、千切れ、穴だらけになっていく。

それを目の当たりにするスバルが流れ弾に当たらなかったのは、悪運の中の強運というべき偶然だった。

「――ぁ」

先ほどと同じ衝撃、砂の上に無防備に落ちるそれが全身を叩いた。ミミズに喰われる運命を乗り越え、スバルは砂漠に五体投地して転がっている。

頭上には、相変わらず星の見えない空が広がっていた。

何の因果か、命を拾った今も、空は変わらず『昴』を見捨てたままでいる。

呆れられて、望まれて、見放されて、憎まれて、親しまれて、遠ざけられて。

生きたいのか、死にたいのか、いたいのか、いたくないのか。

「俺に、どうしろってんだよ……！　答えがあるなら、教えてくれよ……！」

顔を覆い、誰もいない、何も見えない空に向かって怒鳴る。

返事はない。スバルが聞きたい答えは、誰も持ち合わせてくれていない。それを、持っている誰かがいるとしたら、それは――、

「――答えてくれよ、ナツキ・スバル」

情けなく、掠れた懇願がこぼれた直後だった。

スバルの足下の方で、巨大な地響きが砂海を揺らす。それは頭を失い、胴体の大部分を抉られたミミズの亡骸が倒れる震動だ。白い光のファインプレーにより、スバルは見事に命拾いをした。――だが、それでは終わらなかった。

「――っ」

巨体が倒れたあとの地響きがやまず、ついにはスバルの視界が大きくブレた。

上から下へ、視界がブレる。その原因は、ミミズの潜行によって緩んでいた地面が、ミミズの最後の転倒にトドメを刺されたことだった。

「う、ぁ、あああ！」

砂海が破れ、怒涛の勢いで砂が地下に呑み込まれていく。スバルも、まるで蟻地獄に嵌まった虫のように、逆らう手足を砂に取られて地下へ引きずり込まれる。

必死に抗おうとしたが、無駄だった。頼ろうとする全てが、同じように砂に呑まれる。

手足が埋まり、身動きが取れなくなり、上を向いて、必死に喘ぐ。

全身が砂に呑まれ、そのまま、生き埋めになる予感に、懸命に抗うように。

「誰か、誰か、助け……」

続く声は形にならないまま、スバルの体は砂に呑まれ、落ちてゆく。

そうして地上で惨めに足掻く『昴』を、空の星々は一欠片も気にかけてはくれなかった。

×　×　×

「かふっ」

意識が戻って最初に感じたのは、猛烈な息苦しさと圧迫感、そして砂の味だった。

咳き込んで、口の中に溜まった不愉快な食感を何とか吐き出す。重たい瞼をこじ開け、涙目になりながら周りを見た。暗い。

どこか、ひどく暗い、冷たい空間に押し込まれているのを理解した。

「ここ、は……そうだ、俺はでかいミミズに、喰われかけて……」

ズキズキと痛む頭を振り、直前にあった出来事を回想する。

全てを投げ出し、塔から逃げようとした最初の一歩を巨大なミミズに阻まれた。そうしてミミズに喰われ、死ぬはずだったところを白い光に救われて――、

「砂漠の、地下……」

砂の大地が崩れ、流砂に呑まれて地下に落ちた。そのまま生き埋めになっていてもおかしくなかったが、かろうじて命を拾ったらしい。

もっとも、仮に死んでいたとしても、死に切れるかどうか怪しいのが今のスバルだ。

――マタ、アノヘヤカラヤリナオスノカ。

「――――」

呪いのような脅迫観念を押しのけ、スバルは自分が埋もれる砂を掘る。

圧迫感の正体は、腰から下が砂に埋もれていたことだった。光源のまるでない暗闇の中で、慎重を期しながら、時間をかけて体を砂から引き抜く。

服の中に入った砂の不快感はあるが、体の自由は取り戻した。それからスバルは手探りで周囲を確かめ、視覚に頼らずに辺りを観察した。

暗くて何も見えない世界。――ここが本当に生者の世界か、それすら怪しく思える。

「……異世界なんだ。地獄があっても、おかしくない」

神話の世界なら、地下に死後の世界が存在することも珍しくない。ひょっとしたら、スバルが落ちたのもそうした空間という可能性もある。自分の体が死人のように冷たく感じるのも、それが原因かもしれない。

「馬鹿か、俺は。いや、馬鹿だ俺は。……こんなの、砂に埋もれてたのが原因だろ」

益体のない妄想を打ち切り、スバルは冷たい手と手を擦り合わせる。冷え切った砂に体温を奪われ続けたのだ。いったい、どのぐらい意識をなくしていたのか。

地下に生息する別の生き物に齧られずに済んだのは、不幸中の幸いと言えよう。

「――?」

考えながら、砂の上に立てた膝が何かに当たった。それが何かを確かめようと手を伸ばせば、触れた指の感触から革袋だと気付く。

スバルが塔から持ち出した、水と食料の入った革袋だ。慌てて中から簡易水筒を引っ張り出し、渇いた喉を潤そうと口を付ける。微量の水が舌を湿らせた。

「クソ、中身が漏れたのか……他の、食い物、は……」

残っていないかと革袋を漁ろうとして、砂上に腰を下ろしたスバルは気付く。

数日分を詰めたはずの革袋、中にあった非常食は空っぽになっていた。それらは流砂に呑まれて、砂の藻屑になった――のではない。

周囲に散乱していた。それも、誰かが食い散らかしたみたいに、出鱈目に。

「……は？」

暗いせいで、スバルの埋まった砂山の正確な状況はわからない。

ただ、砂山のあちこちに、スバルが持ち込んだ食料が散らばっている。それらは食い破られ、食い散らかされ、乱暴に放り出されていた。

ごくり、と渇いたスバルの喉が鳴る。

――ヤバイ、ヤバイ、ヤバイ、ヤバイ、ヤバイ、ヤバイ。

知らず、食い散らかされた食料の中心に佇むスバルは恐怖する。

ここは、あの巨大ミミズが這い出した空間だ。何がいても、不思議ではない。この不気味な状況そのものが、得体の知れない化け物からのメッセージにさえ思えた。

「す、すぐにここを……」

離れなければと、革袋に拾えた食料を詰め込めるだけ詰めて移動を始める。暗闇で立ち上がるリスクを嫌い、四つん這いで、地面があるのを確かめながら。

文字通りの暗中模索で、異様な恐怖から逃げるために、這いずる。

闇の中、地面の存在を、自分の存在を確かめながら、這いずる、這いずる、這いずる。
目指すべきは地上か、それともここではないどこかなのか。それすら定かでないまま、
ただひたすらに逃げる。逃げるしかなかった。
——逃げるしか、なかった。

3

正面、触れた指先に光が生まれ、ほどけるように『扉』が掻き消える。
直後、塞がれていた道の先から溢れ出すのは、鼻を突く濃密な悪臭だった。
「——————」
鼻面に皺を寄せながら、しかし、スバルはその悪臭を頼りに暗闇を進む。変わらず闇に
包まれた冷たい地下で、それだけがスバルを導く道標だった。
——地下に転落し、逃げるように這い回り始めてから数時間が経過した。
暗中模索の逃避行で、スバルの心は何度も挫けかけた。砂山を何度も滑落し、見つけた
道を壁に阻まれ、時折、頭上から降る砂の雨に幾度も震え上がらされた。
自分が地獄に迷い込み、死んだことに気付いていないだけなのではと、妄想じみた冗談
を全く笑えない、長い長い時間が過ぎた。
それでも立ち止まらなかったのは、そうして訪れる終わりが怖かったから。それを遠ざ

けようと必死で足掻いて、足掻いて——スバルは、その悪臭に気付いた。

おぞましい臭いに鼻腔を犯されながら、スバルは夢中でそれを追い求めた。

当てもなく、何時間も地中を彷徨い続けたスバルにとって、それだけが救いだった。それだけが、この地下で見つけた変化らしい変化。

地獄から抜け出すための、唯一の蜘蛛の糸だった。

それを手繰るうち、砂の通路の中でスバルが出くわしたのが、『扉』だった。

「これで、三枚目……」

四つん這いになり、一瞬だけ冷たい『扉』に触れた手を見下ろしながら呟く。

『扉』は、スバルの辿る悪臭の漂う道の途中に立ちはだかっている。——否、立ちはだかるというのは大げさだ。『扉』は、決してスバルを阻もうとはしない。

大仰に砂の通路を塞いでおきながら、スバルが触れた途端に掻き消えるのだ。

それは文字通り、煙のように掻き消える。だから、スバルが『扉』に阻まれたことは一度もない。そして、『扉』を一枚越えるごとに、悪臭は濃度を増していた。

すなわち、『扉』の奥へ進めば進むほど、臭いの大元に近付いているということだ。

「はぁ、はぁ、はぁ……」

犬のように息を荒げ、鼻を鳴らして砂の通路に道標を求める。

地中の生き物は目が退化し、代わりの器官が鋭敏になると聞く。たったの数時間だが、視力に頼れない分、他の五感が研ぎ澄まされるのがスバルにもわかった。

臭いを辿る嗅覚と、わずかな風を感じる触覚を頼りに機能を極限まで絞っていく。そうすることで、形のない恐怖に怯える心を忘れることができた。

この暗闇と静寂が、誰にも脅かされない『孤独』が愛おしかった。

生温い泥濘に身を委ねるような停滞感が、追い詰められるスバルの心を抱擁し、粘土細工を水に浸すみたいにぐずぐずにしていくのがわかる。

いっそ、その惰性と倦怠の中に溶け込んでしまえたら、楽だったのに。

「——ぁ？」

不意に、スバルの喉が掠れた音を漏らした。

それは変化に対する反応だ。ただし、決して好意的な反応ではなかった。

「————」

ぺたぺたと、膝立ちになったスバルが目の前の『扉』に触れる。ここまで順調にスバルを素通りさせてきた『扉』、それがここへきて牙を剥いた。

押しても引いても、『扉』はびくともしない。唐突に、スバルの歩みを阻んだ。

「冗談じゃ、ねぇ……！」

突然の裏切りを受け、スバルは驚愕と、それ以上の怒りに支配される。

四枚目の『扉』を乗り越え、そのまま五枚目の『扉』を越えようとしたところだった。

他の『扉』との違いなんてまるでわからないが、『扉』はスバルを阻まんとする。

それを無理やりこじ開ける力など、無力なナツキ・スバルは持ち合わせていない。

ここにきて今さら、頼り切っていた道標に梯子を外されるなどと――、

「――っ」

怒りに心中を真っ赤に染められ、スバルは『扉』に頭を打ち付けた。

何度も、何度も、額をぶつけ、硬い衝撃が頭蓋骨に跳ね返るのを痛みと共に味わう。あれほどあった痛みへの恐怖を、この瞬間の怒りが凌駕し、塗り潰していた。

どろりと、自分の内側からどす黒い感情が溢れ出してくる。

それは、この悪臭を嗅いだ当初から、スバルの内に芽生えていた度し難い激情の奔流。

道標を辿り、無心でいられる間は無視することができた感情。理不尽と不条理を押し付ける運命への、言葉にできない負の感情の渦が、ここへきて爆発する。

何故、こんな目に遭わなくてはならない。何故、スバルが苦しまなくてはならない。

もしも運命を定める神がいたとしたら、この怒りを凶器に殺してやりたい。だって、スバルがこんな目に遭わなければならない理由など、何一つない。

「悪いのは、俺じゃなくて……」

こんな地獄のような環境を作り上げた、スバルを取り巻く全てが悪いのだ。

それなのに、どうして――、

「引き返す……？　冗談じゃない。ふざけるな。なんで、お前が俺を邪魔すんだよ！」

吠えたところで無駄に体力を浪費するだけだ。あるいはこの地下空間を住処とする、獰猛な化け物を引き寄せる結果を生むかもしれない。

そんなもっともらしい常識を放り出し、スバルは『扉』に頭を打ち付け、渇望した。

これは、スバルのための『扉』だ。それは一目見たときからわかっていた。

それなのに、どうして邪魔をするのかと。この先に行くことが、この先にあるものを暴くことが、この先に待つものと出会うことが、スバルの役割なのだ。

──それを何故、この『扉』が、■■■が邪魔をしようというのか。

「──な」

理屈に合わない激情を『扉』にぶつけている最中、不意の変化がスバルを襲った。

それは八つ当たりの対象にされた『扉』の意趣返しか、あるいは『扉』の向こうにいけない相手への既定路線なのか、それすら定かではない。

ただ、これまでスバルの触れた『扉』がそうだったように、今度はスバルの体が淡く、薄闇を照らす白い光に包まれていた。

「ふざ……っ！　てめぇ、冗談じゃねぇぞ……！」

怒りに支配され、『扉』相手に悪罵をぶつけ、今一度、頭を振り上げる。

だが、渾身の頭突きが繰り出されるより早く、これまで消えた『扉』と同じように、スバルの体がその場から消える。体のどこかからではなく、全部いっぺんに。

それを拒絶しようとしても、光の方は言うことを聞かない。不条理はいつだって、スバルの意見に耳を貸さず、一方的にそちらの事情を押し付けてくる。

このときも、そうだった。スバルの意思を無視し、状況は進行する。

すなわち――、

「は」

一際、光が強く瞬いた直後、スバルは冷たい地下から解放されていた。

「――――」

呆けた顔つきで、スバルは自分の両手を見下ろした。

砂が付着し、水分を失った手が見えていた。見える。当然だ。ここには光があった。色があった。自分の足下も、石造りの床なのが見える。――石造りの、床。

「――ッ」

理解に及んだ瞬間、スバルはその場から飛びのき、周囲を見回した。

そして、広い空間の中心に自分が立っていたことと、振り返った背後に見覚えのあるモノを発見し、この場所がどこなのか即座に思い知る。

――スバルの背後にあったのは、建物の内外を隔てている巨大な扉。

プレアデス監視塔の五層に存在し、数時間前にスバルも利用した大扉だった。つまり、スバルがいるのはプレアデス監視塔の中――、

「ふざ……」

けるな、とは続けられない。言葉が、とっさに出てこなかった。

意味がわからない。ほんの数十秒前まで、スバルは手元さえ見えない真っ暗な砂海の地下にいた。それが瞬きのあとに塔内へ逆戻りだ。それはもはや、ここがファンタジー世界

であることを盾に取った理解力への暴力だった。

理解しろ、納得しろと、不条理を強制する悪夢の侵略行為だ。

「逃げて、逃げて、逃げて……」

無様な逃走劇を演じたスバルへの仕打ちが、これか。

ミミズの化け物を筆頭に、世界にはスバルの太刀打ちできない存在が無数にいて、どれだけ必死に逃げ惑ったとしても、その奮闘の全部は台無しにされる。

それでも死にたくないから、怯えたくないから、逃げようと、したのに——、

「——もう、いい」

脱力感に支配され、膝から力が抜けかけた。その、へたり込もうとした体を支え、スバルは長く、深い息を吐いた。

静かな、静謐な納得が、スバルの胸の奥で沸き立つ激情に理解を示していた。

その理解と納得がもたらす感情を瞳に宿したまま、スバルはゆっくりと頭上を仰ぐ。

もっと早くこの答えに辿り着くべきだったと、口の端が妙な感慨に緩んだ。

「————」

何故、スバルが暗闇を這いずり、逃げ回らなくてはならなかったのか。

それは、誰かがスバルを殺そうと画策し、一度ならず二度までも命を奪ったからだ。平然とした顔の裏に殺意を隠し、まんまと計画を実行した殺人者がいるからだ。

——そしてその容疑者は、おのずと塔内にいる『誰か』に絞られるではないか。

──そこまでわかっているなら、解決法も容易く見つかるではないか。

──誰かがスバルを殺そうとするなら、それより早く、相手を。

「──殺してやる」

『死に戻り』による事象の先取り、それがナツキ・スバルのアドバンテージだ。

殺人者がどんな計画を練っていようと、自分の殺意がすでにスバルに知られているなどと思いもしまい。殺人者の計画は、最初から破綻している。

「ひは」

凶笑が浮かび、スバルは起死回生の天啓を得たと拳を固めた。

そうとなれば、無駄な時間は使えない。結論に従い、スバルは素早く動き始めた。息を殺し、四層へ通じる長い長い螺旋階段に足をかける。

逃げるために駆け下りたとき、スバルはこの螺旋階段が怖くてたまらなかった。それが今、生きるために踏みしめる段差のなんと愛おしいことか。

「誰が敵だか知らねぇが……」

──目にモノを、見せてやる。

どす黒い感情に身を焦がし、ナツキ・スバルは凶笑を湛えて上階へ向かう。その足の向く先に、自分を殺した相手を追い詰められる暗い希望を胸に。

「殺す、殺す、殺してやる。絶対に、殺して、やる……」

軋るように、唇から延々と呪詛が漏れ出している。

言霊に力が宿るなら、吐き出される呪詛の数々が、ナツキ・スバルの復讐に力を貸す。殺すと殺意を口にするたび、全身に力が漲る気さえした。

「殺す、殺す、殺す、殺す、殺す、殺す……」

呟きながら鼻を鳴らす。微かに漂う、地下で味わい尽くしたあの悪臭。地下を離れた今もそれを感じるのは、あるいはそれがスバルの内側を満たした証か。

光と色が戻り、視覚を取り戻した今も、鼻腔の奥にすり込まれた悪臭が胸を焼く。その灼熱が、自分自身の仇討ちのために動く足に力を与えてくれていた。

何時間も砂海の地下を彷徨い、体力を消耗した頭が重い。思考が鈍化している。そのことを、道標の悪臭と、殺意の呪詛が忘れさせてくれるのだ。

「殺す、殺す、殺す、殺す、殺す……」

身を守るために、殺す。そうしなくては、奴らの方がスバルを殺しにくる。

殺したいのではなく、殺さなければならない。

――死にたくないから、生き残るために、殺さなくてはならないのだ。

だから、一番最初に目に入った相手を躊躇なく殺す。そう心に決め、階段を上がる。呪詛を積み上げ、四層へ至った。記憶を失ったスバルの、始まりの場所へ。

そして――、

「――は」

――頭の潰れたシャウラが、見るも無残な姿で倒れ伏しているのを見つけた。

4

シャウラの亡骸は、目を覆いたくなるような凄惨な状態だった。

まとめられていた長い黒髪がほどけ、床を埋めるように広がっている。手足は力なく投げ出されているが、両腕が肘と手首で切断され、先が見当たらない。

白く健康的だった肌には無数の裂傷が刻まれ、おびただしい量の血が通路にぶちまけられていた。血の跡は廊下の奥から続いてきており、凄惨な戦いが長く、何度も場所を変えて続いていたことを証明している。

そして最も残酷なのが、命を奪う致命打となった頭部の外傷——傷なんて言葉では言い表せない。だって、一撃は彼女の頭を砕き、顔を判別できなくしていた。

あったはずの顔、短い時間で何度も向けられた笑顔がスバルの脳裏に蘇り——、

「——ぉえ」

その場に膝をついて、胃の中身をぶちまけていた。

ほとんど空っぽの胃袋から黄色い胃液が溢れ、酸っぱい感覚が鼻を内側から焼く。この感覚を、たった半日ほどの間に何回味わっただろうか。

何回、こんな思いを味わわなくてはならないのだろうか。

「うえ！　おええっ、ごえっ、うぶ……っ」

嘔吐感だけでなく、涙が溢れてきた。吐瀉物を浴びせられるシャウラの亡骸を、哀れに思ってやる余裕もない。ただ、彼女の死の光景が頭に焼き付いていた。

――人の、死を、初めて目の当たりにした。

「はぁ、はぁ、はぁ……っ」

人の死体を見たのは、スバルにとって生まれて初めてのことだった。

多くの場合、人生で最初に目にする死体は年配の親類になるだろう。だが、スバルの祖父母は父方も母方も健在で、親類縁者の葬儀に出席した経験は一度もなかった。

それ以外の場面でも、人の死という現場に出くわす機会は一度もなく――だからスバルにとって、シャウラの亡骸は初めて目にする他人の『死』であった。

その事実がもたらした衝撃は殊の外大きい。魂に焼き付いて、剥がれない。

人とはこんなにも残酷に、誰かに命を奪われることがあるのだと。

「俺も、か……」

必死の嘔吐を終えて、荒い息をつきながらスバルは呟いた。

螺旋階段の上から突き飛ばされ、はるか下の地面に叩き落とされたスバル。その死体もきっと、二目と見られないほど凄惨な肉塊と成り果てていたはずだ。自分で自分の死体を見る機会はなかったが、そのことに心底安堵する。

仮に、自分の死をこの目で見届けるようなことがあれば、正気でなどいられまい。

自分の死を自覚しただけで心は張り裂け、魂が砕け散る思いを味わうというのに。

「とに、かく……」

頭のない死体を視界から外しながら、スバルはシャウラの死を悼む。それと同時に、この塔内に恐るべき内患が潜んでいた事実に確信を得た。

シャウラは殺された。――スバルを殺したのと、同じ殺人者の手で。

「シャウラは、犯人じゃなかった、か」

容疑者を絞る方法がなかったが、これでおのずと犯人候補が一人減った。

残っているのがエミリア、ベアトリス、ラム、エキドナ、ユリウス、メィリィの六人。このいずれかが犯人と、そう考えれば話は早い。

七人殺さなくては得られなかった安寧が、六人殺せばいいとわかって気が楽になる。殺そうとしてくる犯人を殺して、殺そうとしてくるかもしれない容疑者を殺せば、塔の中に一人残ったスバルだけが、誰にも脅かされない『孤独』を貪れる。

「そういう意味だと、ラムとエキドナが邪魔だな……ユリウスの奴も、俺と無関係のところで死んでくれてると助かるんだが」

子どもであるベアトリスとメィリィは、殺すのはそう難しくないだろう。

エミリアと、死んでしまったがシャウラも、スバルに対する警戒心が薄いという意味では不意打ちは容易かったはずだ。だが、スバルに反抗的なラムと、小賢しいエキドナは不意打ちが難しい印象があった。男で、帯剣しているユリウスはなおさらだ。

もっとも、スバルは剣道をやっていたので、あの剣を奪えば立場は逆転するはずだが。

あとは——、

「——上にいる、あのクソ野郎」

高く長い階段の上、試験官の名目で居座る赤毛の男の存在に全身が震える。あの男の排除を考えただけで、それは不可能だとスバルの魂が泣き叫んだ。

あれは例外、あれは常外、理の外に生きている手出し無用の超越者だ。

唯一救いがあるとすれば、あの男がスバルを突き飛ばした存在とは考えにくいこと。あれならば、あんなつまらない方法は取らないという、負の信頼があった。

「————」

それだけ考え、口元を拭ったスバルは立ち上がり、シャウラの死体を跨いだ。

埋葬の時間はない。弔いの言葉も知らない。だが、辱める理由もなかった。

彼女は死んだのだ。死んだものは、スバルにとってもう敵ではない。死者だけが、スバルを脅かさない味方だった。あんなに怖かった『死』だけが、救いだった。

シャウラを跨いで進む先、四層の通路には争った形跡が色濃く残っている。材質不明の壁や床に傷があり、シャウラのものと思われる流血があちこちに見られる。それらを辿りながら、辿った先の存在に気取られまいと息を殺し、足音を殺し、進む。

四層へ上がるまでの間、呪詛によって蓄えられた憎悪が五感を鋭敏にしている。耳が痛いくらいの静寂の中、どんな些細な異変も見落とすまいと研ぎ澄まされる。

シャウラの死を見た。だが、殺意は萎えていない。

最初に見つけた相手を突き刺し、抉り、命を奪うのだと、その覚悟がある。

それなのに――、

「――――」

――曲がり角の先にエキドナの死体を見つけて、スバルは自分の覚悟が、この地獄でいったいどれほど役に立つのか、何もわからなくなった。

5

――エキドナの亡骸は、左肩から右脇にかけてバッサリと断ち切られていた。

「――――」

――ラムの亡骸は、後ろから胴体を吹き飛ばされ、胸から下に大穴が開いていた。

「――――」

――ユリウスの亡骸は、全身におびただしい傷を負い、最も凄惨な有様だった。

「――――」

――メィリィの亡骸は、ユリウスに背後に庇われ、穏やかな致命傷で死んでいた。

嘔吐をした。

数え切れないくらい、死体を見るたびに、ナツキ・スバルは嘔吐した。

死体、死体、死体、死体、死体だ。

死体があった。死体ばかりがあった。死体ばかりが、転がっていた。

エキドナの死体は、大きな刃物で切り裂かれたものだった。倒れたラムの表情は憎悪に歪み、最後の最後まで死に抗おうとしていた。ユリウスが負った傷は、殺人者と最後の瞬間まで戦い続け、背後の少女を守ろうとした結果だろう。そんな思いも空しく殺されてしまったメィリィは、どうして安らかな死に顔をしているのか理解に苦しむ。

彼女たちの亡骸には、白い布がかけられていた。シャウラ以外の四人の亡骸には、その死を悼むような形跡が見られた。そんな当然の気遣いが、あまりに異常だった。

——何もかもが、理解の外側だった。ナツキ・スバルは、地獄にいた。

「エミリアと、ベアトリス……」

見つけた死体は五つ、見つかっていない容疑者は二人。——その二人のどちらかが、あるいは二人が共謀して、この地獄を作り上げたというのか。

そもそもこの地獄はいつ始まり、いつ終わったのか。

「血は……」

現場検証の知識なんてないが、死者たちの流した血は乾いていた。

誰一人、穏やかな死を迎えていなかった彼女たち。その死に際して流れた大量の血が乾くには、数時間から十数時間が必要になるのではないか。だとしたら、彼女たちが殺されてからそれだけの時間が過ぎていることになる。

いったい、スバルは砂漠の地下をどれだけ彷徨っていたのか。

「――ぁ」

「――――」

エミリアたちを探し、見覚えのある部屋に入ったところで、スバルは目を見張った。

植物に覆われた緑色の部屋、その奥で、巨体を丸めていた黒いトカゲと目が合った。スバルが塔に戻って以来、初めて目にする、生きている存在――。

「それが、トカゲかよ……」

ことごとく期待を裏切る現実に、スバルは渇いた気持ちで舌打ちした。

理想は、エミリアかベアトリスの死体を見つけることだった。意味のわからない現実は変わらないが、それで少なくともスバルの心の安寧は買えたはずだった。

それさえ叶わず、スバルはすぐに緑色の部屋から退去する。トカゲ以外に誰もいない部屋など何の用事もない。しかし――、

「ついてくんな！」

部屋を出たスバルの後ろに、のっそりと立ち上がったトカゲがついてくる。

馬ほどもある巨体の威圧感、鋭い爪と牙の存在も警戒するには十分すぎて、スバルは爆発の場を失った怒りのままに、トカゲを強く睨みつけた。

「お前と遊んでる暇なんかねぇんだよ！　この塔で、生き残ってる奴をぶっ殺さなきゃならねぇんだ！　お前が、俺の邪魔をするってんなら……！」

　言いながら振りかざすのは、ユリウスの死体の傍で拾った折れた騎士剣だ。刀身は三分の二になっているが、それでも凶器としては十分に機能する。

　しかし、トカゲは折れた剣を振りかざすスバルを、静かな瞳で見据えて動かない。

「う……」

　凶器を歯牙にもかけない態度、それがスバルの心の弱さを嘲っているようにすら感じられて、スバルは気圧された。そして、その気圧された事実を隠すように、

「――てめぇ、ふざけるんじゃねぇ！」

　激発したスバルが、折れた剣をトカゲの首筋に叩き付けた。

　欠けた刃の先端が鱗を破り、わずかな抵抗のあと、その下の肉へ突き刺さる。嫌な手応えがあり、トカゲの体から赤い血が流れた。かなり深く、刃が刺さった。

「これで、どう……だ……」

「――――」

　生まれて初めて生き物を傷付けた興奮、それが即座に霧散する。

　理由は、トカゲの目だ。――刺される前と変わらず、スバルを見つめる静かな瞳。深々と突き立った剣に目もくれず、トカゲはナツキ・スバルの行いを見ていた。

　感情の読み取れない爬虫類の瞳が、しかし、ナツキ・スバルを糾弾していた。

「クソ……クソ、クソクソクソ！　なんなんだ、なんなんだよ！」

「――――」

「お前も、お前以外の奴らも、死体も！　生きてる奴も！　生きてるんだか死んでるんだかわからない奴らも！　いったい、何考えて、どうしたいんだよ!?」

頭を掻き毟り、スバルはわやくちゃになる感情のままにトカゲに吠える。

死者だらけの塔内を彷徨い、何も見えない地下の暗闇を彷徨い、右も左もわからない異世界を彷徨い、迷い続けながら溜め込んだ鬱々とした感情を爆発させる。

「俺を殺そうとした奴は、どいつもこいつも殺してやる！　俺を頼ろうとする奴は、どいつもこいつも突き放してやる！　勘違いすんな！　調子に乗んな！　勝手に、馴れ馴れしくしてきやがって……冗談じゃねぇ！」

「────」

「お前らのことなんか、一人も知るもんかよ！　お前らが何を思ってるかなんて、一つ残らず知ったことかよ！　みんながみんな、自分の事情を押し付けやがって……！　お前らが自分のことで手一杯なら！　俺だって、俺のことで手一杯なんだよ！」

怒鳴り、喚き散らし、スバルはいつしか涙を流して、その場に膝をついていた。

正面、トカゲは何も語らず、肩を揺すって荒い息をつくスバルを見ている。スバルはそんなトカゲの目を見返せず、蹲り、床に額を押し付けた。

「俺のことなんか、放っておいてくれよ……一人ぼっちで、見捨てていってくれよ……」

喉から絞り出すような涙声が、静かな通路に空しく響く。

跪き、懇願する。許しを請うように、救いを求めるように、神に縋り付くように。

この八方塞がりの状況から解放してくれと、世界そのものに希った。

そして、そんなスバルの願いは——、

「——え」

塔全体を揺るがすような震動と共に現れた、無数の黒い手によって叶えられた。

6

それに最初に気付けたのは、皮肉にも床に跪いていたからだった。

最初は静かに、しかし徐々にはっきりと、それはおびただしい勢いでスバルたちの下へ迫り——一拍ののち、四層の床を突き破って、どす黒い靄が通路へ溢れ出した。

「——っ」

靄は床を吹き飛ばし、衝撃と粉塵を撒きながら通路の床を、壁を、天井を蹂躙する。それでもなお、靄は獲物を求めて貪欲に周囲へ荒れ狂った。それはまるで、手当たり次第に全てを奪い尽くさんとするおぞましい情念の結実だ。

——脳裏を、スバルを見つめていた黒い女の存在が過った。

「——」

漆黒の花嫁衣裳で、スバルの心臓を徹底的にいたぶった黒い女。恐怖を刻み込んだその影のヴェールと、目の前で溢れ出す黒い靄はよく似ているように思えた。

それが通路を蹂躙し、スバルを——否(いな)、スバルを連れて逃げるトカゲを猛追する。

「お前……！」

最初の、床を突き破った瞬間からだった。靄は初めからスバルを狙っていた。跪いて動けないスバルは、その最初の瞬間に靄に喰(く)らい尽くされていたはずだ。

それを、トカゲに救われた。トカゲはスバルの肩口に牙を引っかけ、そのまま強引に体を持ち運び、押し寄せる影の猛威からスバルを遠ざけようとする。

その速度に息を呑(の)み、それ以上に勢いを増す黒影の存在に全身の血が凍り付いた。

本能が理解する。あの影に呑まれることは、『死』より恐ろしい結末を意味すると。

「——ッッ」

走るトカゲの首にしがみつき、肩に食い込む牙をさらに押し込む。この瞬間の痛みやトカゲへの不信感は、あの影への恐怖とは比較にならなかった。

「ら、螺旋(らせん)階段まで……っ」

スバルをしがみつかせたまま、影に追われるトカゲが通路を駆け抜ける。不意に視界が開けた途端、眼下に広がった光景にスバルは目を見開いた。

這(は)い上がってきたばかりの、あの巨大な螺旋階段——下の階層から百メートル近くの高さのある空間が、膨大な量の黒い影に呑まれ、その形をなくしていたのだ。

つまり、すでに黒い影は塔の下部を、大部分を呑み込み、その内に沈めている。

逃げ場など、どこにもない。——一瞬、スバルは自死の可能性を頭に浮かべた。

「────」

あの影に呑まれることは、『死』より恐ろしい終焉を意味する。ならばいっそ、自分から命を捨てた方がマシではないか。だって、スバルは死んだとしても──、

「嫌だ……」

だが、スバルはその選択肢を頭から拒絶した。

『死に戻り』の可能性がありながら、自死を選べない。万一、自死を選んでそれが最後になったら。二度とやり直せないかもしれないのに、命をリセットできるのか。

そもそも、どうして自分が死ななくてはならない。

何も悪いことなんてしていないのに、どうしてスバルが死ななくてはいけないのだ。

「嫌だぁ！　死にたくない!!」

恥も外聞もなく、スバルは泣き叫んだ。

しかし、その願いを聞く人間は塔内に一人もいない。死者と、行方不明者しかいない。

──だから、漆黒のトカゲだけが、その懇願に応えた。

「──ッッ」

スバルの絶望を聞いたトカゲが、その外見から想像のつかない声で甲高く嘶く。そして、黒い靄に覆われる世界に対して、真っ向から反逆を開始した。

素早く切り返し、押し寄せる影の隙間へ巨躯をねじ込む。狭い空間、通路の壁に鱗を削られながら、トカゲは死中に活を求めて懸命に走った。

生きるために。――否、死にたくないと叫んだスバルを、救うためにだ。

「お前……」

猛烈な勢いに揺さぶられながら、信じられないものを見る目でスバルはトカゲを見る。

その感情の見えない横顔で、唯一、黄色い瞳だけが激情を宿していた。

溢れ出す靄に押し潰され、塔の壁が、通路が破砕していく。文字通り、道なき道を踏み越えながら、トカゲは影の及ばない場所を探し、懸命に、懸命に走った。

「――ッッ」

じくじくと、肩に刺さる牙から痛みがくる。だが、それ以上にスバルの意識を焼いたのは、トカゲの口内から溢れる血――影に追われながら、その全てを躱し切れたわけではない。トカゲの体はあちこち、影に抉られてひどい有様だった。

にも拘らず、スバルの傷は最小限。理由は明快だ。

トカゲが、決して影の猛威がスバルに届かないよう、我が身を犠牲にしているから。

「――う、ぁ!?」

その事実にスバルが頬を硬くしたのと、トカゲの牙に力がこもったのは同時だった。トカゲは牙に力を込め、その細い首をひねり、スバルの体を振り回す。

直後、肩からずるりと牙が抜け、鋭い痛みと同時、スバルの体が放り投げられた。

「――」

ゆっくりと、世界がスローモーションのように緩慢に展開していく。

前も後ろも、溢れ出る影に道を塞がれ、逃げ場をなくしたはずの通路。そんな中、トカゲは壁に向かってスバルを投げ飛ばし——ぶつかるはずの、壁が素通りした。

原理は不明、突然のことだった。壁は壁ではなく、そう見えるよう偽装されていたものだったのか。だが、この瞬間、そんなことはどうでもよかった。

事実としてあるのは、スバルは壁を素通りし、トカゲは通路に取り残されたこと。

そして——、

「トカゲ——っ！」

今さらのようにトカゲに手を伸ばす。理不尽な怒りに傷付けられ、心無い言葉に悪罵されながら、それでもスバルを救おうと懸命に走ったトカゲへと。

しかし、無力な指先は届かない。トカゲの姿が、押し寄せる影の中へ呑まれる。

『死』よりも恐ろしい結末の待つ影に、トカゲの姿が呑まれて消えた。

「なん、なんだ」

その末路を見届けた直後、スバルの体は壁を素通りし、そのまま背後へ抜ける。強く背中を打って転がった先、仰向けになったスバルの眼前に夜空が広がっていた。

夜空。——塔の外側に設えられた、バルコニーのような空間だった。

こんな場所があったのか、なんて感慨は浮かばない。ただ、場違いのように現れた空を見上げて、スバルの空虚な心がひび割れる音を聞く。

「なんなんだ……」

今一度、同じことを呟くスバル。もはや、スバルには何もわからない。

そんなスバルの呆然とした視界を、不意に何かが横切った。それは夜空を左から右へ通り過ぎると、バルコニーの外縁に舞い降り、その白い羽を休める。

一羽の、白い鳥だった。大きな鳥、それをスバルは感情のない目で見つめる。

「は」

死んだ容疑者、姿の見えない容疑者、命懸けで助けてくれたトカゲ、こんな局面で現れた白い鳥。——少しずつ、影に呑まれ、消えていく塔。

「————」

終わりが迫ってくる感覚を味わいながら、スバルは体を起こし、空へ手を伸ばした。

ああも必死で、トカゲがスバルを助けようとしてくれたのは、わかる。わかるが、その想いも無駄に終わる。——ほんの少しだけ、死に逝く時間が延長されただけで。

「————」

その延長時間を無為に浪費しながら、ふと、スバルは気付いた。

背後に、気配があった。鳥でもなく、トカゲでもなく、影でもない。

生きた、何者かの気配が、すぐ後ろに立っていた。

「……お前は、なんだよ」

振り返る余力もないままに、スバルは弱々しい声で問いかけた。

その声に、微かに喉を震わし、背後に立った誰かが笑った。聞いたことのない声で。

「――次、当ててみなよ、英雄」

瞬間、風音がして、スバルの視界が高々と跳ね上がり、くるくると回転する。

ひどく、自分の体が軽い、鳥のように空を舞い上がり、気付いた。

誰かが後ろから、スバルの首を刎ね――、

7

「――スバル！ ねえ、スバルってば、大丈夫なの？」

刎ねられたはずの首の接続と、意識の切り替えは一瞬の早業だった。

柔らかい蔦のベッドの上、目を覚ましたスバルを出迎えたのは、どれだけ探しても見つからなかった銀鈴の声音と、その持ち主だ。

「えみ、りあ……」

「スバル……よかった。目が覚めてくれて。すごーく心配したんだから」

うっすらと、瞼を開けたスバルの前に少女――エミリアの安堵の表情がある。彼女は目を覚ましたスバルの様子に胸を撫で下ろし、微笑んでいた。

「――――」

そのエミリアを見ていて、細くなめらかな首がやけに目に眩しい。

スバルはどこか渇いた感情のままに、そっとエミリアの首に両手を伸ばした。細い首は容易く、スバルの両手の中に収まってしまう。

「――？　スバル、どうしたの？」

きょとんと、スバルに首を握られるエミリアが目を丸くする。

スバルの仕草に驚いてはいるが、それを拒否しようという動きはしていない。その気になれば、スバルが全力を込めるだけで、きっとこの首は簡単に折れてしまう。

命を握られているのに、エミリアの反応はやけに鈍くて、いっそ――、

「エミリア、どうやらスバルは寝惚けているみたいかしら。ベティーたちに心配をかけたわりに、悠長なことなのよ」

「――っ」

途端、すぐ傍らからかけられた声に、スバルはエミリアの首から手を離した。

見れば、ベッド脇で短い腕を組み、呆れた様子で鼻を鳴らすベアトリスと目が合う。彼女の言葉に、エミリアは「そうね」と苦笑して、

「でも、寝惚けてるくらいなら全然いいの。もっと、大変なことになってたらどうしようって……倒れてるスバルを見つけたとき、ベアトリスも泣きそうだったんだから」

「言わなくていいことまで言わなくてもいいかしら！」

ベアトリスが顔を赤くして、悪気のないエミリアの発言にぷんすかと怒る。

そのやり取りを交わす二人は、今しがた、スバルがどんな衝動に囚われていたか、全く理解していない。それ以前に、危険な状況であることへの自覚がない。

スバルへの態度にも、それは如実に表れていて――、

「――つまり、ここは」

また、スバルが、『ナツキ・スバル』が記憶をなくした直後――言い換えれば、ナツキ・スバルが異世界召喚されたと認識できた瞬間、その場所へと舞い戻ってきたのだ。

そして、それは同時に――、

「――ッ」

「――！　お前……っ」

微かな嘶きと息遣いに、スバルは慌てて振り返り、その姿を視界に入れる。

緑色の部屋の片隅に、お行儀よく座り込んでいる黒い巨躯――影に呑まれる寸前まで、スバルのために奔走してくれたトカゲが、そこに悠然と佇んでいて。

「……なんだか、釈然としないのよ。スバルを見つけたのは、ベティーとエミリアの手柄のはずかしら」

「ふふっ、拗ねないの。いいじゃない。スバルとパトラッシュ、すごーく仲良しで」

背後、そんなエミリアとベアトリスの会話が聞こえてくる。

しかし、スバルはその二人の会話に反応もできずに、ただ、目の前のトカゲの大きな体に抱き着いて、その存在がここにあることに感謝した。

――あの場所で、唯一、スバルを傷付けなかった存在に、感謝していた。

第四章　『生者たちの塔』

1

――考えろ。

考えて、考えて、考えて、考えて、考えて、考えなくてはならない。

他の誰にもできない未来のカンニングと、それを用いた正答の演算。それこそが『死に戻り』の真骨頂なのだと、強く自分に言い聞かせ、思考を走らせる。

「――――」

硬い、ざらつく鱗の感触に全身で抱き着きながら、ナツキ・スバルは思考する。

自分の身に起きている出来事、塔内でいったい何が起きようとしているのか、自分を殺そうとする人間、自分以外の誰かを殺そうとする人間、敵と、味方の区別――。

「スバル、こっちを向くのよ。そろそろ落ち着いたかしら?」

ふと、錯綜する思考の後頭部に声をかけられ、スバルはゆるゆると振り返る。見れば、声をかけてきたのは、蔦のベッドに腰掛けているベアトリスだ。

不機嫌な顔の少女は、並んで座ったエミリアと手を繋ぎ、足をぶらつかせながらスバルを睨みつけている。――その視線に、微かに頬が強張った。

ほんのわずかでも、他人から負の感情を向けられることに、恐怖を感じて――。

「こーら、ベアトリスったらそんな言い方ダメじゃない。スバルも寝起きで驚いちゃっただけよ。パトラッシュちゃんに甘えるぐらい、許してあげないと」

「別に、怒っちゃいないのよ。ただ、釈然としないだけかしら。……スバルを心配してたのは、ベティーやエミリアも同じで、その地竜だけが特別じゃないのよ」

「ふふっ、そうね。心配かけられたのはホント」

膨れっ面のベアトリスの頭を撫でて、眉尻を下げるエミリアがスバルを見つめた。その紫紺の瞳に宿った親愛が、スバルの胸を甘く突き刺す。

同時に湧き立つ焦燥感は、スバルに忘れてはいけないことを思い出させる。

勘違いしてはならない。ここで望まれているのが、『ナツキ・スバル』であることを。

そして、その重荷を背負い切れないと不安に駆られていたことも。

だが、しかし――、

「――ええと、心配かけて悪かった。ごめん、超謝るよ。なんか、寝惚けて女の子に抱き着くってのも俺のキャラじゃないし、これも照れ隠しってことで」

硬くなった頬を柔らかくして、スバルは弛緩した笑みを浮かべてそう答える。その返答にエミリアとベアトリスは顔を見合わせると、

「でも、パトラッシュちゃんも女の子でしょう?」

「うぇ⁉　いや、ほら、パトラッシュは特別枠っていうか、そういう対象とは別の絆を結んだ相手っていうか、シード枠で無条件二回戦進出っていうか」

「む、それは聞き捨てならないかしら。そうやって、その地竜だけ特別扱いされるなんて納得がいかないのよ。釈明を求めるかしら」

「同じ土俵に立とうとすんなよ！　その、地竜……とさ！」

ますます不満げな顔をし始めるベアトリスに、スバルは二人の反応を慎重に窺いながら答えを返す。その受け答えに、二人はさしたる違和感は抱いていない様子だ。

そのことに安堵しつつ、スバルは首筋を撫で続けていたトカゲ——否、パトラッシュの方に振り返り、頷いた。

「……ホントに、お前だけは特別枠だよな、パトラッシュ」

「————」

小さく喉を鳴らして目をつむる、黒い地竜の頭にスバルは額を合わせた。

「ねえ、スバル。本当に体調は大丈夫なの？」

「——。ああ、大丈夫大丈夫、ノープロだよ。心配かけてごめんね。たぶん、疲れが溜まってたんだろうね。寝落ちなんてよくある話だからさ」

「そう……でも、疲れてるならちゃんと言ってね？　無理は禁物なんだから」

軽く肩を回しながら、調子よく答えるスバルにエミリアが念押ししてくる。その言葉に

「了解、隊長」とおどけて返事しながら、スバルの思考はフル回転していた。

今、スバルはエミリアとベアトリスに連れられ、塔の四層を歩いている。向かうのは拠点となる部屋で、朝食のために集まるのが目的――つまり、何気ない朝の一幕だ。

――何故なら今回、スバルはエミリアたちに記憶喪失のことを打ち明けていなかった。

『緑部屋』でパトラッシュとの再会を喜んだのも束の間、スバルはこの閉塞した状況の打破のため、一計を案じる覚悟を決めた。これまでと、違うルートを検証するのだ。

記憶喪失を隠したのもその一環――エミリアたちの様子をつぶさに観察しながら、彼女たちに気付かれないよう、『ナツキ・スバル』になりすます。

その上で、この塔で何が起こっていたのかを見極め、殺人者の正体を暴き出すのだ。

「かなり綱渡りの作戦なのは確かだが……」

これで、なりすます相手が赤の他人なら無謀な作戦もいいところだろう。だが、スバルがなりすます相手は『ナツキ・スバル』――その根幹は、異世界だろうと変わらない。

ならば、なりすませるはずだ。あとは関係性に注意して、自分自身を演技する。

「まずは、記憶喪失が殺しのトリガーなのかを確かめる」

これまで二度、スバルは塔の螺旋階段から突き落とされて殺されている。思い出すのも苦々しい記憶だが、それは殺人者がいる証。問題は、その動機だ。

殺人者は何故、スバルを殺すのか。それは、記憶の有無と関係しているのか。

「正直、覚えてられれちゃ不都合なことがあるから殺す……って線は考えられても、何かを忘れたから殺されるってのは考えにくい気がするが……」

「──スバル、また眉間に皺が寄ってるわよ」

「ふぇ」

ふと、考え事をする額を指でつつかれ、スバルは意識を現実に引き戻される。それをしたのは、振り返ってスバルの前に立ったエミリアだ。

わずかに拗ねたような、そんなエミリアの表情と指の感触にスバルは息を呑む。

これまでも思っていたが、エミリアの距離感は少しスバルには刺激が強い。今回など、スバルは目覚めに彼女の首に手をかける暴挙もあったのに、何も言わなかった。

「いったい、どうしたらこの子とそんな距離感になるんだよ……」

記憶をなくす前のスバルが、知らない間にものすごいプレイボーイになったのか。あるいはエミリアは、その恐ろしく整った外見に反して異常に人懐っこいのかもしれない。きっと愛されて育ったから、誰にも壁を感じていないのだろう。

苦労知らずの箱入り娘と考えれば、彼女の距離感にも納得がいく。──もしくは、それさえもポーズに過ぎず、心の内に暗い闇を隠している可能性もあった。

「────」

今、一緒にいるエミリアとベアトリスの二人は、前回の塔の惨劇の中で死体を見ていない数少ない二人であり、一番警戒に値する容疑者といって差し支えない。

無論、スバルの首を刎ねた謎の人物は、声からしてエミリアでもベアトリスでもなかった。だが、その第三の人物と二人が共犯でないとは限らない。

『――次、当ててみなよ、英雄』

あの人物と共謀して、二人が塔の全員を殺した可能性は――、

「バルス、ボケっとしていないで水汲みぐらい手伝いなさい」

「とと、悪い」

またしても、考え事をしている横合いから声をかけられる。慌てて見れば、胡乱げな目をスバルに向けているのは、薄紅の瞳を細めたラムだ。

皆の集まる拠点の部屋で、朝食の準備を進めている彼女は、合流したスバルの手にバケツを押し付けると、そのままじっとこちらの顔を見つめ、

「……エミリア様から聞いたけど、上の書庫で寝ていたらしいわね。あまり馬鹿な真似するのはやめなさい。周りに迷惑がかかるから」

「ああ、反省してる。お前も、心配かけて悪かったな」

「ラムが？　バルスの心配？　何のために？」

「身を案じるためにかな！」

そのスバルの訴えに、ラムは「ハッ！」とすげなく鼻を鳴らすと、さっさと自分の作業に戻るべく背を向けた。――その細い背中に、スバルの胸が疼く。

「うぶ」

一瞬、嘔吐感が込み上げたのは、脳裏に焼き付くラムの『最期』が、後ろから何らかの

攻撃を受けた凄惨なものだったから。

正直、死んだはずの彼女とこの部屋で顔を合わせたとき、激しい動揺を面に出さずに堪えたことを称賛してもらいたい。彼女らが違和感を抱かずに済むぐらい、『ナツキ・スバル』をトレースできている現状にも、合わせて拍手喝采を。

ただし、最初にスバルを見たラムが、どんな顔をするのかだけ見逃してしまったが。

「うひゃー、いい匂いッス～！　爽やかな朝に贅沢なご飯、それとお師様～！」

反省を胸に抱くスバルの鼓膜が、次に部屋にやってくるやかましい声を聞いた。

現れたのは、長い黒髪を頭の後ろでまとめ、豊満な体を惜しげもなく晒した美女——その首から上が、確かに胴体と繋がったままのシャウラだった。

彼女はスバルに明るい顔を向け、子犬みたいな元気さで駆け寄ってくると、満面の笑顔で言いながら、その胸に挟むみたいにスバルの腕を抱きしめてきた。

「グッモーニングッス、お師様！　昨日はよく寝れたッスか～？」

「う……」

「ちなみにあーしはめちゃめちゃよく寝たッス！　久しぶりに昔の夢とか見ちゃったッスよ～。あーしとお師様と、かか様とそれからぁ……」

「あー、わかったわかった。その夢の話はそのうちちゃんと聞いてやるから。……お前、今朝の俺を見て、なんか気付かないか？」

「——？　今朝のお師様？　いつも通り、色男ッス！　プロポーズ四百年待ちッス！」

「気の長え話だな……何もないなら、いいんだけどさ」

抱かれた腕を振りほどいて、スバルはシャウラの過剰なスキンシップから逃れる。彼女はそれを気にした様子もなく、「そッスか？」とスバルの答えにご満悦だった。

その後は欠伸まじりのメィリィと、さらに遅れてエキドナとユリウスの二人が拠点へやってくる。エキドナ――まだ事情を打ち明けていないため、アナスタシアとして扱われている彼女の呼び方に注意しながら、しかし、スバルは気付いた。

「――――」

エキドナの後ろに続くユリウスが、スバルに気付いた途端、その頬を硬くした。それから彼は視線を逸らし、言葉少なにスバルと距離を取る。

その極端な反応を目の当たりにして、スバルは静かに唇を湿らせると、

「――シャウラ、ちょっと頼みがある」

並べられていく朝食に目を輝かせていたシャウラへ、そう静かに声をかけた。

不自然な態度を示した男、ユリウスを警戒する視線を外さないままに――。

2

――朝食時間は、エキドナ＝アナスタシアの説明会に終始した。

驚くエミリアたちの反応を横目に、自分も初耳という顔をしながら、スバルは『記憶喪

失』の話題がない場合、こうした展開になるのかと感心していた。

すでにこの朝も四度目になるにも拘らず、スバルは自分の『死に戻り』の特性をほとんど把握できていない。状況に振り回されるばかりで、ようやく多少なり落ち着きを取り戻せたのも、新しいことを始められたのも今回からだからだ。

おそらく、スバルの『死に戻り』も多くのタイムリープ物のお約束から外れず、スバルの起こした行動以外、世界は基本的に同じ流れを辿ると考えられる。前回と違い、記憶喪失の話をしていない今回は、話題の中心がエキドナになったのも道理だ。

そこからわかることは、状況を劇的に変えるためにはスバルの行動が必要不可欠であるということ。——運命は、スバルが積極的に動かなくては変わらないのだ。

だから——、

「昨日の夜のことで話がしたい。お前と、一対一のサシでな」

「————」

そう告げられたユリウスの反応は、想像以上のものだった。

朝食と話し合いが終わり、各自、次の階層の攻略のためにしばしの小休止を取るとなったところで、スバルはユリウスを呼び止め、そう話しかけた。

スバルの言葉を受け、ユリウスの黄色い瞳には複雑で膨大な感情が満ちていく。その劇的な反応は、スバルに自分の推論の正しさをより確信させた。

「きな。場所を変えようぜ」

「――。わかった」

顎をしゃくったスバルの誘いに、ユリウスが覚悟の表情でついてくる。そのまま二人は拠点を離れ、四層にある適当な一室を密談の場に選んだ。

当面、邪魔者が入らなければいい。一対一の、勝負所だ。

「とりあえず、昨日の夜のことを話そうか」

それほど広くない部屋の中、スバルはユリウスと数メートルの距離で対峙する。

微かな緊迫感はあるが、それを気取られたくはない。現状、有利な条件はスバルの方が多いはずだが、それも状況次第で簡単にひっくり返る程度のもの。

そもそも、呼び出した肝心の内容、昨夜の出来事はスバルの記憶にないのだ。

――ただ、おそらく昨夜、スバルとユリウスの間に書庫で何かが起きたはず。その『何か』の結果がスバルから記憶を奪ったと、そう見ていた。

それ故に、ユリウスは今朝、スバルを見かけたときに表情を強張らせたのだと。

「昨夜のこと、か。……あの話はあの場で終わったものと思っていたが、君は違うと？」

「――。ああ、違うね。全然全く、俺は納得しちゃいねぇよ」

長い睫毛に縁取られた瞳を伏せ、そう切り出したユリウスにスバルが話を合わせる。

ユリウスの声は抑揚を殺し、必要以上に感情を出さないよう留意していた。だが、それではお話にならない。彼には感情的になってもらう。そのために、強く噛みつく。

そんなスバルの荒っぽい掴みを受け、ユリウスは静かに嘆息すると、

「納得、か。なるほど、君らしい言い分だ。つまり、こちらの心情は後回しにして、自分の方の問題解決を急ぎたいと？　それは、いささか勝手が過ぎるのでは？」

「そんな話がしたいんじゃねぇよ。確かに俺は納得しちゃいねぇが、お前だって納得してるって面じゃねぇだろ。二人揃(そろ)ってイライラしたもんを腹に抱えてるってのに、そんなことありませんって平然としてろってのか？　できるかよ！」

「――ならば、いったい他にどんな選択肢がある」

売り言葉に買い言葉、要領を得ないやり取りであることを隠しながら、挑発的な言動を重ねるスバルに、ユリウスの声にも徐々に感情が現れ始めた。

問いかけの答え、どんな選択肢があるのか知りたいのはスバルも同じだ。

昨夜、二人は何を言い合い、どんな答えを出したのか。そして、そうしないで済んだ選択肢があったなら、それはどんな答えを導き出すものだったのか。

「私の想(おも)いは昨夜も告げた通りだ。そして、それ以上、話すこともない。君と、アナスタシア様……エキドナとの密通に、私はまるで気付けなかったのだから」

「俺と、エキドナの密通……？」

飛び出した思いがけない事実を聞かされ、今度はスバルが虚を突かれる。

おかしな話だった。知る限り、スバルはあくまでエミリアを中心とした集団に加わっている立場で、ユリウスとエキドナ――この場合、エキドナの体の本来の持ち主であるアナスタシアたちとは、敵対する陣営なのだと聞いている。

だが、そのエキドナと、あろうことかスバルが密通していたというのは。

「君に悪意がなかったことはわかっている。エキドナとも、十分とは言えないが言葉を交わした。彼女は信用できる……いや、彼女を信じる以外に術はない」

「――――」

「アナスタシア様をお救いするには、その可能性に賭ける以外にないんだ。……取り戻せたところで、あの方が私を覚えていなかったとしても」

ひどく、渇いた寂寥感を交えてユリウスが視線を落とす。

ユリウスの抱える事情、それはスバルも聞いている。眠り続けるラムの妹や、スバルたちの帰りを待つ大勢の人々同様、彼も他者から忘れられる呪いを受けたのだと。

仮にエキドナが体の主導権を持ち主に返せても、そのアナスタシアは、自分の騎士であるユリウスのことを覚えていない可能性が高い。

「それでも、私のすべきことは変わらない。君が、いったい私から何を聞き出したいのかはわからないが、あらかじめこれだけは伝えておこう」

「……なんだよ」

「後生だ。……これ以上、君の前で私を惨めにしないでほしい」

その弱々しい声に、スバルはとっさに言葉が返せなかった。

ただ、ひどく胸の奥がざわつく感覚だけがあり、スバルは押し黙ってしまう。ユリウスはそんなスバルの反応を見て、何かを諦めるように首を振った。

「どうやら、これ以上は不毛なやり取りにしかならないようだ」

そう言って、ユリウスはスバルに背を向け、部屋を出ていこうとする。そうして、部屋を出る直前、ユリウスは一度だけ足を止めた。

そして、こちらに顔を向けないまま、

「昨夜の話と言われ、少し怯えたよ。――君が、謝罪を口にしたらどうするべきかと」

「俺が、謝ったら……」

「そのときは、私は君になんと答えたのだろうね。それも、もうわからないことだが」

どことなく、自嘲の響きがある呟きを残し、ユリウスが部屋を出ていく。

その背中が見えなくなるのを見届けて、スバルは長く息を吐いた。ドッと、肩に重石を乗せたような疲れがあり、汗が噴き出してくる。

自分が、猛烈に嫌な人間になったような気がした。

「――お師様、あれでよかったんスか？」

と、そんなユリウスと入れ違いに、部屋の中を覗き込んだシャウラが顔を見せる。あっけらかんとした態度の彼女に、スバルは「は」と肩から力を抜いた。

それから額に手を当てて、「いいんだよ」と首を振り、

「あの分だと、ユリウスは書庫のこととは無関係っぽいな。……ただ、また昨日の俺に対する不信感が募ったぞ」

「よくわかんないッスけど、あーしはお師様のお役に立てたッスか？」

「――。ああ、立った。おかげで、安心してユリウスと向き合えたよ」

「えへへー、そしたらよかったッス～。じゃ、じゃ、じゃ、お師様、お師様……」

頬を赤く染め、体をくねくねさせて喜んだシャウラが、スバルの方へ歩み寄ってくる。

それから、彼女はおずおずと両手を広げて、

「ご褒美に、あーしのことをギュッと抱きしめてほしいッス」

「それはやだ」

「ええぇ!? ひどいッス！　お師様、ご褒美のレベルを逸脱しなかったら、あーしの言うこと聞いてくれるって言ったッスよ!?」

「その願いは、俺の純情を超えている……」

過剰なスキンシップを求めるシャウラを、スバルは純情を理由に突っぱねる。

とはいえ、シャウラの存在がユリウスとの対峙の保険になってくれたことは確かだ。話し合いの間、彼女にはもしもに備えて隣室に隠れてもらっていた。

彼女ならば、細かいことを聞かずに協力してくれそうだと思ったことと、前回、塔内で最初に見つかった死体だけに、スバル殺害の容疑は一番薄いと思ったためだ。

実際、彼女は細かいことを聞かなかったし、今も気にする素振りさえない。

ともあれ――、

「俺から記憶を奪った犯人はわからないまま、か……」

ユリウス犯人説は消えたわけではないが、怪しさは他の容疑者と横一線だ。昨夜、スバ

ルとユリウスの間に何かがあったのは事実だが、それと記憶を結び付けるには証拠が足りない。何より、ユリウスの悲嘆の感情は自然で、あれが演技ならお手上げだ。

エキドナとの密通、そこに『ナツキ・スバル』のどんな思惑があったのかはわからないが、少なくとも、スバルが昨夜の自分に不信感を抱くには十分だった。

「お前、いったい何してて、誰に狙われてんだよ、『ナツキ・スバル』……」

「あ、お師様！　ならなら、逆にあーしの胸に飛び込んできてくれるってのはどうッスか？　あーしがお師様を、このボインボインな体でハグするッス」

「その願い、純情超え」

「お師様いけずッス～！」

わからないといえば、このシャウラの好感度の高さも謎だ。

何故、彼女がこうまでスバルを慕っているのか。エミリアたちも理由を知らず、都合よく利用しているなんて話だったが――本当にそうなのだろうか。

「――――」

エキドナとの密通、昨夜の不審な行動、そもそもの仲間たちとの関係――対話のしようがない点も踏まえると、スバルにとって最も未知の存在は『ナツキ・スバル』だ。

彼はいったい、何を考えていたのか。――答えは、出しようがなかった。

「煮詰まってきたな……ちょっとパトラッシュのところにいくか」

「えー、あの地竜のとこッスか？　あいつ、あーし睨むから好きじゃないッス」

「お前、パトラッシュの悪口は許さねぇぞ。この世の誰の悪口が許される世界になったとしても、パトラッシュの悪口だけは俺が許さねぇ」

「お師様、あの地竜にどんだけ骨抜きにされてんスか!?」

スバルの剣幕にシャウラが悲鳴を上げるが、こればかりは本気も本気だ。

前回、パトラッシュが命懸けで助けようとしてくれたことは忘れられない。今、スバルにとって最大の味方は、紛れもなく彼女、パトラッシュなのである。

なので、今後の方針はパトラッシュの傍で安心しながら組み立てたい。

「そのためにも、俺とお前もここで解散だ。またあとでな」

「うえー、ご褒美もなあなあにされたッス！　でも、あーしは挫けねッス。お師様にとって都合のいい女、それがあーしの存在意義ッスから！」

「――――」

部屋の前で別れようとしたシャウラが、そんな風に言ってビシッと敬礼する。その彼女の発言を受け、スバルは息を詰めた。

都合のいい女でありたいと、そんな損を買って出るような彼女の発言に、

「……そこまでする価値が、ナツキ・スバルのどこにあるんだよ」

「――？　お師様？」

「――っ、ああ、クソ！」

湧き上がる苛立ちを堪え切れず、スバルは舌打ちしてシャウラに振り返った。そして、

棒立ちの彼女に歩み寄り、その細い体を両手で思い切り抱きしめる。

「――ぁ」

「都合のいい女とか、そんなこと考えなくていい。俺が悪かった」

一方的に利用して、スバルは『ナツキ・スバル』と同じになるところだった。それを嫌ったスバルの行動に、抱きしめられるシャウラが身を硬くする。

そして、彼女の白い肌が、頬(ほお)が、耳が、見る見るうちに赤くなる。

「お師、様……」

「お前がいてくれて助かった。……そんだけだ」

こんなことでいいならと、スバルは抱きしめていたシャウラを解放する。

照れ臭くはあった。だが、達成感の方が強い。あのまま、ただもらい続けるだけの勝手な奴(やつ)にはなりたくない。『ナツキ・スバル』と同じには、なりたくない。

「お師様ぁ……」

そう考えるスバルを見て、頬を赤くしたシャウラがふらふらと近寄ってくる。彼女の瞳は潤み、吐息はどこか熱っぽく、視線はスバルの唇を見つめていて、

「お師様、ついにあーしのこと、愛してくれる気に……」

「純情超え！」

「ぐえ！」

近付いてくる顎(あご)を掌(てのひら)で押し上げて、スバルはシャウラを正気に戻した。

「引き際を見極めるのもいい女の条件ッス。シークレットメイクスアウーマンウーマンッス」と、そんなことを言いながらシャウラは引き下がっていった。

正直、突っ込むのも面倒臭かったので、そのままいい女ムーブを見送ることにした。

3

「世の中にはニードナットゥノウってこともあるからな」

ともあれ、そんな力の抜ける一幕とは裏腹に、スバルの状況は芳しくはない。

スバルの記憶喪失の真相、それがユリウスの口から明らかになるのを期待したが、それは見当違いに終わり、捜査は振り出しに戻ってきてしまった。

ユリウス以外に、今朝の段階でおかしな反応を見せた人物はいない。唯一、スバルの方に余裕がなく、ラムの最初の反応は確認できなかったが——、

「あの態度が嘘泣きだったとしたら、何を信じたらいいのかわからねぇよ……」

スバルが記憶をなくしたと聞いて、頑なに信じようとしなかったラム。妹のことを忘れたスバルに訴えた彼女の涙声が嘘なら、この世に信じられるものなどないだろう。

何かを信じなければ、何かを疑うことも始められない。その、ひとまずのスバルにとっての根幹、信じられる縁こそが——、

「今はパトラッシュ、と。……まるっきり人間不信な奴の結論だな」

自分でも呆れる結論だが、実際にその印象が色濃いのは事実だ。

他人だけならまだしも、『自分』さえも信じられない人間不信は根深いことこの上ない。

「いっそ、パトラッシュと地竜だけの楽園で暮らした方が幸せなんじゃ……」

「──あーあ、聞いちゃったあ」

「うえ⁉」

と、そんな独り言を口にした瞬間、通路の曲がり角からぴょんと少女が飛び出した。濃い青髪の三つ編みを躍らせ、くすくすと悪戯っぽく笑うメィリィだ。

つまらない冗談を聞かれたと、スバルはげんなりと肩を落とした。

「お兄さん、パトラッシュちゃんとどこか遠くに逃げたいんだ？　くすくす、そんなの聞いたら、ベアトリスちゃんやお姉さんが泣いちゃうんだからあ」

「クオリティの低いジョークだ。色んな意味で忘れてくれよ」

「はいはあい。でも、別にそれがお兄さんの本心でも笑ったりしないわよお？　わたしだって、魔獣ちゃんたちとずっと暮らしてたって話したでしょお？」

「魔獣ちゃん……狼少女、みたいな話か？」

「それ、昨日も言ってたわよねえ」

狼少女発言が否定されず、スバルはそのことに素直に驚く。こうして話していて、メィリィの態度や喋り方には一定の教養がある。とても、狼少女とは思えない。

そのスバルの疑問に、メィリィは「ああ」と納得した風に頷いて、

「ママが厳しかったのよお。それと、一緒にいることの多かったエルザがだらしなかったからあ、わたしが色々やらなくちゃいけなかったのよねえ」

「ああ、待て待て、次から次へとパンクする。……お前に構ってやってたいのも山々なんだけど、今は忙しいんだ。その辺にいるから、シャウラと遊んでてくれ」

「半裸のお姉さん？　それもいいんだけどお、今はお兄さんに用があるのよお」

「俺に？」

メィリィの家族構成はともかく、話を切り上げようとしていたスバルは目を丸くする。

とはいえ、それほど拒否感はない。メィリィも、スバルの中ではシャウラと同じように何となく話しやすいポジションだった。

たぶん、エミリアたちと違い、彼女は『ナツキ・スバル』に寄りかかっていないから。

だから、騙している罪悪感が少なくて済むのだろう。

「まぁ、話があるってんなら聞くよ。何の用事なんだ？」

「ええ、それなんだけどねえ」

そんな安心感から、スバルはメィリィの話に耳を傾ける。彼女はその答えに頷くと、後ろ手に手を組みながら、そっと体を前のめりに傾けた。

そして、どこか艶っぽい眼差しで、その赤い唇を舌で湿らせてから――、

「――昨日の夜の話だけど、わたしはどのぐらい真に受けていいのかしらあ？」

そう、嫣然とした微笑のままに、少女はスバルに切り出したのだった。

×　×　×

「──いでっ」

ふと、突き刺すような痛みを感じて、スバルは反射的に顔をしかめていた。

鋭く痛むのは両腕だった。何事かと目をやったスバルは息を呑む。その両腕の手首や手の甲に、痛々しい引っ掻き傷が刻まれていたのだ。

「づっ、なんだこれ……」

一見して傷は深く、じくじくと血が滲んでいる。傷を目にしたことで、痛みはより顕著にその存在を主張してきた。正直、泣きそうなぐらい痛い。

それはまるで、誰かに爪を立てられたみたいな傷跡で──、

「……あれ？　俺は」

何をしていたのか、という疑問が脳内を支配する。

確か、朝食のあと、ユリウスを呼び出して話をした。その後、シャウラとの茶番があって、パトラッシュのところにいく途中でメィリィに呼び止められ──、

「──ぁ？」

痛む手の応急処置がしたくて、宛がえるものを探したスバルの視界が異物を捉えた。予想だにしないモノという意味で、それは間違いなく異物だった。

「――」

床に、細い足が投げ出されている。

足は動かず、だらりと力が抜けた状態だ。視線を、その足先からゆっくりと上に向けていくと、スカートがあり、上半身が見えて、それから。

それから――そこに、ピクリとも動かなくなった少女が、倒れていた。

「――は？」

――メイリィが、息絶えた状態で倒れていた。

4

特徴のない、石造りの部屋の中央で、メイリィは四肢を投げ出し、息絶えていた。

「――」

その亡骸（なきがら）を見下ろしながら、スバルの頭は混乱を極めている。

手首の傷、誰もいない部屋、馬鹿みたいに速い心臓の鼓動。何が起きたのか思い出そうとしても、記憶は欠落し、思考は白んでいて何もわからない。

ただ、はっきり言えることがあるとすれば、それは目の前の少女の死――、

「う、そだ……嘘（うそ）だ嘘だ嘘だ、嘘だ！」

目の前の現実を否定するように、スバルは仰向（あおむ）けに倒れる少女に駆け寄った。

膝が震え、無様な足取りで、大慌てで取りついた少女の顔を覗き込む。少女の表情は苦悶に満ちていて、光のない瞳がここではないどこかを見つめていた。

元々、捉えどころのない少女だった。だが、本当の意味で彼女は届かない場所へ——、

「まだ、だ……。メィリィ！　おい、メィリィ……！」

絶望を否定し、呼びかける。反応はない。顔を叩いた。反応はない。

だったらと、記憶にある限りの知識を総動員し、心肺蘇生を試みる。

薄い胸に両手を置いて、上から体重をかけて押し込む心臓マッサージ。心臓の位置は鳩尾から指二本、聞きかじりの知識を信じて、蘇生処置を実行する。

「はっ……はっ……！　メィリィ！　おい、メィリィ！　クソ……！」

返事はない。青白い顔で、少女の体が力なく揺れる。

その様子に悪態をついて、スバルは少女の首を傾け、気道を確保すると人工呼吸を試みた。心肺蘇生の手順は、心臓マッサージと人工呼吸の繰り返しだ。

「あとなんだ。あと何がある。何がある何がある、クソ、クソクソ、クソ！」

必死に記憶を手繰り寄せ、スバルは他の可能性を懸命に求める。

だが、所詮はテレビで中途半端に得た知識か、聞きかじりの生兵法しか浮かばない。必死になればなるほど、霞の中に腕を入れるような徒労感がスバルを苦しめる。

愚直に、心臓マッサージと人工呼吸を繰り返し、繰り返し、繰り返して——、

「——ちく、しょう」

荒い息をついて、汗だくになったスバルは背中から床に倒れ込んだ。悔しさのあまり、涙が込み上げてくる顔を掌で覆い、呪いのように悪態をつき続ける。

メィリィは、息を吹き返さなかった。命の灯火は、二度と灯ることはない。

無慈悲に、運命は幼い少女の命を残酷に奪い去った。――などと、そんな気休めのような表現はこの場にそぐわない。彼女を殺したのは、運命ではなかった。

もっと明確な、殺意が彼女を殺したのだ。その証拠に、メィリィの首には絞められた青黒い痣が色濃く残されており、そして――、

「――――」

スバルの手首には、抵抗したメィリィが引っ掻いた傷が無数に残っていた。

「――う、げ」

その真相を理解した瞬間、スバルは横を向いて、その場に朝食をぶちまけた。とっさに顔を背け、メィリィを汚さずに済んだことが最後の良心の欠片だ。

「俺、ホントに、ゲロ吐いてばっかだ、な……」

口元を乱暴に袖で拭って、スバルは自嘲気味にそうこぼす。

実際、これで何度目の嘔吐なのか思い出せない。ひょっとして、胃に入れたものを一度もまともに消化できていないのではないか。お百姓さんに申し訳なくて涙が出る。

そんな益体のない思考に意識を割いていないと、心がひび割れてしまいそうだった。

「――――」

状況証拠が揃いすぎている。誰かに嵌められたとも考えられない。

メィリィの首に色濃く残った痣は、スバルの両手とぴったり一致するだろう。この二本の腕以外、犯行に使われた凶器はない。――メィリィを殺したのは、スバルだ。

問題は、スバル自身にそんな記憶が一欠片も残っていないことで。

「何があった、何があった？　思い出せ。思い出せ思い出せ思い出せ……っ」

立ち上がり、ぐるぐると部屋の中を歩き回りながら、スバルは記憶をこじ開ける。

四回目の同じ朝を迎え、朝食の席でエミリアたちを騙し、ユリウスを呼び出して予想を外され、シャウラと戯れたあと、メィリィと話した。そして――、

「昨日の、夜がどうとか……言ってた……？」

用事があるとスバルを呼び止め、メィリィは昨夜の話を切り出したと思う。だが、彼女が用件を口にした直後、そこでスバルの記憶は完全にブツ切りだ。

意識はそこで途絶え、脈絡なく第二幕が始まったとき、彼女は死んでいた。

メィリィが話題にしようとした夜の出来事――それは、スバルの中で失われてしまった記憶のことと、何らかの関係があったかもしれなかったのに。

「死んだ。それも、俺が首を絞めて……？　なんで俺が、そんな……」

両手を見下ろせば、記憶にはない生々しい感触が掌に蘇る気さえした。

力ずくで、幼い少女が息絶えるまで首を絞めた両腕。手首に残された引っ搔き傷が、少女が生きようと足搔いた痕跡だ。それを、残酷に扼殺した、腕――、

「――あ？」

血の滲む腕の傷を見ていて、妙な違和感にスバルの喉から音が漏れる。

違和感の原因は腕の傷ではなく、爪だ。スバルの腕を引っ掻いて抵抗したメィリィと同じように、スバルの爪にも血と肉が詰まり、強く何かを掻いた形跡があった。

「――――」

改めてメィリィの亡骸を見ても、首の痣以外に目立った外傷はない。服を脱がせたわけではないが、見える範囲に爪痕や引っ掻き傷は見られなかった。

だとしたら、スバルの爪に残ったこの痕跡は――、

「――まさか」

悪寒に背中を押され、スバルは反射的に自分の服の袖をまくった。

じくじくと痛みを感じる左腕、一気にその肩口まで袖をまくり上げると、渇いた血を剥がすとき特有の音と、傷が外気に触れる新鮮な痛みが脳をつつく。

だが、そんな痛みという刺激は、それ以上の刺激的な光景の前に掻き消された。

「――――」

そこには想像通り、自分の手で刻んだと思しき引っ掻き傷が存在した。肘の内側から二の腕にかけて刻まれた痛々しい傷は、しかしただの傷ではなかった。

文字だ。それは、爪で肉体に刻み込まれた歪な文字。

――『ナツキ・スバル参上』と、そう刻み込まれていた。

「は」

それを目にした途端、無理解の息が漏れるのを堪えられなかった。

右手で傷口を拭い、それがそう読めたのは何かの間違いではないかと疑う。だが、一度は止まった血が再出血するぐらい指でこすっても、事実は変わらなかった。

これは何度見ても、『ナツキ・スバル参上』と、汚い日本語で抉られていた。

わかりやすい。実にわかりやすい自己主張だ。ある種の犯罪者は、犯行現場に自分の犯行を示すメッセージを残すという。これも、誰の犯行なのかを示すメッセージだ。

最高にわかりやすい親切心、功名心、自己顕示欲――。

「お前、なんなんだよ!?」

受け入れ難い事実と直面して、スバルは声を裏返らせながら悲痛に叫んだ。切り離せない左腕を振り回して、可能な限り遠ざけようとして足がもつれる。転んだ。その場に尻餅をついて、スバルは左腕を床に打ち付けた。何度も、何度も、打ち付けた。

しかし、現実は変わらない。メィリィは死に、腕の傷も消えてなくならない。

「なかった！　こんな傷は、絶対になかった！　なかったんだよ!!」

じくじくと痛む傷は真新しくて、メィリィが死ぬ前には絶対になかったものだ。メィリィを扼殺した誰かが、同じようにスバルの腕にも傷を――否、違う。

断じて間違っている。誤っている。過たっている。

いい加減に認めろ。理解しろ。わかっているはずだ。誰かではないのだと。これが他の誰でもない、ナツキ・スバルの犯行なのだと。

スバルではない『ナツキ・スバル』がメィリィを殺し、その証拠を腕に刻んだのだ。

「どうか、してる……」

頭がおかしい。イカれているとしか思えない。

『ナツキ・スバル』とは、決して理解できない怪物の名前であったのか。

「――――」

スバルが、『ナツキ・スバル』に不信感を抱いたのは、これが初めてではない。

記憶をなくした前後の昨夜の行動や、ユリウスにさえ隠していたエキドナとの密通。その他にも、信頼を得る行動の数々がコンビニ帰りの『ナツキ・スバル』ではありえない。

それこそ、『ナツキ・スバル』を名乗る何者かが、スバルの肉体に憑依して活動していたのだと言われた方がよほど筋が通るぐらいだ。

「でも、そうじゃない……」

その仮説を否定するのが、左腕に刻まれた忌々しい傷だ。

腕に刻まれた自分の名前、それは筆記用具を使ったものとはまるで違うが、それでも文字に癖は出る。文字のトメハネに、スバルの自覚する癖があった。よほど真似る意識がない限り、文字のそんな細部まで似せることはできない。

つまり、これは間違いなくスバルと同じルーツを持つ『ナツキ・スバル』の筆跡だ。

だとしたら、この傷が刻まれている間――、

「──俺の意識が途切れて、代わりに『ナツキ・スバル』が戻ってきてる？」

そしてその『ナツキ・スバル』が、何らかの理由でメィリィを殺害し、その事実をスバルの腕に傷として残し、再び意識の裏側へ隠れ潜んだというのか。

筋は通るかもしれないが、意味はわからない。

「自分の体があるのに、なんで俺を……いや、俺は、なんなんだ？　お前が『ナツキ・スバル』なら、俺は……お前は、誰なんだ……」

思わず顔を鷲掴みにして、スバルは震える声で自問自答する。

寄る辺のない異世界で、誰が敵で、誰が味方なのかもわからない状況下で、ついにスバルは自分自身すらも無条件では信用できなくなっていた。

「────」

平静が保てない。足下がぐらついて、その場に倒れてしまいそうになる。

だが、このまま『ナツキ・スバル』の意のままに操られる結末なんて絶対に御免だ。

だから──、

「──お前は、誰なんだ」

鏡なしには睨むことのできない相手への敵意を呟きながら、スバルは自分の右腕──グロテスクな紋様に覆われ、知らない一年間が詰まった肌に爪を立てた。

つぷりと裂ける黒い肌から、赤い血の滴が涙のように浮かび上がってきた。

──その痛みと血の色だけが、紛れもない自分自身の証のように思えた。

5

「――――」

息を潜め、廊下の気配を窺いながら、スバルはゆっくりと部屋を出た。

背後、部屋の中のメィリィの亡骸には、申し訳程度のささやかな隠蔽を施した。もっとも、少女を部屋の隅に運び、室内にあった薄布をかけただけの陳腐な偽装工作だ。

びくびくと怯え、部屋を出てくる挙動は不審そのもので、誰かに見咎められれば一切言い訳はできない。部屋を見られれば、より弁護は苦しくなるだろう。

「弁護も何もねぇ……少なくとも、メィリィを殺した凶器は、俺の両手だ」

この世界の犯罪捜査がどんなレベルなのかはわからないが、メィリィの手の爪と、スバルの手首の傷を見れば、陪審員は満場一致でスバルに有罪を下すだろう。

それを覆す手立てはない。だから、スバルはメィリィの死体を隠すしかなかった。

これが正しい判断だとも、最善の選択だとも思わない。しかし、スバルには他にできることが何もなかった。ただ一つ、言えることがあるとすれば――、

「次に会えたら……お前はもう、容疑者じゃないよ、メィリィ」

今回と前回、スバルは二度にわたるメィリィの死を見届けたのだ。

ここまでくれば、スバル殺害における彼女の容疑は半ば晴れたと言えるだろう。問題は

その無罪判決が、すでに息絶えた彼女には何の意味も持たないこと。

クローズド系ミステリーのお約束、死者だけが容疑者から外れるパターンだ。

だが、探偵役のスバルには掟破りの『死に戻り』がある。これならどんな事件にも対応できて、無能だろうと名探偵だ。ただし――、

「探偵役が犯人ってのも、ミステリーのお約束だけどな」

この場合、犯人は探偵役の別人格――ミステリーでは使い古されたトリックだ。だとしたら、真相に気付いた探偵役が崖から身投げすれば一件落着。そんな解決策も、探偵役に『死に戻り』の力があるせいで使えない。

事件は迷宮入り。それも、螺旋迷宮へ突入したと言えるだろうか。

「言ってる場合か……！　とにかく、今は時間を稼がなきゃ……」

「――あ、スバル！　こんなところにいたのね」

「――っ!?」

不意の呼びかけに肩を跳ねさせ、振り返るスバルの下にやってくるのはエミリアだ。小走りに駆け寄ってくる彼女は、頬を強張らせたスバルに首を傾げ、

「ごめんね、驚かせちゃった？」

「――。お、どろいた。驚いたけど、それは、まぁ、なんだ、あれだ。いきなりだったからってだけで、全然平気。エミリアちゃんは、どしたの？」

「――？　私は、何か閃かないかなって塔の中を歩き回ってたの。……ねえ、スバル」

「うん？」

「今の、また何かの悪ふざけ？」

不思議がっているエミリアの問いかけに、スバルは息を詰める。

美しい紫紺の瞳の輝きに、何を追及されているのか見当もつかない。平静を装い切れたとは言えないが、受け答えの内容は不自然ではなかったはずだ。

少なくとも、すぐ背後の部屋を気にさせるようなへまはなかったと思いたい。

「――――」

じっと、というよりジーっと、エミリアは丸い大きな瞳でスバルを見つめている。

何も企んでいないように見える可愛い顔だが、彼女が敵である容疑は晴れていない。前回の塔の全滅時、エミリアとベアトリスの姿だけは確認できなかった。

『ナツキ・スバル』の暗躍があったことは、メィリィの死の答え合わせにはなっても、それ以外の出来事の回答にはなっていない。

シャウラを、エキドナを、ラムを。ユリウスをメィリィを殺し、ついには影の力で塔そのものを崩壊させ、最後にはスバルの首を刎ねて嗤った何者か。

スバルも存在を知らない何者かと、エミリアたちが共犯者である可能性は。

「スバル、大丈夫？　やっぱり、まだ調子が戻ってないいんじゃないの？」

「だ、大丈夫だって。ちょっと考え込んでただけで……よく見てるね」

「ん、そうよ。よく見てるの。なんだか、最近、気付くとスバルを目で追っかけちゃってることが多くて……なんでだかよくわからないんだけど、不思議ね」

ほんのり微笑しながら、手を伸ばしたエミリアが額に触れてくるのを好きにさせる。その一挙手一投足を警戒するが、彼女の手つきに悪意や敵意は微塵もない。

隙を見せた途端に本性を露わにする、という展開が巡ってくる様子もなかった。

あるいは本当に、彼女には何も裏などないのかもしれない。エミリアは心からスバルの身を案じてくれていて、この外見通りの可愛らしいだけの少女で。

もしも、本当に何もわかっていないのだとしたら――何もかも、ぶちまけてやったら、この少女はいったいどんな顔をするのだろう。

その、悩み事なんて一つもないとばかりに、綺麗なものだけ見て育ってきたみたいな美しい顔を、くしゃくしゃにしてやったらどれだけ胸がすくだろうか。

――お前が、心配しているナツキ・スバルなど、もうどこにもいないのだと。

――いいや、違う。あいつは、残酷で凶悪な人殺しなのだと、言ってやったら。

「――そういえば、メイリィのことなんだけど」

「――っ」

ひゅっ、と喉が鳴り、不意打ちされたスバルは目を見張る。

明らかに不自然な動揺を隠せていなかった。が、このとき、エミリアはちょうど視線を床に落とし、足下を――否、もっと大きく、塔全体を見据えていた。

「気が早いって、ラムには怒られちゃうかもだけど……この塔から無事に戻れたら、メイリィのこと、ちゃんとしてあげたいって思うの」

「ちゃん、と……」

「もちろん、あの子が一年前にしたことは悪いことだし、簡単に信じちゃダメってオットーくんが言うのもわかるんだけど……でも、砂丘を越えられたのはメィリィのおかげだし、また悪さするつもりなら、塔にくる途中で色々できたはずでしょ？」

自分の服の裾を摘み、エミリアが自分の考えをつらつらと話し始める。

一行におけるメィリィの立場——彼女が、スバルやエミリアたちの命を狙った殺し屋だったという話は、周りからもメィリィ本人からも聞かされた話だった。

その暗殺の任務に失敗し、囚われの身となった彼女だったが、その生まれつきの特殊な力を活かして今回の旅に同行していたのだと。

「つまり、恩赦ってヤツか」

「自由にしてあげるって言っても、それはみんなに反対されちゃうかなって。だけど、地下の座敷牢から出してあげて、みんなと一緒の生活くらいはさせてあげたいの」

「——」

「もちろん、あの子本人に聞いてみて、頷いてくれたらのお話なんだけどね」

小さく舌を出して、エミリアが「どうかな」とスバルの意見を求めてくる。

おそらく、彼女なりに真剣に考え、その上で相談を持ちかけてくれたのだろう。メィリィの功績に報いたい。きっと、その一心で頭を悩ませていたはずだ。

——肝心のメイリィが、首を絞められて苦悶の死を遂げたとも知らずに。

「……馬鹿馬鹿しい」

「え？」

「くだらねぇって、そう言ったんだよ。自分でもわかってるんだろ？　気が早い？　その通りだよ。こんな……こんな状況で、先の展望の話なんかできるもんかよ」

メイリィの死が、エミリアの思いやりを滑稽なものへと変えてしまった。そして、その事実に自分の腕が関与しているバツの悪さが、スバルにそう悪態をつかせる。

無論、感情的な発言をスバルはすぐに後悔した。エミリアを傷付け、あまつさえ無意味に疑われるだけの勢い任せの言動だ。

何の正当性もない八つ当たり、子どもの癇癪をぶつけられ——、

「スバルっ！」

「ぶ」

「急にどうしたの。機嫌が悪くても、そんな言い方したらダメじゃない」

驚いて固まると、そう予想したエミリアの反応は全く違うものだった。

彼女はスバルの頰を両手で挟み込むと、バツの悪さから目を逸らそうとしたスバルを逃がさない。真っ向から黒瞳を覗き込み、真摯な眼差しで理を説く。

「辛いなら、不貞腐れてないでちゃんと話して！　私でも、ベアトリスでもいいわ。スバルが困ってるなら、私だって一緒に困ってあげる。でも、一人で抱え込んで、一人でむし

ゃくしゃして、一人で終わりにしちゃうのはやめて。そんなの、悪かった頃のロズワールみたいじゃない。真似しちゃダメよ」

一生懸命に、エミリアがスバルに向けてまくし立てる。それから彼女は、呆気に取られるスバルの顔から手を離すと、ぐいっと頭を引き寄せた。

そして、自分の胸の中にスバルの頭を抱き入れ、優しく撫でる。

「わかってくれる？　私の心臓、全然怒ってないから。幻滅もしないから、話して」

「────」

押し付けられた柔らかな感触、温かなその向こう側に、命を刻むリズムを感じる。

それが、まるで赤子に聞かせる子守歌みたいに優しくて、スバルは息を詰めた。瞬間、スバルの心に湧き上がったのは、強烈な恥の感情だった。

ここまでしてもらって、あれだけ酷いことを言って、それでもなお、優しくて。

そんな彼女を、疑って、闇雲に憎んで傷付けて、何の意味がある。

──本当に、いるのか？　スバルを殺そうと、企んでいる何者かなんて。

──転落死だって、本当はただの事故だったんじゃないのか？

──誰かが意図的にしたことじゃなく、うっかり、躓いた誰かが押しただけで。

この、塔の中に、悪い人なんか誰もいなくて。

一番、心が汚くて、醜くて、危険なのは、ナツキ・スバルと『ナツキ・スバル』。本来ならいなかったはずの、愚かな異邦人だけなのではないのか。

「エミリア、俺は……」

「――うん」

「俺は……」

何から伝えればいいのかわからない。

ただ、伝えてしまおうと、打ち明けてしまおうと、さらけ出してしまおうと思った。

記憶をなくしたことも、メィリィのことも、死ぬたびに時を遡っていることも。

全部、信じてもらえないかもしれない。でも、信じてもらえるかもしれない。信じてもらえたら、打開策が見つかるかもしれない。

それさえ見つかれば、スバルは――、

「――エミリア様！　バルス！」

ぐしゃぐしゃの頭の中身を、何とか絞り出そうとした瞬間だった。

スバルの苦悩を塗り潰すように、鋭く、切迫した声が飛び込んでくる。エミリアに抱擁されたまま、振り向けないスバルの頭上、エミリアが「ラム」と呟くのが聞こえた。

「どうしたの？　今、スバルとすごーく大事な話をしてて……」

「それは、見ればラムにもわかりますが……中断してください。火急の、用件です」

「う、うん……」

頷くエミリアの胸から解放され、スバルは眦の熱を袖で拭ってラムに向き直る。情けないところを見られたとバツの悪い思いだが、駆け寄ってくるラムはそれに触れない。

彼女は張り詰めた顔つきのまま、真剣な瞳をスバルたちに向けて、

「すぐに三層の書庫へ。ベアトリス様が、大変なものを見つけました」

「ベアトリスが？」

驚くエミリアに、ラムは「ええ」と短く頷く。

それから、彼女はスバルたちに背を向けると、

「アナスタシア様……いえ、エキドナでしょうか。とにかく、あの方と、ユリウスを探すわ。バルス、エミリア様とご一緒して」

「あ、ああ、わかった……」

有無を言わせぬ態度に、スバルはとっさに反論できずに首を縦に振った。

その返事も見届けず、ラムは颯爽と床を蹴り、二人の前から駆け去ってしまう。その様子に驚きつつ、スバルはエミリアに振り返った。

「ええと、ラムは、ああ言ってたけど……」

「──急ぎましょう。ラムがあんなに真剣だった。何か、大変なことがあったのよ」

「────」

「スバル、さっきの話、忘れてないから」

「……うん」

そこだけ念押しするエミリアに、スバルは弱々しく頷いて従った。

本当なら、エミリアの抱擁を受け、スバルは彼女に全部を打ち明けるつもりだった。し

かし、タイミングを逸したせいで、その方針は完全に頓挫する。

そのまま、スバルはエミリアと連れ立って、『タイゲタ』へと急ぎ足で向かった。

長い階段を駆け上がり、出迎えられるのは膨大な蔵書を誇る『死者の書』の書庫だ。

「──きたかしら」

その、無数の『死者の書』が収まる書棚を背後に、階段の前に佇むベアトリスがスバルたちを出迎える。

短い腕を組んで、少女はやけに疲れた吐息をこぼす。

「ベアトリス、ラムに呼ばれてきたの。何か、大変なものを見つけたって」

「いい知らせ、とは言えないのは確かなのよ。むしろ、凶兆と呼ぶべきものかしら」

そう言って、ベアトリスはエミリアの質問にゆるゆると首を振る。

それから、彼女はスバルの方へと青い瞳を向けて、

「ベティーは朝から、このタイゲタの書庫を調べていたのよ。スバルが倒れていたのもそうだし、仕組みとして禁書庫と近くて遠い、この部屋を解析しようとしてたかしら」

「……前置きはいい。何があったんだ？　教えてくれ」

階段を駆け上がり、軽く息を乱したスバルが結論を急ぐ。

その言葉に、ベアトリスは一度、目をつむった。そして、彼女はゆっくりと、斜め後ろにある書棚の一つを指差して、

「上から三段目、一番右にある本なのよ」

「──三段目の」

「一番右」

ベアトリスの指摘に従い、スバルとエミリアは言葉を反芻しながら書棚へ向かった。

ぎっしりと、書架には本が詰まっていて、背表紙に書かれた異世界文字はスバルには全く読み取れない。相変わらず、模様としか思えなかった。

だから、ベアトリスがスバルたちに教えたがった本、そのタイトルもわからない。

少なくとも、この書庫にある以上、それが『死者の書』であることは確かで──、

「嘘……」

と、すぐ隣のエミリアがこぼした。

そちらへちらと目を向け、スバルは彼女の愕然とした反応に頬を硬くする。

これほどの驚愕、遅れてすぐにやってくる悲嘆。

いったい、何が彼女の心をそれほど強く、手加減抜きに打ち抜いていったのか。

そんな、ショックを受けるエミリアに義憤を覚えるスバルの隣で、彼女の唇が震える。

そして、エミリアは言った。

ひどく、震える声で──、

「──メイリィ・ポートルート」

幕間　『メィリィ・ポートルート』

1

——メィリィ・ポートルート。

本の背表紙を見つめて、そう呟いたエミリアにスバルは愕然となる。彼女の見つめている本の背表紙、そこに書かれた題名はスバルには読むことができない。

だが、今ここで、エミリアがスバルに無意味な揺さぶりをかける理由がない。

ならば、眼前の『死者の書』のタイトルは、偽りなく一人の少女を示している。

「――――」

声も出せないまま、頬を硬くするスバルの背中を脂汗が濡らしていく。

頭蓋の中、脳が生み出す言葉はたったの一言――『何故』と、それだけだった。

何故、メィリィの『死者の書』がここにあるのか。何故、書庫はこんなにも早く、彼女の『死者の書』を用意したのか。何故、これだけ膨大な数の本がある中、メィリィの本があっさり見つかってしまったのか。何故、スバルがエミリアを信頼したいと、全てを打ち明けたいと願ったときに、こんなことが起こるのか。

何故、運命はこうも、ナツキ・スバルに容赦しようとしてくれないのか。

「――ベアトリス、この本を読んだの？」

膨大な『何故』に思考を支配されるスバルの傍ら、そう声を発したのはエミリアだ。彼女は件の『死者の書』を睨んだまま、発見者のベアトリスにそう尋ねる。

その問いかけを聞いて、スバルの中で絶望的な可能性が浮上した。

――聞いた話では、『死者の書』を読み解くことで、タイトルとなっている人物の生前の記憶を追体験することができるらしい。つまり、メィリィの『死者の書』には、彼女の最期の瞬間が記録されているはずだ。

そこには、彼女が誰に殺されたのか、動かぬ証拠が記憶として残っている。

「――――」

メィリィは、『ナツキ・スバル』に扼殺された。

そのことをスバルは疑っていないが、スバルと『ナツキ・スバル』の区別がつくのは、他ならぬスバル自身だけだ。メィリィの記憶が、それを区別してくれるはずもない。そして、そのことを説明しようにも、スバルはすでに隠し事が多すぎる。

自分の記憶喪失さえ隠したスバルの告白を、いったい誰が聞いてくれるというのだ。

もしも、ベアトリスがすでにメィリィの『死者の書』を読んでいたなら――、

「――まだ、確かめていないかしら」

「――っ、そう、なのか？」

「当然なのよ。『死者の書』の扱いは慎重にすべきかしら。そもそも、それがベティーたちの知る、あのメィリィの本なのかは疑わしいのよ。だって、もしそうなら……」

「――！　メィリィが塔の中で……大変！　すぐに探さないと！」

顔色を変えたエミリアが、ベアトリスの言葉に書庫を飛び出そうとする。しかし、そのエミリアの道を遮り、「待つかしら」とベアトリスが両手を広げた。

「もし、これが本当にあの娘の本なら、急いで探しても手遅れなのよ」

「それは……だから、ラムが私たちや、ユリウスたちを探してるのね」

「その途中であの娘が平然と出てきたら、これはベティーの可愛い勘違いで済むかしら」

そのベアトリスの指摘に、書庫にとどまるエミリアが祈るように手を組んだ。見つかった『死者の書』が、何かの間違いであってほしいと願いを込めて。

――そして、その願いと祈りが届かないと、ナツキ・スバルは知っていた。

「――――」

エミリアとベアトリスの二人を余所に、スバルの思考は白熱していく。

メィリィの『死者の書』が見つかったこの状況で、自分はどう立ち回ればいいのか。状況が状況だ。事情を打ち明ける選択肢は、すでに頭から消えていた。

大前提として、エミリアたちに『死者の書』を読まれるわけにはいかない。それをされれば、スバルはメィリィを殺した犯人だと弾劾され、言い逃れできなくなる。

ただ、本の処分も考えていない。メィリィの『死者の書』には、スバルも大いに関心があった。──殺人の瞬間には、きっと『ナツキ・スバル』のことも。

「なーんか騒がしく呼ばれたッスけど、どーしちまったッスか～？」

「シャウラ！　きてくれたのね」

そう考える合間に、軽やかに階段を上がってシャウラが姿を見せた。彼女の登場にエミリアが安堵し、ベアトリスも「無事だったかしら」と小さく呟く。

それから、ベアトリスはその青い瞳でシャウラを見つめ、

「聞きたいことがあるのよ。お前、食事のあと、メィリィをどこかで見かけなかったかしら。お前とは仲良くしていたはずなのよ」

「それって、ちびっ子の……えーと、二号ッスか？　んー、そういやブレックファーストのあとは見てないッス。二号、どうかしたんスか？」

ひらひらと手を振り、ふやけた顔のシャウラが首を傾げる。そのシャウラの質問に、エミリアが形のいい眉を顰め、「あのね」と言葉を曇らせながら、

「実は、書庫でメィリィの名前の本が見つかったの。まだ中は読めてないんだけど、その前にあの子の無事を確かめたくて……」

「あー、なるほど。二号、死んじまったッスか。まぁ、しゃーないッスね」

「──っ」「お前……」

不安がるエミリアへの配慮ゼロで、あっけらかんとシャウラが死を肯定する。

その言葉にエミリアの頬が強張り、ベアトリスが不機嫌にシャウラを睨んだ。しかし、

シャウラは二人の反応を余所に、その瞳をスバルの方へ向けた。

正直、スバルも人のことを言えた立場ではないが、シャウラの態度は目に余る。だってそれはあまりに、人の心がないではないか。

「シャウラ、お前、いい加減にしろよ。そんな言い方、ねぇだろ」

「やん、お師様、怒っちゃ嫌ッス！　それより、早く二号の本を読んだ方がよくないッスか？　見つかったんなら、それが手っ取り早いッスよ」

「手っ取り早いって、メィリィの『死者の書』を読むのが？　それは……」

「——お師様が本を読んだら、きっと二号が死んだ理由もわかるッスよ！」

抗弁しようとするスバルを遮り、シャウラが悪気のない顔であけすけに言った。

スバルに、メィリィの『死者の書』を読めと、それが一番だと、当然のように。

「————」

「この書庫見っけたとき、お師様と、もう一人のイキャメンが初体験は済ませたじゃないッスか。そのあと、悪いとこどっこもないんならやんなきゃ損ッス！」

豊満な胸を張り、シャウラが満面の笑みでスバルに提案する。その提案に息を呑み、スバルは書架を振り返って、『死者の書』を見ながら考えた。

驚くべきことだが、シャウラの提案は筋が通っている。

すでに『死者の書』を読んだものが一行の中に二人、その読書体験に悪影響がなかったなら、事実確認の名目で本に臨むのは自然な発想だ。

無論、その経験がスバルの記憶を奪い、『ナツキ・スバル』と今のスバルとを分裂させた可能性もあるのだが、その場合、ユリウスにも異変がなければおかしい。まさか、ユリウスも記憶喪失を隠している、というのは邪推が過ぎるだろう。

だったら、このシャウラの提案は渡りに船ではないか。

「……確かに、シャウラの言うことにも一理ある」

「……本気かしら？　『死者の書』が本物なら、あの娘の人生を見ることになるのよ。一緒に食事して、見知った相手かしら。……そんなの、スバルの方が」

シャウラの言葉に乗じて、スバルは『死者の書』の最初の読者に立候補する。まんまとその役割を買って出たスバルをベアトリスが案じるが、無理もない。

メィリィとは一緒に旅をして、言葉を交わし、寝食を共にした間柄なのだ。

それは他の『死者の書』と比べ、あまりに距離が近すぎる。そんな少女の死を追体験することで、スバルの心が傷付くことをベアトリスは心配してくれていた。

「──。お前の心配はありがたいよ。でも、誰かがやらなきゃいけないことだ」

そんなベアトリスの憂慮に、スバルはもっともらしい決意を告げた。

ベアトリスのもっともな不安、しかし、それは皮肉にもスバルには通用しない。記憶をなくしたスバルは、メィリィと過ごした多くの時間も喪失している。

今のスバルにとって、メィリィはほんの数時間を一緒に過ごしただけの少女に過ぎない。その存在にわずかに心を救われたこともあったが、それだけの間柄だ。

たったそれだけの、ほとんど見知らぬ少女。――その死に、受ける心の傷などない。

「どうしてもやるの？　それなら、スバルじゃなくて私がやっても……」

「それにはベティーが反対するのよ。誰かが読まなくちゃいけないなら……スバルか、ユリウスが適任かしら。今朝のユリウスの様子だと、実質、スバル一択なのよ」

「ベアトリス……」

感情面で食い下がろうとしたエミリアを、ベアトリスが理屈で窘める。

少なくとも、ベアトリスはスバルの意思を尊重してくれるようだ。ただ、エミリアも直前の、通路で見せた不安定なスバルの様子を知っている。

それで不安を拭えずいるエミリアに、スバルは笑顔を取り繕い、頷きかけた。

「――俺が見るよ。なに、ひょっとしたら何かの間違いで、意気込んだのに何にも起きないってパターンもあるでしょ？」

「……何かあったら、すぐに本から引き剥がすから。髪の毛、引っ張るからね」

「そこは穏便に、肩とか揺すって呼び起こしてくれると嬉しいかなぁ」

豪快に髪を引き抜かれ、永遠の荒廃が頭皮に発生するのは避けたい。と、そんな空々しい軽口を残して、スバルはエミリアたちに見守られながら書架へ向かった。

変わらず、メィリィの本は妙な存在感を放ちながらその場所にある。

最初は他の本との違いは何も感じなかったのに、見知った名前が記されているとわかった途端にこの有様だ。とかく、人の認識とは当てにならない。

そして、この世で最も当てにならない自分を探るために、スバルは本を手に取った。

「――――」

背後、エミリアとベアトリスが息を呑む気配。シャウラは気楽な様子で、頭の後ろで手など組みながらスバルの決断を見守っている。

そんな三者の前で深呼吸し、辞書のように分厚い本の表紙に手をかけた。

「――いく」

自らに言い聞かせるように、呟くスバルが本を開いて――意識が、暗転する。

2

――自分の始まりを意識したとき、女は何も持っていなかった。

周りには誰もいなかった。

男も、女も、大人も、子どもも、老人も、赤子も、誰もいなかった。

暗い暗い、黒い黒い、森で一人、女はただ、一人でいた。

「――――」

――言葉を知らなければ、嘆き方も知らない。

――歩き方を知らなければ、抗い方も知らない。

――生き方を知らなければ、死に逝く理由も知りようがない。

故に、本来なら女は何も得ないまま、獣の牙にかかって命を終えるはずだった。その額にねじくれた角を持つ、殺戮の獣が女を巣へと連れ帰らなければ。

――言葉を知らないから、嘆き方など知らない。

――歩き方を知らないから、抗い方など知らない。

――ただ、生きる方法を覚えたから、死のうなどとは思わない。

黒い獣たちの気紛れに救われ、野性の流儀を命で学び、女は獣たちの女王となった。そうして獣の一頭として、いずれは野で死ぬのが宿命と、そう思っていたのに。

「――連れ帰れと言われているの。だから、一緒にきてもらうわ」

黒い少女だった。血腥い魔性の染みついた、黒い少女だった。

少女は獣の群れを殲滅し、女王の玉座から女を引きずり下ろした。微笑みを浮かべたまま、少女は全てを奪われた女を担ぎ、森から連れ出していく。

――言葉を知らないから、嘆き方も知らない。

――歩き方を知らないから、抗い方も知らない。

――ここ以外の生きる場所を知らないから、死ぬ理由さえも見つからない。

「嘆き方も、抗い方も、生き方もなくしやがった？　そんなそんな、つまんねー言い訳並べられても知ったこっちゃねーんですよ」

――それは、嘆き方を知らないことを後悔させた。

「嘆け、アタクシのために。抗え、アタクシのために。生きろ、アタクシを愛するために」

——それは、抗い方を知らないことを後悔させた。

「何もかも、なくした忘れた失ったなんて言いやがるんなら、アタクシが躾けてやろーじゃねーですか。——それが、『母親』の務めってもんですからね」

——それは、生き方を忘れ、死に方を考えなかったことを、後悔させた。

「あの人の言いなりになるのはやめなさい。私以外、きっと、命がいくつあっても足りなくなってしまうでしょうから」

『母』の下で、言葉を、歩き方を、生き方を学ばされる最中、黒い少女と再会した。

それから黒い少女は、頻繁に女のところに顔を出した。気付くといつしか、黒い少女と一緒に過ごし、行動を共にすることが多くなっていた。

『母』と初めて会わされる前、熱い湯の中に投げ込まれたことを思い出した。

血と泥と垢と、落ちない汚れに塗れた女を、黒い少女は容赦なく、雑に洗い流した。あるいはあれが、最後に女が感じた喜び、だったかもしれない。

——『母』の意向で、黒い少女と一緒にいることが明確に増えた。

黒い少女は、異常に強かった。殺す手管に優れていた。生き方以上に、殺し方を知っていた。そして同時に、それ以外のあらゆるものが雑で、適当だった。

「■■■■がいるもの。だったら、あなたに任せた方がちゃんとしてくれるわ」

一事が万事、そんな調子だ。

だらしがなかった。しっかりしていなかった。手がかかる相手だった。目が離せない相手だった。『母』に忠実ではなかった。殺し方だけでなく、生き方も自由だった。

そんな黒い少女と一緒にいる間は、だらしない彼女を手伝ってやっている間は、自分もまた自由なのではないかと、そう勘違いすることができた。

だから――、

「――エルザが、死んだ」

――死んだ。死んだ。灰になって、死んだ。

殺しても死なない黒い少女――否、少女だった頃は終わり、彼女はエルザだった。

――死んだ。死んだ。灰になって、死んだ。

腹に槍が刺さり、両腕を肩から失い、首が刎ねられたところだって見たことがあった。

それでもエルザは死ななかった。死なないと、そう思っていた。

――死んだ。死んだ。灰になって、死んだ。

エルザを殺したものたちが、女を捕らえ、冷たい牢の中へ押し込めた。

一人、暗い部屋の中、虚空を見つめながら、女は考える。

――嘆き方は知らない。抗い方も知らない。命の価値など、自分にはない。

女は、欠陥品だった。森で、獣に拾われる前から、実の親に捨てられる前から、女は欠陥品だった。不揃いだった。欠け落ちていた。

だから、同じように欠け落ちたエルザと、奇跡的にぴったり嵌まったのだ。

――憎い、憎い、憎いのか。憎しみとはいったい、なんなのだ。

――悲しい、悲しい、悲しいのか。悲しみとはいったい、なんなのだ。

ただ流され、何かを模倣して生きてきた女には、本物の感情がわからない。

獣といたときは獣を。『母』に躾けられたときは『母』を。そして、エルザと共にいたときはエルザを模倣し、他者の真似事をする人形として生きてきた。

――エルザを失った今、女は誰を模倣し、何を規範に生きればいいのか。

わからないまま、時間が過ぎた。

その間も上辺を取り繕い、女は周囲が望む女として振る舞い続ける。あるいは誰かが、女の死を望んでくれたなら、その通りにするのもよかった。

躾と称して『母』が、女に死ねと命じてくれたりすれば、その通りに――。

その、通りに。――。――――。――――。

「……それは、嫌よお」

そこで、終わるのは嫌だった。ここで、終わるのは嫌だった。

焦燥感が心を灼く。望まれるままに生きてきた魂が、自らの願いを訴える。

せめて、答えが知りたいのだ。

――エルザを殺された自分がどうしたらいいのか、その答えが。

「――なんだ。お前もきてたのかよ、■■■■」

夜だった。

砂の塔の書庫で、『死者の書』を収めた書架の前で、後ろから声をかけられた。

瞬間、心臓が跳ねる。恐怖が脳を支配した。どうしてここにいるのかと聞かれたら、そう聞かれたら、誤魔化せない。答えられない。

自分が、誰の『死者の書』を求めて、密かにこの場へ足を運んだのか、などと。

「俺はちょっと探したい本があってな。ホントならみんなと協力した方がいいんだろうけど、逸る気持ちが堪えられなくて……」

黒髪の少年だった。見慣れた少年が、何やら頭を掻いて話している。

その少年に微笑み、小首を傾げ、弾む心臓の鼓動を押し隠し、普段通りを装った。

「――夜更かしするなよ、■■■■」

そう言われて、書庫を離れた。ゆっくりと歩く。次第に早足に、最後には走り出す。

――何をしていたのか見られた。知られた。気付かれた。

――見られたくなかった。知られたくなかった。気付かれてはならなかった。

だが、全てはご破算だ。女が人目を忍び、何をしていたのか見られてしまった。

ならばいっそ、塔の周りの仕込みを全て動かして、本気で何もかもご破算に――。

衝動に支配され、女は振り返った。走り出した道を戻り、『死者の書』の書庫へ。地べたに座り、黒髪の少年は女に背中を向けていた。

散らばっているいくつかの本、目的の『死者の書』を見つけたのか。もはや、その推測すらも妬ましいが、こちらに気付かない背中へと——、

「——薄っぺらいなァ、お前」

息が詰まった。振り返らないまま、浅はかな女を罵る言葉に心臓を掴まれる。

何故、バレたのか。足音は消していた。殺意も、垂れ流すほど馬鹿じゃない。——否、今はそんなことはいい。笑みを作り、仕草を媚び、普段通りを装って。

「媚びるなよ、気持ち悪い。誰も、お前にそんなこと望んじゃいないサ」

言葉を遮られ、押し黙る。

思考を巡らせ、考え込んだ。最適解を。黒髪の少年が、何を求めているのかを。

「すまし顔するなよ、お人形。自分の胸の奥の、本当の望みも聞こえねぇか？」

本当の望み。そんな、陳腐な表現が何故か耳の奥にこびりついて離れない。

「望みに耳を傾けろ。そうすれば、少しは自分ってもんが見えてくる。自分ってもんが見えてくれば、やりたいこともはっきりわかる」

やりたいことが、わかる。見えてくる、自分が。

やりたいこと、望み、それは——、

「その顔、いいね。——味わい深い」

気付けば黒髪の少年が振り返り、女の目の前に立っていた。少年の手が、女の三つ編みをそっと取り、ひどく倒錯的な快楽を宿した黒瞳で見つめてくる。

その、黒い瞳から目を離せない。心を、搦め捕られて。

「自分の望みがわかったら、自分ってヤツが見えてきたら、もっと『らしく』動けよ。お前の退屈な悩みも、つまらない苦しみも、俺が覚えててやる」

言い切って、人の胸中を勝手に決めつけて、少年が女の髪に口付けする。

込み上げる怖気と、それ以上の陶酔感が背中をなぞった。

「――俺が、覚えていてやる」

自分の望みがわかったら。自分というものが、ちゃんと見えたなら。

――女は、■■■として、するべきことが、『らしく』できるというのか。

「――昨日の夜の話だけど、わたしはどのぐらい真に受けていいのかしらあ?」

一晩明けて、朝食も終えて、塔での次の行動を起こす前に黒髪の少年に接触する。

眠れないくらい、考えた。考えに考えて、それでも、答えは出せなかった。

少年も、まるで昨夜のことなどなかったかのような態度で女と接した。

だから、わざわざ機会を作って、声をかけた。逸る気持ちを抑え切れず、せめて、誰にも聞かれない場所へ連れ出してからにすればよかったと、あとで気付くぐらい。

「ここじゃなんだな。場所を変えよう」

少年の方から提案してくれて、二人は適当な部屋に入った。昨夜の言葉の真意、それを問いたい。昨夜、少年が何を閃いたのか、その説明もなかったが――、

「――悪いな、■■■■」

耳元で囁かれた直後、不意に床に突き飛ばされた。

倒れ込み、背中を打った。突然のことに抵抗できない体に、少年が馬乗りになる。その顔が見えた。――見たこともないほど、凶悪な顔で嗤っていた。

「それを直接聞くのはルール違反だ」

強い力で首が圧迫される。

パクパクと口を開け、もがく。肺が膨らまない。必死で、首にかかる手に爪を立てる。動かない。はねのけられない。こんな相手、エルザなら。

「今回はルール違反で脱落だが、次はもっと大胆な活躍を期待してるぜ。これまでみたいに、どしどし頑張ってくれ」

意味が、わからない。

何を言っているのか。何を言っているのだ。何を、言われているのだ。

「これはこれで、面白い話になる。――ナツキ・スバルの、殺人事件だ」

殺される。理解は、そこまでしか至らない。殺される。結局、何ができたのか。殺される。あの森で独りだった頃から、何が。殺される。何もできないまま、意味などなく。殺される。楽しそうに。殺される。楽しんで。殺される。殺される。殺される。殺される。

――殺して、やる。

3

「う、あぁぁぁぁ――ッ!?」

瞬間、弾かれたように悲鳴を上げ、■■■はその場にひっくり返る。

視界がぐるりと回り、手に持っていたものを取り落とした。息苦しさに喉を喘がせ、呼吸困難に陥った肺がパニックを起こして痙攣する。

「ちょっ、スバル!?」

硬いものに後頭部を打って、苦鳴をこぼした■■■に銀髪の少女が駆け寄る。一緒にいるドレス姿の少女と、二人で同時に倒れた■■■の肩を支えた。

「わ、わたしは……あ、え、俺？　今、今、いまいまいま、どう、な、え？」

「深呼吸！　深呼吸するのよ！　無理に喋るんじゃないかしら！　エミリア、本に触っちゃいけないのよ！　混ざり合うかしら！」

ぐるぐると目が回り、口の端から泡を吹く■■■に少女が――否、ベアトリスが必死に呼びかけている。ベアトリスの言葉に、銀髪の――エミリアも、慌てて頷いた。

「スバルの様子がおかしいわ！　混ざるって、この本は何をしたの!?」

「たぶん、深く潜りすぎたのよ。喋り方が、二人で混ざっているかしら」

ベアトリスの分析に、エミリアが目を見開いた。そのまま、彼女は■■■に飛びつき、その頬を引き寄せ、自分の瞳と向き合わせる。

「スバル、思い出して。大丈夫。あなたはナツキ・スバル、私の騎士様。天下不滅の無一文、お控えなすって皆々様……それから、それから……」

エミリアが自分の記憶を手探りに、何やら素っ頓狂な言葉を並べ始める。

その、無節操な言葉を聞きながら、■■■は、■■ルは、ス■ルは――、

「お、れ……あ、俺、だよ、な……わたしじゃ、なく、俺で……エルザは、いなくて」

「いいの！　落ち着いて。平気だから……ゆっくり、ゆっくりね？」

「棘みたいに、刺さった別の記憶をゆっくり抜いていくのよ。それで、元のスバルにきちんと戻れるはずかしら」

エミリアとベアトリスが、スバルに――スバルだ。スバルに、語りかけてくれる。

その言葉に従いながら、自分の頭の中、突き刺さった記憶という棘を丁寧に抜き取る。

それこそ、最後の最期、命が途絶える瞬間までの、記憶を、何とかして。

「大丈夫、大丈夫だから……」

震えるスバルを抱きしめて、エミリアが優しく、温かく、言葉をかけてくれる。それに身を委ねながら、スバルはゆっくりと、自分と『他人』を分離する。

そんな、スバルたちの奮闘を、この場に居合わせる最後の一人が静かに眺める。

「――――」

――緑の瞳を細め、ただ静かに、シャウラはそれを眺めていた。

第五章『——殺人は、癖になる』

1

暗い、暗い、暗い、暗い、暗い、暗い、暗い、暗い場所。

頭の奥の、奥の、奥の、奥の、奥の、奥の、奥の、奥。

自分、俺、わたし、誰、あなた、お前、ナツキ・スバル、メィリィ・ポートルート。

菜月(なつき)・賢一(けんいち)、エルザ・グランヒルテ、菜月・菜穂子(なほこ)、ペトラ・レイテ、エミリア、シャウラ、ベアトリス、フレデリカ・バウマン、アナスタシア・ホーシン、ガーフィール・ティンゼル、ユリウス・ユークリウス、オットー・スーウェン、ラム、青髪の、誰が、俺が、あなたが、わたしが、自分が、他人が、俺を、あなたを、お前が、わたしを――、

――自分、俺、ナツキ・スバル。自分、俺、ナツキ・スバル。

――誰、わたし、メィリィ・ポートルート。誰、わたし、メィリィ・ポートルート。

ぐるぐるぐるぐると思考が回り、現実と非現実の曖昧な感覚の中、溶け合い、混ざり合い、絡み合い、慈しみ合い、憎しみ合い、苦しみ合い、愛し合い、求め合い、殺し合い、

望み合い、壊し合い、脅し合い、わかり合い、泣き合い、笑い合い、理解し合えない。

自分は自分で、自分でしかなく、他人は他人で、他人でしかない。

そこに妥協の余地はなく、そこに譲り合いの慈悲はなく、そこにわかり合える土壌はなく、そこに互いを思える関係もなく、ただただ空虚に完結している。

「スバル……」

「――――」

頭を揺らし、懸命に自分の中の『他人』という名の棘を抜く作業に溺れる。それが済まなければ、自分を心配げに見守る少女たちにも答えられない。

自己と他者の境を定義し、混ざり合う中からナツキ・スバルを抽出しなくては。

一人称、二人称、記憶、思い出、印象、感情、その他諸々を選別し、腑分けする。慎重に丁寧に、そうでなくては溶け合い、混ざり合い、剥がせなくなる。

自分と、自分の『この手』で殺された少女とが、一緒くたに混ざって――、

「――ナツキくん、君はいったい何を見た？　それを話せるかい？」

「う、ぁ？」

その、人格攪拌状態のスバルに、すぐ正面から声がかけられた。

それは、浅葱色の瞳をした人物。アナスタシア――否、今はエキドナだったか。とにかく、彼女がしゃがんで視線を合わせ、そう問いかけてきていた。

「待って、エキドナ。今、スバルは大変な思いをしたばっかりで……」

「無論、それは承知しているよ。ただ、現状はボクたちにとっても由々しき事態だ。彼の行動を無駄にしないためにも、迅速に問題解決を進めたい」

「それは、そうだけど……」

平静ではないスバルの前で、エミリアとエキドナが互いに意見をぶつけている。話しながら、エキドナの視線が一瞬、床の上に置かれた一冊の本に向いた。

——スバルが読み終えた、メィリィ・ポートルートの『死者の書』へと。

「改めて聞こう、ナツキくん。君が見た、本の内容は——」

「——メィリィの、記憶、だった」

「……ああ」

問いに答えるスバル、その答えにエミリアが手で顔を覆った。エキドナも、予想はしていただろうが、頬を強張らせずにはおれない。

この場にいる誰もが、新たな『死者の書』が陳列された意味をわかっている。

ほんの数時間前、言葉を交わし、食事を共にした幼い少女が、喪われたのだと。

スバルがきたしている混乱は、その『死』を直視したことが原因なのだと。

「落ち着くのよ、スバル。落ち着いて、今は自分を取り戻すのに集中するかしら」

「……わ、るい」

「いいのよ。こんなときぐらい、ベティーに全力で寄りかかるかしら。……これは、スバルだけのせいじゃないのよ。思い詰めちゃダメかしら」

「──」

寄り添ってくれるベアトリスが、憔悴したスバルの頭を撫でてそう告げる。

千々に乱れるスバルの心を支えようと、エミリアやベアトリスが腐心してくれる。そんな彼女たちの思いやりが、スバルの心を残酷に引き裂くのだから皮肉な話だ。

スバルのせいではないと、ベアトリスは慈悲深く言ってくれた。

だが、これは他の誰でもなく、『ナツキ・スバル』の引き起こした罪だ。それを知らず、優しくスバルを慰めるベアトリスが、あまりに滑稽で悲しかった。

「──ラム女史、あなたはどう考えている？」

と、そんなやり取りを交わすスバルとベアトリスを横目に、真剣な面差しのユリウスがラムの方に水を向けた。遅れて合流した二人も、メィリィの『死者の書』が見つかり、それをスバルが読んだ経緯は聞いている。

その顔色から、この二人が受けた衝撃は比較的軽いように見えた。

それはきっと──、

『──あの二人はちゃあんとわたしを警戒してたからでしょおねえ。殺し屋なんだから当然だけどお。……あ、お姉さんと襟巻きのお姉さんはゆるゆるだったわよお？』

と、そんな分析に対する納得がスバルの内側で為されている。

それを余所に、答えを求められたラムが床の本に目を向ける。投げ出された一冊、その表紙に記される題名を見やり、ラムは小さく吐息をこぼした。

「今のスバルの言を信じるなら、メィリィ嬢はすでに……」

「あの体たらくで嘘がつけるほど、バルスは器用でも薄情でもないでしょう。……その本がメィリィの本なのは間違いないわ」

「──。私なら、裏付けるために読むことも」

「二度目だから余裕だとでも？　同じ条件のバルスを見たら、とてもそんな楽観視はできないわね。精神的に未熟なバルスだからああなった、とも考えられるけど」

　そこで言葉を切り、ラムが悲壮な目つきのユリウスを見つめ、続ける。

「生憎と、ラムは今のユリウスがバルスよりマシな状態なんて評価していないわ」

「……道理だ。昨日の独断専行も合わせ、説得力のある反論は私にはできない」

「ボクも、残念だが同意見だ」

　苛烈なラムの物言いにユリウスが自嘲すると、エキドナも結論に賛同する。彼女は首元の狐の襟巻きを撫でながら、へたり込んでいるスバルの方に顎をしゃくった。

「ユリウスを信頼しないわけじゃない。だが、あのナツキくんの様子を見ると、同じ手段には尻込みしてしまうね。……あれが回数と本の内容、どちらが原因であれ」

「単純に、バルスが二回目だからああなったのか、近しい相手の『死者の書』を読んだから負担が大きかったのか。確かめる術は、ないわね」

　己の肘を抱いたラムの言葉に、エキドナも瞳を伏せて頷く。その話を聞いていたユリウスも、形のいい眉を顰め、悔しげに唇を噛んでいた。

「────」

おそらく、エキドナとラムの推測は後者が正しい。

スバルの心がこうまで大きなダメージを受けたのは、『死者の書』の対象が近しい間柄だったから。その、生々しい『命』の記録がもたらす衝撃が心を割るのだ。

結果、スバルは『わたし』の奥底で、自分と相手の境を見失い、混ざりかけた。

あの少女が延々と抱えていた、命という惰性の虚無感とさえ──、

「──とにかく、じっとなんかしてられないわ。メィリィを探しましょう！」

そこへ、強い空気の破裂音が響き渡った。

それをしたのは、胸の前で両手を強く合わせたエミリアだ。顔を上げた彼女は、書庫の注目を自分に集めてそう主張する。そのことに、スバルは目を丸くした。

「探す……？」

──探す、探すとは、なんなのだ。それに、何の意味があるのか。

──メィリィは、彼女は、『わたし』は、もう死んでしまったのに。

──死んでしまう前は、気にもかけてくれなかったくせに。

「見つけても、もう遅いのかもしれない。私たちは、あの子と一緒にいてあげるべきだったのに、それができなかったのかもしれない。だから、見つけてあげなくちゃ」

「────」

「これ以上、あの子を一人ぼっちになんて、しちゃダメでしょう？」

エミリアの、その言葉には具体性がなく、堅実さや賢明さとは程遠い。

そんなことには何の意味もないと、スバルの中の『わたし』の主張は変わらない。もっと有意義に時間を使えと、現実主義者なら反論したはずだ。

しかし、そのエミリアの提案に、この場の誰も反対しようとしなかった。

「今日の方針は変更せざるを得ないだろうね。手分けして、彼女を探そう」

「ラムは……レムの無事を確かめにいくわ。エミリア様やバルスを呼びにいく前、ずっと一緒にいたけど……今、もう一度」

「ラム女史はそうするといい。……スバル、酷なようだが確かめたい。君はメィリィ嬢の最期の瞬間まで、『死者の書』で確かめることができたのかを」

言葉を選んだユリウス、その問いかけにスバルは返答を躊躇った。

メィリィの最期を見たのかと、その問いかけに対する答えはＹＥＳだ。スバルはこれ以上ないほど身近に、メィリィの『命』が失われる瞬間を味わった。

『首を絞められて、苦しい苦しいってバタバタしちゃったのよねえ。その抵抗も、急にぷっつり終わって……あれが、死んじゃうってことだったのかしらあ』

被害者としても加害者としても、スバルはその状況に参加した。あまつさえ、彼女の亡骸を部屋に隠し、見つからないように隠蔽工作までしたのだ。

――『わたし』を殺した『ナツキ・スバル』に、ナツキ・スバルは加担したのだ。

そう考えると、死にたくなるほどの罪悪感が胸の奥から湧き上がる。

だが――、

「スバル、どうだろうか。君は、メィリィ嬢の最期を……」

「――最期までは、見てない。塔の中で何かがあった。それは間違いない、けど」

その、死にたくなる罪悪感を噛み殺して、スバルは自分を守る偽証を敢行した。

『……ざあんねん』

内心に芽生えつつある危うい感情は、ナツキ・スバルに罪を告解させようとする、メィリィ・ポートルートの残した呪いだ。

メィリィの、『わたし』の亡骸をエミリアたちに見つけてもらいたい。見つけて、悔やんで、後悔して、心にわだかまった感情を解放したい。

それはもはや、ナツキ・スバルと、『わたし』と、『ナツキ・スバル』と、いったい誰が望んでいる感情なのか、自分でもわからなくなりつつあった。

「……もう一度、本を読む気力は残っているかい？」

「エキドナ！」

自我の境界線を乱したスバルに、エキドナが無慈悲とも言える提案を投げかける。それにスバルが応じる前に、血相を変えたベアトリスが噛みついていた。

ベアトリスはスバルの腕を強く抱くと、大きな瞳でエキドナを睨みつける。

「ベティーになんて名前を怒鳴らせるのよ……！　とにかく、そんな真似はさせられないかしら。これ以上は、感情と別の理由でベティーは反対するのよ」

「混ざる危険性を思えば、ボクだって推奨はしない。あくまで、その覚悟があるかを確かめたかっただけだ。やると主張してもやらせるつもりはなかったさ」

「……それがお前の本音だと、そう祈っておくかしら」

意見を引っ込めるエキドナに、ベアトリスの視線から怒りは消えない。そのまま不穏な空気の漂う二人に、「そこまでよ」とエミリアが割って入った。

「私も、スバルにこれ以上の無茶をさせるのは反対。いつまでも、ここで足踏みしてるのも、反対。……早く、見つけてあげたいの」

「同感です。手分けしましょう。スバル、君は……」

「——スバルのことは、ベティーが見ているのよ」

ユリウスの憂慮に先んじて、ベアトリスがスバルの介抱を買って出る。そのベアトリスの言葉を聞いて、エミリアたちも頷いた。

「お願いね、ベアトリス。——スバル、またあとで」

お互いに役目を託し合い、そう言い残してエミリアたちが書庫から飛び出していく。

メィリィの、『わたし』を探し出すために、塔内へ散り散りに。

その、遠ざかっていく彼女たちの背中を、スバルはかける言葉もなく見送り——、

「——それで、お前はどうするつもりなのかしら」

エミリアたちが出ていったところで、書庫に残った人物——書架に寄りかかっているシャウラを睨みつけ、ベアトリスが硬い声でそう問い質した。

スバルがメィリィの『死者の書』に挑んで以来、同席していながら一言も発しなかったシャウラは、その質問に「あーしッスか？」と自分を指差して、

「どうするも何も、あーしは星番ッスよ？　ちびっ子たちに協力する理由とかないッス。あ、もちろん、お師様のお願いなら全力で聞くッスけども！」

「……なら、こんなところにいないで、お前もメィリィを探しにいくのよ」

「——ホントに、それがお師様の望みッスか？」

そう、シャウラが首を傾げ、特徴的な緑色の瞳を細める。

ベアトリスの頭を飛び越え、直接、スバルへ投げかけられた問いかけ。それを口にする彼女の表情はどこか艶っぽく、匂い立つような独特の魔性を孕んでいた。

その雰囲気の豹変に、スバルは心臓を掴まれたような錯覚を味わう。彼女は、その豊満な胸の前にメィリィの『死者の書』を抱き寄せると、

「お師様が望むんなら、あーしは月を撃ち落とすことだってしてみせるッス。だから、半魔とかちびっ子一号、イキャメンの頼みじゃなく、お師様に聞きたいッス」

「俺に……」

「あーしは、ちびっ子二号を探すべきッスか？　それとも……」

そこで言葉を切り、シャウラはその先を口にしなかった。

ただ、スバルの命令を待つような彼女の態度に、ベアトリスが怪訝な顔をする。スバルも困惑が大きいが、それ以上の焦燥が胸を内から掻き毟った。

その、シャウラの提案はまるで——、

『お兄さんとわたしの関係を、知ってるみたいに聞こえなあい？』

「————」

スバルの脳裏に響く声は、この状況を愉しむかのように弾んでいた。

ナツキ・スバルと『ナツキ・スバル』の混在する肉体は、『死者の書』を読み解くことで全く異なる人格を取り込み、分裂した精神性を発露している。

——スバルは、メィリィの『死』に関わったことを隠したい。

——スバルは、自分の隠したメィリィの死体を見つけてほしい。

——スバルは、『わたし』を殺した『ナツキ・スバル』を糾弾したい。

それら、矛盾した願望が混ざり合い、主導権を奪い合い、未来を得ようとする。その葛藤の果てに、この場の答えを握ったのは——、

「——シャウラ、メィリィのことを頼む」

「リョーカイッス。お師様のお望みなら、あーしは何でもえーんやこらーッス」

絞り出すようなスバルの命令に、シャウラが可愛らしく敬礼した。それから、彼女は胸に抱いていた『死者の書』をスバルへ差し出し、ちらっと舌を出す。

そして、その本をスバルが受け取ろうとすると、

「——ちゃんと、わかったッスからね」

ぐっと前のめりに身を寄せ、シャウラがスバルの耳元にそう囁いていった。

その真意を問い質すよりも早く、彼女はさっと背を向け、「とりゃーっ」と勢いよく階段を飛び降りていってしまう。

「なん、なんだよ……」

躍るポニーテールが見えなくなり、スバルは掠れた息をこぼした。

最後の一言も、『死者の書』を押し付けていったことも、何もかも意図がわからない。

「考えすぎるだけ無意味かしら。その本も、今は手放した方がいいのよ」

「────」

俯いたスバルの傍ら、一人だけ残ってくれたベアトリスの言葉が沁みる。

スバルを案じる彼女の眼差し──エミリアが浮かべていたものと同じ光に射抜かれ、スバルの胸中は安堵と、それ以上の居心地の悪さに支配された。

今のスバルに、ベアトリスの優しさを受け取る資格なんてない。

記憶喪失を隠し、メィリィの死への関与を隠し、『ナツキ・スバル』という凶気の人格が企んでいる悪徳を隠し、どうして平然と彼女らと接することができる。

「……なんで、お前はそんなに優しいんだ？」

「──。また、いきなりな質問かしら。どうしたっていうのよ」

優しくされることへの負い目がさせた質問に、ベアトリスが目を白黒させる。それでも頭ごなしに質問を切り捨てないのは、スバルへの信頼──否、『ナツキ・スバル』への信頼があってのことだ。

「――――」

信頼と、そう考えたとき、スバルの胸中を黒い澱みが広がる。

『わたし』がエルザに向けていたモノ。エミリアたちが『ナツキ・スバル』へ向けるモノ。

ナツキ・スバルだけが持ち得ない、眺めるだけしかできない宝石。

何故、あんな男が。何故、あんな残酷な人間が。何故、ああも醜悪に嗤う男が。何故、エルザの死に関わった仇が。何故、メィリィを嗤って殺した殺人者が。何故、『わたし』の死を隠そうとする卑劣漢が。何故、あんな男が好かれる。

何故と、問う声がする。知りたい。知らない。知りたい。自分だけが、スバルだけが、『わたし』だけが、知らない。知れない。知りたい。何もかもを一方的に。

心を焼き尽くすような羨望が、嫉妬が、手の届かない宝石を渇望する。

その宝石を、手に入れる方法を――、

『――わたしが、教えてあげちゃおうかしらあ?』

「――――」

脳裏に甘く響いている声が、残酷にスバルを誘惑する。

そして、スバルの全部を支配した嫉妬の炎、その消し方が身近にあると気付いた。

今も、自分の腕の中に、答えを知る術ならあるではないか。

――黒い、分厚い本が、知りたがりの好奇心を、惨たらしく歓迎して見えた。

2

人と人がわかり合うには、言葉を交わすだけでは限界がある。

どんな人間関係であれ、相手の心の全てをつまびらかにすることはできない。人は、愛しい相手にだって隠し事をする。嘘をつく。――秘密を、持つ。

敬愛する父と母に、ナツキ・スバルが言えない秘密を隠し持っていたように。

愛していること、心を許していること、体を委ねていること、絆を育んでいること、そうした様々な心身の結び付きと、これは全くの別問題なのだ。

だから、どれほど希ったとしても、誰かを余すことなく理解する手段は存在しない。

――否、存在しない、はずだった。

「――――」

――メィリィ・ポートルート。

『死者の書』を読み解くことで、スバルは彼女の生涯をダイジェスト的に味わい、つまみ食いのような形だが、少女の生い立ちを、信念を、哲学を知った。

そこには偽りも、秘密も、嘘もない。『本物』だけがあった。

『わたし』が大切に想っていた相手がいたこと。それを奪われ、寄る辺をなくした心が彷徨い続けていたこと。それを奪ったスバルたちに、どんな想いを抱けばいいのかと苦心していたこと。自分の本心を知ろうと、『死者の書』を求めたこと。

迷っていることを知られ、恥じて、絶望さえしたことも、全部、知ることができた。

それこそが、この『死者の書』を有する書庫の、本当の機能だ。

共にいる誰かの、エミリアの、ベアトリスの、塔内にいる同行者たちの思惑を、知りたいと願った本音を、彼女たちが『ナツキ・スバル』を信じるわけを。

エミリアたちは味方なのか、敵なのか、スバルを殺した敵なのか、生かす味方なのか。

愛せるのか、愛せないのか。憎めるのか、憎めないのか。

——それを知る方法こそが、この『死者の書』なのではないのか。

「……スバル、やっぱり調子が悪そうかしら。ここじゃ落ち着かないなら、場所を変えて休んだ方がいいのよ」

考え込むスバルの肩に触れて、ベアトリスが心配そうに見上げてくる。

特徴的な、蝶のような紋様の浮かぶ青い瞳を見つめ返し、スバルは静かに息を詰めた。

少女の小さすぎる掌と、細い首。幼子のような、華奢な体格。

「ちっちゃい、な……」

「む、いきなり何なのかしら。このミニマムさも、ベティーの愛らしさのポイントなのよ。スバルも、普段からそう言ってるはずかしら」

むくれ顔をするベアトリスに、スバルは思わず頬を緩めそうになる。

確かに、本調子のスバルなら言っていそうな軽口だ。そこに、自分と『ナツキ・スバル』との共通点がある気がして、すぐに苦々しいものが胸を満たした。

小さい。本当に、ベアトリスは小さな子どもだ。

この頭を掴んで、力一杯床に叩き付けたら、それだけで死んでしまうに違いない。

――殺してしまえば、彼女の『死者の書』も書庫に現れるのだろうか。

『わたしに、そうしたみたいにねえ』

スバルのものではありえない声が、こちらの思惑を嘲笑する。

妙に『馴染んだ』声色は、死せる少女の甘い嘲弄となってスバルを掻き乱してくる。

「――」

しかし、スバルはこれまでもそうしたように、その声に決して取り合わない。

ただ、甘い声が賛同した『手段』のことは、簡単に手放すことはできそうもなかった。

「ひとまず、あの精霊のいる部屋に戻るのよ。その方がよさそうかしら」

口数が少ないスバルの様子から、ベアトリスが書庫からの移動を提案する。その提案を断る理由もなく、スバルは「だな」と短く頷いた。

「じゃ、本は戻しておくのよ。……ベティーの見た限り、本の並びもその都度変わる仕組みだから、ここに置いたのもあまり当てにならないけど、ないよりマシかしら」

そう言いながら、ベアトリスがメィリィの『死者の書』を受け取り、それを階段の正面の書架、その端へとぎゅっとねじ込む。また見つけやすい位置だが、ベアトリスの言葉が本当なら、この不思議な書庫で、同じ本と出会えるかどうか。

『まあ、もう関係ないわよねえ。だってえ、お兄さんがわたしとお話したいんならあ、ずっとお兄さんの頭の中にいてあげてるんだしぃ』

「――。パトラッシュのところだろ？　ラムもいるだろうし、早くいこう」

「同感だけど、ベティーには心外な態度なのよ、まったく。スバルのパートナーはこのベティーかしら。それを忘れたらいかんのよ」

「わ、悪い悪い。別に他意はないんだ。忘れたりとか、なぁ」

一瞬、核心を突かれたスバルの頬が強張った。その強張りを誤魔化しつつ、スバルは階下の『緑部屋』を意識する。

そこで待つ、黒い地竜。パトラッシュの存在が、スバルの心にもたらす安寧は大きい。

実際に、命懸けでスバルを救おうと奔走してくれたパトラッシュだけは、本音や本心と疑うことなく、手放しにスバルが信じられる存在――、

『本当に？　お兄さんがホントは『ナツキ・スバル』じゃないって知っても、あの子はおんなじ風にお兄さんを助けてくれるのかしらあ？』

「――――」

『結局、お兄さんの味方なんて、だあれもいないんじゃないのお？』

自分の中に巣食った少女、その嘲弄にスバルは何も言わなかった。そんなはずがないとも、信じたくないとも、何も。

「ほら、手を貸すかしら、スバル」

「あ、ああ」

脳内の少女に気を取られ、ベアトリスの呼びかけに対する意識が外れた。だから、手を繋ごうとしたベアトリスが、その大きな瞳を丸くした理由に気付くのが遅れる。

彼女が見ていたのは、スバルの差し出した手――傷だらけの、手だ。

「……ぁ、これは」

見られてはならないものを見られた。その理解に、スバルの心臓が痛みを訴える。

今、この瞬間に傷とメィリィを結び付けることは不可能だ。だが、メィリィの死体が見つかった場合、それが扼殺とわかれば些細な証拠も符合する。

『どうするのお？　もお、ここで始めちゃうのかしらあ？』

焦燥に駆られるスバルの心中を嗤い、少女が暴力の予感に声を弾ませる。どくどくと脈打つ心臓に合わせ、血の巡りにこめかみが疼くのをスバルは感じていた。

しかし、そんなスバルの焦燥と裏腹に、ベアトリスは小さくため息をつくと、

「――また、自分の手を引っ掻いてるのよ。悪い、癖かしら」

「……え？」

「この位置は、よくないのよ。エミリアに見つかったら、なんて言い訳する気かしら。ベティーも、あまりひどくなるようだと目こぼしできなくなるのよ」

スバルの手首を指でなぞり、スバルの腕に傷があって当然と、ベアトリスが痛ましげに目を伏せる。

それはまるで、スバルの腕に傷があって当然と、見慣れているような態度だった。それは鍛錬や戦いでついた傷に対する態度では決してない。

スバルの自傷が、当たり前みたいな態度だった。

「――――」

傷に触れるベアトリスの指先が淡く光り、じんわりとした熱が腕を包み込む。

微かに感じるくすぐったさは、おそらく魔法で傷が癒えていく感覚だ。ファンタジー世界ではお約束の魔法、なんだかんだでそれを初めてまともに見せられている。

それと同時に、スバルの中に芽生えていた攻撃的な意識が急速に霧散していった。

『……つまんないのお』

当てが外れたとばかりに、少女が不機嫌に舌打ちをした。その負け惜しみを聞いて、しかし、スバルは自分が陥りかけている思考の悪循環を意識する。

先の、危うく実行しかけた選択肢などがその証だ。完全にどうかしている。

何も、率先して『死者の書』を利用しようなどと思い詰める必要なんてない。まして、こんな何の準備もしていない段階でそれをしようなどと、自殺行為だ。

目的は殺すことではない。殺したあと、現れるはずの本を読むことで――。

「違う……」

『違わないわよお』

「違う――っ!」

嬲るような嘲笑を、スバルは声を大にして否定する。

否定、そう否定だ。少女の甘い誘惑を、スバルは断固として拒絶する。だって当然だろう。スバルは、すでに決断した。選んだあとなのだ。

　――シャウラに、メィリィの捜索を手伝うように頼んだ。

　メィリィの死体の隠蔽は、部屋の隅に隠して布を被せただけの雑な代物だ。探そうと思えばすぐに見つかる。

　もちろん、なんて言い方をすれば疑われずに方針を逸らせたのかはわからない。だが、真にスバルが事情を隠匿する気なら、捜索に同意すべきではなかった。

　それをしなかった時点で、スバルは、『わたし』の願いに屈していたのだ。

「だから、俺は……！」

「す、スバル……手、痛いかしら……っ」

「――ぁ」

　内なる声を否定する勢いで、スバルは治療してくれていたベアトリスの細い手首を掴んでいた。少女が眉を寄せ、スバルの乱暴を弱々しく窘める。

　慌てて手を離し、「ごめん！」と謝るスバル。それに、ベアトリスは首を横に振る。

「大丈夫なのよ、へっちゃらかしら。スバルも、傷の具合は良くなったはずなのよ」

「……あ、ああ、大丈夫だ。本当にごめん。迷惑ばっかかけて」

「それは言わないお約束かしら」

　と、それこそお約束の返事をしてから、ベアトリスが掴まれた手を差し出してくる。一瞬、その手を取ることをスバルは躊躇したが、すぐに迷いを振り切った。

優しく、ベアトリスの手を握る。温かい感触が、握り返してきた。

「さ、いくのよ。今は心と体を休めるのが先決かしら」

華奢な手を繋いで、そう微笑みかけてくる少女にスバルも何とか頷き返した。

大丈夫だと、ちゃんとやれていると、内なる声に決して屈しないよう。

「──大丈夫。俺は、大丈夫だ」と、繰り返し繰り返し、自分に言い聞かせた。


──仮に、メィリィが見つかったなら、そのときは潔く観念しよう。

『死者の書』を読む前にしようとしていた決断、それと同じことをするのだと、スバルはベアトリスの優しさに触れながら、そう決意した。

だが、結果的に、スバルのその決意が実を結ぶことはなかった。

塔内をくまなく捜索したが、メィリィを見つけることはできなかった。

幼い少女の亡骸は、忽然と煙のようにプレアデス監視塔から姿を消してしまったのだ。

3

「この塔にきてから、空振りが続くわね」

拠点部屋に集まり、夕食を囲んでいる最中にぽそりとラムが呟く。

身も蓋もないその一言は、反論の余地がないほど一行の現状を言い表していた。もっとも、ラムがそう愚痴りたくなる気持ちもわかる。

苦心して辿り着いた監視塔で、スバルたちは散々な目に遭い続けている。

二層の『試験』にまつわるいざこざや、発覚したアナスタシアとエキドナの問題。そこにメィリィの生死が加わり、明かしていないがスバルの記憶喪失も含まれるのだ。

いっそ、呪われた旅路と言い表した方が潔いぐらいの感触と言えるだろう。

全員、その表情は暗く、疲労の色が濃い。午後の予定を変更し、メィリィの捜索に費やしたにも拘らず収穫なしだ。空振りの徒労感は、思いの外辛い。

夕食の味気ないスープが、余計に塩っ辛く感じるような有様だった。

「一応、レイドにも話を聞いてみたんだけど、見てないって言ってたわ。昨日から誰もこなくて退屈って……たぶん、嘘じゃなかったと思うの」

「傍若無人な男だけど、子どもを傷付けて楽しむ男ではない……とも言い切れないのが怖いところかしら。でも、ベティーはエミリアの直感を信じるのよ」

二層の番人、赤毛の眼帯男の話題にスバルの体が本能レベルで怯える。

スバルにとっては極悪な印象しかない男だが、幸い、聴取に向かったエミリアは無事に戻ってこられたようだ。人を選ぶと考えると、より極悪さが増した気もする。

ともあれ、エミリアが無事で何より――そんな風に安堵する資格が、自分にあるとは到底思えなかったが。

「今日の結果は残念。でも、明日は……」

「すまないが、明日以降も彼女の捜索を続けるつもりなら、ボクは反対させてもらうよ」

「エキドナ……!?」

気を取り直し、明日以降の話をしようとしたエミリアに、エキドナが冷酷とさえ言える決断を口にする。その意見にエミリアは唇を結んで、

「そんなのダメよ！　メィリィが、どんな気持ちでいるかもわからないのに……」

「すでに彼女にはそうした感情的な機能は残されていない。それは、ナツキくんの確認した『死者の書』が証明している。これ以上、時間を無為には費やせない」

「……ずいぶんと、話を急がせるものかしら」

理屈を並べるエキドナに、エミリアは感情面からの反論しかできない。そんな彼女に代わり、エキドナを静かに睨みつけたのはベアトリスだ。

「それじゃ、筋が通ってても頷きたくなくなるのよ。何か理由があるのかしら」

「──。そんなに不思議なことかな。食料にも限りがあるし、塔に長居するほどお互いの陣営に負担を強いる。連絡手段もないことだしね」

「一理あるわ。エミリア様とアナスタシア様……今は中身が違っているけど、どちらも王選に参加するやんごとない立場だもの。こんな砂漠の塔に長居すべきではないわ」

自分の巻き髪に指を入れ、エキドナを牽制するベアトリス。しかし、そこでエキドナに賛同したのは、同じ陣営同士のはずのラムだ。

こと、今後の方針を巡っては、塔攻略への姿勢の違いが如実に表れている。

「なーんかやな感じッスね～。揉めるなら、あーしとお師様と無関係のとこでやってくれッスよ。あーしはあーしでお師様と幸せな家庭を築くッス。一姫二太郎三太夫ッス」

「……今は静かにしてろ」

　ピリピリした雰囲気に舌を出し、尻を滑らせて隣にやってくるシャウラ。本来、彼女の相手はメィリィがしていることが多かったが、その彼女が欠けた分、脈絡のない軽口の矛先はスバルに集中していた。

　それにおざなりに対応しながら、スバルはシャウラの態度に思うところがある。この、議論どこ吹く風な態度にではなく、書庫で見せた態度について。

　スバルをお師様と慕い、直接の指示を求めたシャウラ。彼女はスバルに何を言わせたかったのか。スバルが口にしたなら、どこまでのことをしてくれたのか。

　──スバルが『死者の書』のことを思いとどまらなかったら、どうなっていたのか。

「言い争いはそこまでだ」

　と、スバルの思索と険悪な雰囲気を、ユリウスの言葉が等しく割った。

　眉間に苦悩を刻んだ彼はエキドナを手で制し、それからベアトリスたちに目礼する。

「誤解を招く発言だったことは謝罪します。ただ、わかっていただきたい。彼女……エキドナも、何の理由もなくああした提案をしたわけではないことを」

「ユリウス、よすんだ。その話は……」

「すでに、エミリア様たちは同行した少女を失ってしまったかもしれないんだ。この上、隠し事をするのは好ましくない。こちらも、誠意を示すべきだ」

ユリウスの誠実な物言いに、エキドナは言葉の続きを呑み込んだ。それを見届け、ユリウスは改めてベアトリスたちに向き直る。

「お話しした通り、今現在、アナスタシア様のお体の主導権はエキドナにあります。その上、この状態はアナスタシア様のオドを削り、維持されている」

「オドを削ってって……まさか、アナスタシアさんが眠ってから、ずっと？」

「……なるほど。塔の攻略を急ぎたくなるわけなのよ」

ユリウスが明かしたエキドナの秘密に、エミリアたちが驚きを露わにする。

正味、オドと聞かされても、スバルにはそのニュアンス的なところしか捉えられない。オドやマナは、魔法と関連したファンタジー用語でよく見かける単語だ。エミリアたちの反応からして、失ってはならない類の重要なモノ。

その事情を明かされ、エキドナはやれやれと肩をすくめると、

「今さら取り繕う意味もない。ユリウスの言う通りだ。ボクは、ボクがこうしているだけでアナの命を削っている。だから、一秒でも早く、アナに体を返してあげたいのさ」

「自分の自由になる、人間の体を手放してまでかしら？」

「この状況はボクも不本意なんだ。アナの肉体の主導権を得ても、ボクの心は不自由に縛られている。こんなこと、人工精霊が言うのもおかしな話だが……」

そこでエキドナは言葉を区切り、一拍溜めてから続けた。

「あるべき器には、あるべき存在が収まっているべきなのさ。外身だけ借りても、中身が伴わなければボロが出る。不自然になる。――それは、おぞましいことだよ」

「――っ」

目を伏せ、我が身を呪うように続けられたエキドナの発言。それが思いがけず、話を聞いていたスバルの胸をも深く抉っていった。

外身を借りた、中身の伴わない存在。――それが、恐ろしく重く心を穿つ。

「これは気休めにもならない意見だが、この塔に全知とまで言われた『賢者』の知識が眠るなら、行方をくらました彼女の居所もわかるかもしれない。そういう意味でも、塔の攻略を優先してはどうだろう。……卑怯な物言いなのは承知しているが」

「ううん、ありがとう。――私にもメィリィにも、気を遣ってくれたんでしょう？」

「……どうかな。自分と、アナの身が可愛いだけかもしれないよ？」

提案を呑む姿勢を見せるエミリアに、エキドナがバツの悪い様子で目を逸らす。その様子に薄く微笑んだあと、エミリアは頬を引き締め、改めて宣言する。

「メィリィのことは、すごーく心配。だけど、エキドナの気持ちもわかるの。だから、明日からはまた、ちゃんと塔の上にいくためにできることをしましょう。もちろん、私はできるだけメィリィのことを探すつもりだけど……」

「それで、塔の攻略が疎かになっては本末転倒ですよ、エミリア様」

「わかってる。――何が一番大事か、それは自分の頭でちゃんと考えないと」

胸に手をやり、エミリアは強い意思を瞳に宿して自戒した。

そして、彼女は状況を俯瞰していたスバルの方に振り返る。一瞬、その視線の強さに気圧されるが、エミリアが続けた言葉は糾弾のものではない。

「スバルも、それでいい？」

「――。ああ、いいと思う。その方が、メィリィもきっと……でも、なんで俺に？」

「だって、スバルはメィリィの本を読んだでしょう？　あんなに辛そうだったんだもの。きっと、メィリィを一番心配なのはスバルのはずだから」

念押しするエミリア、彼女の言葉にスバルは息を詰めた。

見れば、スバルに注目しているのはエミリアだけではない。ベアトリスも、ラムも、エキドナもユリウスもシャウラも、みんながスバルの方を見ていた。

それが、どういう意図を込めた視線なのか、推察する頭が働かない。

働かないまま、スバルは己の中の姑息な心に従い、唇を動かした。

「――心配はしてるよ。でも、メィリィも、俺たちが足踏みするのを望まないと思う」

『わあ、お兄さんったら素敵だわあ。――全然、自分でも信じてないくせにい』

世界一上滑りする言葉を、すぐ後ろから話し合いを見守る少女に嘲笑される。それがわかっていながら、スバルは表情を取り繕い、必死に思考していた。

――何を選び、何を捨てるのか。一刻も早く、自分の立つ瀬を決めなくては、と。

一つ、これは余談だが、こんな言葉がある。

それは、かの有名な名探偵、エルキュール・ポアロが世に残した言葉の一つだ。

――『殺人は、癖になる』。

その言葉の意味は、人を殺した人間が殺人の嗜好に目覚め、己の欲求を満たすために犯行を繰り返すようになる、といった意味ではない。

一度、殺人によって問題の解決を図ったものは、次なる問題が発生した場合、やはり同じように殺人によって状況を打破しようと考える、という意味だ。

する必要のない殺人を、選択肢の一つとして考えている時点で、すでに何か、一番最初の大切なものを掛け違えている。

実際に、自らの意思で犯した殺人は一つもなかったとしても、その行いを嫌悪していたとしても、その行いに害された当事者の記憶を垣間見ていても、癖は抜けない。

癖は、抜けない。


――『殺人は、癖になる』。

4

――深夜、スバルはようやく生まれた単独行動の機会に活動を開始した。

暗い塔の中、こっそりと『緑部屋』を抜け出したスバルは廊下を窺い、人気がないことを確かめてから忍び足で目的地を目指す。

『メイリィも、俺たちが足踏みするのを望まないと思う。……役者よねえ』

「うるせぇ」

『くすくす、怒らないでよお。皮肉じゃなく、ホントにそう思ったんだってばあ』

隠密行動中だというのに、からかうような幻聴がスバルの耳元で囁き続けている。

幻聴の厄介な点は、耳を塞いでも効果がないこと。聞きたくないと拒んでも、甘い声色は直接脳髄に響いている。拒んでも、拒み切れない。

『嫌よ嫌よも好きのうち、ってねえ』

歌うような嘲弄を意識的に無視し、スバルは暗がりに目を凝らして足を進める。

夕食会のあと、一行は明日の塔攻略のための話し合いを続け、そのまま英気を養うために早い休息へ入った。メイリィの前例から、エミリアたちには一堂にまとまって就寝することを提案。肝心のスバルは、『死者の書』の後遺症を理由に、『緑部屋』で静養させてほしいと願い出た。もちろん、難色は示されたが――、

『お兄さん、よっぽど死人みたいな顔色してたもんねえ』

「――――」

『それで、一緒の部屋の青い髪のお姉さんは後回しにしたんだあ？』

答えないスバルにめげず、幻聴は『緑部屋』で眠り続ける少女の存在に言及する。

幻聴の狙いは、スバルに『死者の書』目当ての暴走を起こさせること。そのために、手を出しやすい『眠り姫』のことを頻繁に話題にされるが、無視だ。

『眠り姫』に手出しすることは、全く優先順位が高くない。むしろ、同じ部屋にいたパトラッシュの注意を誤魔化す方が大変だったぐらいだ。唇に指を立て、深夜の行動を秘密にしてくれと頼んだが、言葉の通じない淑女にどこまで届いたものか。

そもそも、エミリアたちの『死者の書』を読む計画は妄想の域を出ていない。仮に実行するとしたら、不意打ちでなければ実現は不可能だ。

だから、この夜のスバルの単独行動の目的はそこにはない。

『――わたしの死体、どうにかしてくれるのお？』

「……どうなってるか、確かめないとお互い気が済まないだろ」

『ふふっ、それはそうねえ。わたしもおんなじ気持ちよお。相思相愛ねえ』

弾んだ声の幻聴が、スバルの行動の滑稽さを物語っている。

隠したメィリィの死体が発見されなかったのは、神の差配というより悪魔の謀略だ。結局、自分の行いが明るみに出なかったのをいいことに、スバルは自分の事情を打ち明ける決意をなあなあにして、ついには本格的な隠蔽工作に着手する。

自分で自分を呪いたくなるほど、場当たり的行動の極みだ。

ただ、ここでメィリィの死体を隠し通さなくては、捜索を諦めていないエミリアに発見される恐れが高い。あの底抜けに前向きで苦労知らずの少女は、メィリィの亡骸が発見されるまで決して心を折ることはないだろう。

故に、スバルには安心が必要だった。

安心がなければ、そこに土台を築くことはできない。土台が築かれていなければ、その上に未来という城の基礎は組めない。基礎が組めなければ、未来は完成しない。

ナツキ・スバルの安息という城には、メィリィの存在は邪魔なのだ。

『ひどいこと言うわあ』

もっともな悪態を無視して、スバルは問題の、死体を隠した部屋に到着する。小さく息を吞み、覚悟を決めてから部屋の入口を潜った。

正直、後味はよくないが、死体は砂漠に運び出し、埋葬するのがベストだろう。

「――――」

四角い部屋の奥に、石造りの台座のようなものが置かれている。メィリィの死体はその裏側に寝かせ、上から白い布を被せてあった。

その稚拙な隠し方に、スバルがどれだけ混乱していたかが明確に表れている。そのことを情けなく痛感しながら、スバルはゆっくり台座の裏へ回り――、

「……なに？」

――半日ぶりの、メィリィの死体との再会が果たされなかった。

「――――」

絶句し、スバルは目の前の現実に瞠目する。

台座の裏には何もない。寝かされている少女も、被せた掛布も、何もかもがなかった。

「なんでだ……確かに、ここに隠したはず……」

振り返り、部屋の中央に進んで床に這いつくばる。そこに、微かな血痕がある。スバルの腕の傷から滴った血が、確かな痕跡となって残っている。

ここがメィリィの死に場所だ。いくらスバルが愚かでも、間違えるはずがない。

ならば、あるはずのメィリィの死体はどこに――、

「――こんな夜更けにこそこそと、探し物でもしているの、バルス」

「――っ!?」

肩を跳ねさせ、スバルは背後からの声にとっさに振り返る。顔を青褪めさせたスバルの視界、入口を塞ぐように立っている人影があった。

短めの桃色の髪、鋭く理知的な薄紅の瞳、凛々しくも可憐な顔立ちが冷然とこちらを見据え、己の腕を抱く少女の立ち姿は壮烈な華を思わせた。

そんな場違いな感慨を抱くスバルに、少女――ラムは強い敵意を覗かせ、言った。

「それとも、偽物と言うべきかしら。バルスの――ナツキ・スバルの出来損ない」

「な……」

鋭い視線と声に切り裂かれ、スバルの心が悲鳴を上げる。その発言には、スバルが彼女と接した短い時間で抱いた印象、それを裏切る熱があった。

その、瞳の色と同じ熱に焼かれる感覚を味わい、スバルは喘ぐように呼吸に苦しむ。

「何をそんなに狼狽えているの。ラムの質問は伝えた。答えるのがバルス……いいえ、あなたの役目よ」

「お、俺はただ……」

「ただ？」

とっさの言い訳を求め、回らない頭を大慌てで動かし始める。初動の鈍い脳を叱咤し、何とか神がかった弁護術でこの場を乗り切らなくてはならない。

だが、ようやく動き始めるスバルの脳は、一つの事実に執着して動けない。

――自分は嵌められたのか、と。

「――――」

メィリィの死体は見つからなかったと、夕食の席での話し合いそのものがブラフ。そう報告を受けたことで、スバルは罪を免れると安堵した。だから、必死の捜索も空しく、陳腐な死体の隠蔽工作が勝ったのだと、都合のいい話を信じ込んだのだ。

その結果、こうして真相を明らかにする場で、無様に顔を青くしている。

スバルも、何度もテレビドラマでこんなシーンは目にしてきた。

完璧な計画を練り上げた殺人犯が、決定的な場面で探偵と警察が張り込む現場に舞い戻ってボロを出す。そして、自ら動かぬ証拠を露呈し、逮捕されるのだ。

その詰めの誤りを、多くの視聴者は自分ならやらない滑稽なミスだと受け止める。だが実際はどうだ。このスバルの体たらくは、まるで喜劇のようではないか。

「――偽物と言われて、反論がないわね。自分でも、自分の不出来な演技に自覚があった証拠かしら。相手の下調べが足りない。不勉強だったわね」

「不勉強、ってのは……」

「最初に違和感を抱いたのはエミリア様だもの。下手を打つにも限度があるわ」

軽蔑を隠さないラムの語調に、スバルは思いがけない疑念の裏側を知らされる。

偽物、不出来な演技、『ナツキ・スバル』への理解不足を指摘され、あまつさえバレた切っ掛けが最も騙されやすく思えたエミリアと知り、涙が出てくる。

ぐうの音も出ないどころか、踏み割られた心が出血し、痛みが意識を支配した。

偽物、偽物、偽物と、心の痛みと出血がナツキ・スバルを糾弾する――。

「ナツキ・スバルの、偽物……」

出来の悪い偽物と、その考えがどす黒い感情をスバルの奥底へ流し込む。

負の感情の汚泥と化したそれに心の内を埋め尽くされ、膝の震えが静かに止まった。代わりに目の奥がちりちりと熱くなり、暗い感情の導火線に火が灯る。

それを、その導火線の行き着く先を、人は殺意と呼ぶのかもしれない。

「――。夜中に出歩いていただけで、ずいぶんと悪者扱いしてくれるじゃねぇか」

どす黒いそれを意識した瞬間、スバルは思考を切り替え、ラムに応戦する。

一方的な糾弾に対し、スバルは肩をすくめながら部屋を見回した。そして、台座の裏に何もないことを改めて確認してから、

「この状況だ。うだうだ考え事するのにも、散歩したい気分になるのはわかるだろ？　それこそ、お前の妹……レムもパトラッシュもいないとこで……」

「——誰にも、何も見られていないとでも？　いいえ、『視て』いたわよ」

「————」

「どうやら、それも不勉強なようね。お話にならないわ」

取り繕おうとしたスバルを、唇に指を立ててみせるラムが遮った。何の偶然か、その彼女の仕草が、『緑部屋』を離れる際にスバルがパトラッシュに見せたものと重なる。

途端、『見る』という言葉の意味が、推測以上にそのままの可能性が高くなり——、

「潔く、罪を認めなさい、『出来損ない』——」

「——っ」

追い詰められたことと、その許し難い呼び方が決断の背を押した。

姿勢を低くして、スバルは部屋の入口に立っているラムへ突っ込む。そのまま彼女を押し倒して、メィリィにしたのと同じようにしてやるつもりだった。

殺そうと、そのことへの抵抗感はない。

すでに、メィリィを殺したあとだ。一人でも二人でも大差はない。それ以前に、『わたし』は言われるがままに、大勢の命を奪ってきた人殺しだ。

『——あのお姉さん、左足の重心が悪いわあ』

頼もしい先達の着眼点に従い、スバルは無数の選択肢の中から最善手を選ぶ。殺しの指

南は漆黒の殺戮者仕込み──女を殺すぐらい、造作もない。

「野蛮で退屈な結論ね」

「────」

「──そんな野蛮な男のところに、か弱いラムが一人で挑むと思ったの？」

嘲るというより、憐れむようなラムの言葉と、空気のひび割れる音が重なった。

大気中の水分が急速に凝結し、気体から個体へと強引に生まれ変わらされる空気の断末魔──瞬間、衝撃がスバルの体を真下からすくい上げた。

「なぁ……!?」

踏ん張りを失い、体を支えられずに後ろにひっくり返る。痛みに明滅した視界を、断末魔を上げ続ける空気の凍結は進み、やがて、スバルを取り囲む檻が完成した。

幻想的なまでに美しい、氷でできた檻──それに、スバルが囚われる。

「──全部、ラムの勘違いだったらよかったのに」

そうして、囚われの身になるスバルを、ラムの後ろから現れたエミリアが悲しげな紫紺の瞳で見つめていた。

5

──失敗した。考えが足りなすぎた。一人でくる、はずがなかった。

そんな当然の成り行きに、スバルは檻に囚われた猿のように愕然とする。

ラムとエミリア、二人の共闘は当たり前の話だ。スバルと違い、彼女たちには協力するという選択肢がある。前提条件から、違っているのだ。

「追い込まれただけで軽薄さも装えなくなるなんて、バルスの風上にも置けないわね。本物のバルスなら、命の危機でも無駄口を叩いているわ」

「――――」

「だから、エミリア様さえ騙せない。二流どころか、三流以下ね」

「それって褒めてくれてるのよね？　ありがとう」

「……どういたしまして」

檻に囚われたスバルを見据え、ラムとエミリアが力の抜けるやり取りを交わす。

直前の展開からして、この氷の檻を作り出したのはエミリアだろう。詳しく聞いたことはなかったが、エミリアは魔法使いだったわけだ。

美しい銀髪の少女と氷の魔法と、その神秘的な組み合わせを称賛したいところだが。

「俺とじゃ、役者が違ったってことか……」

悔しがり、スバルは氷の檻を蹴りつける。びくともしない。スバルの腕力で氷の檻を壊すのは不可能だ。スコップでもなければ、この拘束からは逃れられまい。

つまり、スバルを生かすも殺すも、全てはエミリアたち次第だ。

「……ねえ、どうしちゃったの、スバル。なんで、こんなことに」

「それは……」

この状況下で、エミリアはなおもスバルの真意を真摯に問おうとしてくる。それは、優しさと表裏一体の愚かしさだ。

無論、スバルにだって言い分はある。

こうなってしまった理由だって、確かに存在しているのだ。だが、今さら不可抗力だったと訴えて、そんな雲を掴むような話を誰が信じてくれるのか。

「エミリア様、聞いたところで無駄ですよ。それがこちらの質問にまともに答えるとは思えません。バルスとして扱うことにも疑問を感じます」

「でも、スバルはスバルだわ。ラムにも、それはわかるでしょう？」

「あくまで、見た目が同じなだけの粗悪品……ラムはそう判断しています」

スバルの内心を肯定するように、憂えるエミリアをラムが窘める。

優しさは美徳だが、状況を弁えなければ弱みにしかなり得ない。その点、ラムはスバルと同意見なのだろう。だから、スバルにかける慈悲もない。

「俺が変だって、そう気付いたのはエミリアちゃんなんだろ？　なのに、そんな風に俺に望みをかけるのはなんでなんだ？　そもそも、何が引っかかった？」

「……本当にわからないの？　今も、同じことが引っかかってるのに」

「――？」

スバルと『ナツキ・スバル』を見分けた理由、それがスバルにはピンとこない。ただ、それを懇切丁寧に説明してくれるつもりも、彼女たちにはないらしい。

ラムは薄紅の瞳を鋭くして、氷の檻の中のスバルを睨みつけると、

「与太話をする気はない。少し痛い目を見れば、腹の内を話す気になるかしらね？」

「拷問でもするってのか？　あれはＳっ気だけじゃなく、高度な知識がいるんだぞ」

「必要ならそうするわ。それに、痛めつけるのは好きじゃないけど――得意よ」

畳一枚程度の空間しかない檻の中、虚勢を張るスバルにラムは容赦しない。

白く細い彼女の指だが、『痛めつけるのが得意』という控えめな主張が、スバルにはやけに説得力があるように思われた。

「――待って。痛めつけるだなんてダメよ。そんなことさせない」

しかし、その過激な結論を実行させまいと、檻の前に両手を広げてエミリアが立った。

そのエミリアと向かい合い、ラムが眉間に皺を寄せる。

「……エミリア様は、ラムに賛同してくださったのでは？」

「スバルが変だと思ったから、話が聞きたいって意見には賛成したの。それに、こうなるかもって……だから、私がここにいなくちゃダメだと思ったのよ」

「こうなることが嫌だったから、ベアトリス様にはユリウスたちの相手を頼んだのに。エミリア様まで聞き分けがない。……考えが、甘すぎるのよ」

意見の相違に苛立ちを隠さず、ラムがエミリア越しに背後のスバルを指差した。そのまま彼女は「いいですか」と棘のある言葉を発し、

「それはバルスではありえません。水門都市……プリステラでの話はお聞きしました。そこに、自在に姿形を変え、他人に化ける大罪司教がいたそうですね」

「……ええ。その大罪司教に、違う姿にされてしまった人たちを元に戻すのも、私たちがこの塔にやってきた理由だもの」

「その大罪司教が、このバルスに化けている可能性はいかがですか？」

「それは……」

感情論で対抗するエミリアを、ラムが理路整然と説得にかかる。

正直、スバルにとっては言い掛かりでしかないが、それを否定する材料がない。

そしてそれ以上に、スバルは──否、『わたし』が今の話題に拒絶感を催す。

「──っ」

フラッシュバックする白い記憶。──それは、ナツキ・スバルのものではなく、『死者の書』の中に垣間見た記憶の断片、『わたし』が『わたし』だった頃の記憶だ。

躾と、そう称して行われた『わたし』への数々の仕打ち。

その中で最も恐ろしかったのは、自分の体を無数の『蛙』に分裂させられたときだ。

自分の意識があるのは一個体だけなのに、分裂した自分たちが好き放題に飛び跳ね、どこへなりと逃げていってしまう。

元に戻れなくなる恐怖と、そもそもの『元』を忘れていく感覚がもたらすのは、自分という命の価値の暴落。元通りに戻れたとき、心から『母』に感謝したものだ。

同時に、決して『母』の言いつけに逆らってはならないと、そう魂が屈服した。

「――ぅ」

その恐怖を、我が事としてダイレクトに思い出し、スバルは眩暈を起こす。

自分の姿形とは、己のアイデンティティの根幹に直結する。それを他人の意のままにされるということは、存在そのものの冒涜と言っていい。

それは、最も唾棄すべき邪悪な行いの一つで――。

「そんな極端な話、ラムらしくないわ！　そんな無理やり封じ込めるみたいな言い方！」

「ないと言い切れますか？　その、後ろの男を前にして……」

胃がひっくり返るような思いを味わうスバルを余所に、二人の言い合いは続いている。

だが、ラムの主張は『悪魔の証明』のようなものだ。可能性があることは証明できても、可能性がないことは誰にも証明できない。

この、ナツキ・スバルが彼女らの望む『ナツキ・スバル』ではないこと。

その理屈を説明する上で、姿形を変える何者かの力は有用で、わかりやすくて――それと同時に、今のスバルにとっては心底耐え難いことだった。

その、反目する自分の中の感情を持て余して、スバルは苦しみ喘ぎ――、

「今すぐ、口を割らせるべきです！　本物のバルスと、メィリィの居場所を聞くために」

「――ぁ？」

不意打ちのようなラムの訴えに、スバルの意識が別枠に囚われた。

「────」


顔を上げたスバルは、言い合いを続けるラムとエミリアを見る。エミリアの表情は背後からでは見えないが、代わりにラムの顔ははっきりと見えた。

怒りに燃える彼女の瞳には、虚言でスバルを惑わす意図は感じられない。つまり、今の発言はラムの本心だ。──彼女たちは、メィリィの亡骸を見つけていない。

この場でスバルを糾弾しようと待ち構えていたのは、あくまで『ナツキ・スバル』を演じ切れないスバルの不審な行動、そのことのみ。

どこかちぐはぐなラムの追及の意味がそれでわかった。だが、同時にわからない。

ラムたちでないなら、いったい誰が、メィリィの亡骸を移動させたのか。

スバルでも、ラムたちでもない、別の思惑が動いているとしたら──、

「本物、偽物なんて決めつけちゃダメよ！　だって、ここにいるスバルは……」

「──俺は、記憶喪失だ!!」

「は……？」

氷格子を掴んで、スバルは二人の言い合いに真っ向から割り込んだ。

その叫びを聞いて、ラムが虚を突かれた顔で目を見張る。これが彼女の意表を突く狙いなら大成功だが、そうではない。これは、スバルの本気の叫びだった。

今さら、これを打ち明けてどうなると、スバル自身も混迷を極めた訴えだ。

「この期に及んで、何をふざけたことを……」

現に、正気を取り戻した途端、ラムの表情は怒りに染まった。

彼女にしてみれば、今のスバルの発言なんて苦し紛れの大嘘――そんな役目にすら達していない、単なる戯言でしかない。

だが、ラムにとってはそうでも――、

「ラム！　スバルはこう言ってるわ！　やっぱり、理由があるのよ！」

「本気なの、エミリア様!?　こんなの、信じる価値もない……！」

両手を広げ、ラムの前に立ちはだかるエミリアがスバルの言葉に味方した。

それが、荒唐無稽な意見にこれ幸いと飛びついただけなら、ラムだって一顧だにせずに切り捨てていたことだろう。

しかし、そのラムの頑なな否定に、エミリアは強く頬に力を入れて、

「信じる価値はあるわ！　それが、これまで私たちが過ごした時間でしょう!?」

「――ッ」

エミリアの決死の訴えに、ラムの表情を痛みが走った。

一瞬、薄紅の瞳に生じる迷い。だが、ラムはその逡巡を自らの意思で振り払い、

「――レムは、どうなるの？」

「あ……」

瞬間、ラムの潤んだ瞳にエミリアが怯み、状況が動いた。

その場で体を沈ませ、ラムの足払いがエミリアを狙う。それをエミリアは大きく後ろへ

下がって躱した。が、その下がったエミリアの手を、踏み込むラムが取った。

そして、エミリアの抵抗を許さず、腕をひねるだけで彼女を投げ飛ばす。

「邪魔しないで！」

「きゃあ!?」と悲鳴を上げ、半回転したエミリアがとっさに長い足を床について転倒を逃れようとした。が、その着地する足が、ラムの脱ぎ捨てた靴を踏み、滑る。

姿勢が崩れ、エミリアの行動が遅れた。その隙に、ラムが杖を引き抜き、驚愕しているスバルの鼻面に、氷格子越しにそれを突き付けた。

「忘れたと、もう一度言ってみなさい」

「そ……ちが、そうじゃ……」

「その顔と、声で、レムを忘れたなんて、もう一度でも……」

奥歯を強く噛みしめるラム、その震える杖の先端の空気が歪んでいくのが見えた。

目には見えない、おそらくマナが魔法の発動のために集められている。だが、その行動を止める言葉が――否、行動を、ではない。

ラムの、目の前で泣き出しそうな少女の涙を、止める言葉が浮かばなかった。

――ナツキ・スバルではなく、『ナツキ・スバル』になら、それができただろうか。

「ダメよ、ラム！　やめて！」

体勢を立て直したエミリアが叫び、ラムを止めにかかる。

だが、間に合わない。

「────」

白い光が、氷格子の向こうで瞬いて、衝撃がスバルを呑み込む。

そのまま背後へ、思い切りに体が氷格子へ叩き付けられ、後頭部を打ち付けた。

「──っ」

ぐらりと頭が揺れ、意識が霞む。

言い訳すらも間に合わないままに、ナツキ・スバルの意識はそこで途絶え──。

× × ×

「──う？」

微かな、弱々しい呻き声を漏らして、意識が覚醒へと導かれる。

ゆっくり、ゆっくりと、汚泥のような暗闇から浮上してくる意識。どこか茫洋とした感覚、それが徐々に、徐々に加速し、現実感を帯びて、やがて──、

「──づ、ぁ!? 痛ッ!?」

覚醒の瞬間、意識が強引に首根っこを掴まれ、痛みと共に引き上げられる。鋭い痛みが目の裏で炸裂し、スバルは硬い床の上で体を跳ねさせ、目を覚ました。

「痛え……痛い、痛い痛い、痛い、なんだ、なんだこれ……？」

痛みの原因を探し、スバルは自分の左肩に手を伸ばした。触れた瞬間、激痛が視界を

真っ赤に染める。左腕が、全く動かない。

「これ、まさか肩が外れてんのか……？　脱臼なんて、したことねぇぞ……」

ぶらぶらと、肩から先が意思を反映していない。動かそうとしたり、無理に触ると激痛が走るため、スバルは揺らさないように注意しながら立ち上がった。

「ここは、メィリィが……」

最期を迎えた部屋。つまり、意識が途絶える直前までいた部屋だ。

その証拠に、スバルの背後にはエミリアが魔法で作った氷の檻がそのまま残っていた。

不思議なのは、スバルが檻の外に倒れていたことだ。見たところ、檻が開放された形跡はなく、氷格子を抜ける手段はないはずだが──、

「……それで肩、か？」

そこまで考えて、スバルは自分の肩の脱臼と、氷の檻との関連性に気付く。

檻の氷格子の間隔を見れば、強引に抜けることは不可能ではあるまい。それこそ、肩でも外せばやれないことはなさそうだ。問題は、それをどうやって実行したのか。

それと──、

「──エミリアと、ラムはどこにいった？」

部屋の中に、先ほどまで言い争い、あるいは殺し合いにまで発展しかけたエミリアたちの姿が見当たらない。それは、あまりにも不自然な状況だった。

──否、不自然である以上に、恐ろしい状況というべきだ。

スバルの意識が吹き飛んで、肩は脱臼し、いるはずのエミリアたちの姿はない。いったい、スバルの意識がない間、何が起きていたのかと、部屋の中を見回し——、

『ナツキ・スバル参上』


そう、壁にいつか見た文言が刻まれているのを発見した。

石の壁を削り、荒々しく、無地のキャンバスに書き殴るように、刻まれた文言。

視界の片隅に、砕かれた石の台座がある。壁の文字は、それを使って刻まれたらしい。

ただし、それだけなら腕の傷文字ほどのインパクトはなかったろう。

つまらない二番煎じだと笑い飛ばせたはずだ。

だが、しかし——、

『ナツキ・スバル参上』

『ナツキ・スバル参上』『ナツキ・スバル参上』

『ナツキ・スバル参上』『ナツキ・スバル参上』『ナツキ・スバル参上』

『ナツキ・スバル参上』『ナツキ・スバル参上』『ナツキ・スバル参上』『ナツキ・スバル参上』『ナツキ・スバル参上』『ナツキ・スバル参上』『ナツキ・スバル参上』『ナツキ・スバル参上』『ナツキ・スバル参上』——。

ナツキスバル参上

部屋中の壁を埋め尽くすようにびっしりと、病的に文字は刻まれていた。

最初、スバルが違和感に気付けなかったのも道理だ。それはもはや、壁紙のデザインがこうであると錯覚させるほど、執拗に、入念に、刻まれたものだったから。

部屋中に、誰が、何のために、こんな文字を、刻んで――。

「――あぁン？　なンだこりゃ、気持ち悪ぃ部屋だな、オイ。なンだってこンな気持ち悪ぃ飾り付けしてンだ、オメエ」

「――――」

ゾッと、立ち尽くすスバルは背後からの声に怖気を覚える。

気配が感じられなかったこと、ではない。そもそも、スバルは今、壁の文字に意識を完全に奪われていた。誰に近付かれても気付けなかっただろう。

だから、驚きはそのために生じたものではない。

今のスバルの驚きは、その、粗野で突き放した声色に、聞き覚えがあったからだ。

「オメエ、こンなとこでボケっと何してやがンだよ、稚魚。群れからはぐれた稚魚なンざ、でけえ魚の餌食になンのがお約束だろうが、オメエ」

そう言って、振り返れないスバルの背後で、鮫のように赤毛の男が笑った。

――ここにいられないはずの男が、確かに、嗤っていた。

第六章　『Re：ゼロから始まる異世界生活』

1

その聞き覚えのある男の声に、スバルは刹那、左肩の訴える痛みさえ忘れる。

脳裏を支配したのは恐怖と怯懦、負の感情のオンパレードと、『何故』の一言が思考を塗り潰すような絶望的な感覚の嵐だった。

何故、自分の左肩は外れているのか。何故、部屋中に『ナツキ・スバル参上』の文字がこれほどまでに刻まれているのか。何故、スバルを捕えたはずのエミリアやラムの姿がこの場にないのか。何故、隠したはずのメィリィの亡骸がどこにもないのか。何故、ナツキ・スバルの記憶は失われたのか。何故、ナツキ・スバルは異世界に呼ばれたのか。何故、自分は父に、母に、本当のことを話すことができないでいたのか。

何故、何故、何故、何故、何故、何故、何故――、

「何縮こまってンだ、オメエ。黙ってンじゃねえよ、感じ悪ぃ野郎だな、オメエ」

――何故、この場に下りてこられないはずの男が、ここに立っているのか。

「はンっ。なンだ、オメエ、その面ぁよ。ビビッてンのか、オメエ。泣きそうかよ、オメ

エ。コンな気持ち悪ぃ部屋で、胸糞悪ぃ奴だな、オメエ」

尽きぬ疑問に支配され、顔を上げたスバルを嘲笑うのは着流しの男だ。

赤毛の長髪、左目を覆った眼帯、剥き出しの胴体には白いサラシが巻かれていて、鍛え上げられたたくましい鋼の肉体で以て、哀れなスバルを見下している。

プレアデス監視塔、二層『エレクトラ』の番人——レイド・アストレア。

「なンだ、オメエ。肩、外れてンじゃねえか。不格好だと思ったぜ、オイ」

「ぎ、がっ……！」

その認識の直後、スバルは突然の衝撃に脳を灼熱で焼かれ、苦鳴を上げた。

見れば、スバルの外れた左肩をレイドが無造作に掴んでいた。そのまま彼は乱暴に腕をひねり、外れた肩の関節を強引に嵌め直す。

ズレた骨が矯正され、鈍く生々しい音が響くと、スバルの左腕に自由が戻る。だが、一度は小康状態になった痛みがぶり返し、世界を呪いたくなる苦痛に涙が流れる。

「オイ、大げさにすンじゃねえよ、オメエ。オレがイジメてるみてえに見えンだろうが。実際のとこ、オメエをイジメたのはオレじゃなく、あの激マブの方だろうによ」

「げき、まぶ……？」

「氷の檻と、オメエの外れた肩で想像つくンだよ。仲間割れでもしたか？　面白ぇ」

鼻で笑い、部屋を見回すレイド。その説明で、彼の言う激マブがエミリアのことだと理解する。同時に、一瞥でこちらの事情を把握する並外れた洞察力のことも。

「な、なんで、そんなことがわかる……？」

「コンなしみったれた塔にいりゃ、男と女のやることなンざ、必要以上に仲良くなるか、必要以上に仲悪くなるかのどっちかしかねえよ。大した話でもありゃしねえ」

正論、というにはあまりにあんまりな暴論。それに何も言い返せないスバルから視線を外すと、レイドは軽く自分の手足を動かし、床を踏みしめると、

「――まぁ、そこそこ動くみてえだな。上等、上等」

そう確かめるように呟いて、ゆっくりと部屋の外へ足を向けた。もはや立ち尽くすスバルなど眼中にないその姿勢に、スバルは慌てて彼を追う。

「待てよ！　あんた……あんたは、上の階から降りてこられないって話じゃなかったのか？　それがどうして当たり前みたいにこの階をうろついてる⁉」

堂々と、当たり前のように四層を出歩くレイド、その背中を睨みつけ、スバルは最初に浮かんだ疑問をぶつける。その問いに、レイドは背中越しにひらひら手を振った。

「オレが二層から出られねえなンていつ言ったよ？　……なンてな。安心しろや。オレが出歩けねえって前提は間違っちゃいねえ。ただ、その前提が崩れてンだよ」

「前提が、崩れたって……な、なんで⁉」

「そこまで懇切丁寧にオメエにご教授してやるつもりはねえよ。オレは出歩ける。オメエはビビッて小便漏らす。以上、しまいだ。――いや、しまいじゃねえな」

足を止め、スバルを追いつかせたレイドの声の調子が変わる。睨むだけで相手を斬殺で

きそうな眼光、それを浴びせてくるレイドにスバルは息を呑む。

「ちょうど探し物の真っ最中でな。オメエの、仲間割れした連れはどこいってンだ？」

その思いがけない問いかけに、スバルは「は？」と目を丸くする。その反応の悪いスバルを見ながら、レイドは「オメエよ」と頭を乱暴に掻いて、

「いいか？　オレはこっから出てくつもりだが、飯と水、酒もいる。ついでに女もいりゃぁ言うことねえ。オメエの連れの中じゃ、激マブとエロい格好の女が狙いだ。激マブは口説くのに罪悪感があっから、あのエロ女が最有力ってとこだな」

「出て、いく……？　この塔を？　でも、それじゃ、お前……『試験』とか、いや、もっと色々あるだろ？　この状況とか、全部どうすんだよ!?」

「いや、オメエの全部とか知らねえよ。オメエの身内の始末はオメエで付けろ。オレには何にも関係ありゃしねえ。ああ、待て。一個だけ気持ち悪ぃ心残りがあンな」

「心残りって……っづぁ!?」

食い下がるスバルの額を指で弾いて、レイドが「アホ」と端的に罵る。

「言ったろうが。何でも答えがもらえると思ってンじゃねえよ、雛鳥か、オメエ。稚魚なのか雛鳥なのか、ちったぁ足下固めろや、オメエ」

「お前の、定義の問題で……」

「都合よく出てきたオレを、オメエの不安やら疑問やら後悔やらの隠れ蓑にしてンじゃねえよ。オメエのことはオメエで片付けろ。オレを使って慰めてンじゃねぇ」

「――――」

それは、苛立ちとも言えない言葉だった。

苛立つには感情がいるが、レイドはスバルの存在など意に介していない。意に介していない相手のために感情など動かない。故に、声には苛立ちすらなかった。

だが、その言い捨てただけの言葉で、スバルの心は十分以上に滅多切りに――、

「――ああ、きやがったな」

沈黙するスバルを余所に、レイドが歯を鳴らして笑った。彼は草履の足で床を踏み、迷いなく通路の正面へ向かって歩き出す。

大股で遠ざかる背中を、我に返ったスバルは大慌てで追いかける。

肩の痛みがあり、心には迷いがあり、積極的ではなく、消極的な義務感に後押しされるスバルは、前を行く背中を懸命に追いかけるしかなかった。

――その背中が立ち止まったのは、眼下に螺旋階段を一望できる通路の終端だった。

「――――」

レイドに追い縋るのに必死で、そのことに気付くのが遅れたスバルは目を見張る。

吹き抜けの螺旋階段は、記憶をなくしたナツキ・スバルが二度、突き落とされて命を落とした因縁の場所だ。見下ろすのに、それこそ命懸けの勇気がいるはずの場所。

思いがけず、その場に引き込まれてしまったスバルは、しかし、眼下に広がっているその光景を見て、『死』への恐怖を確かに忘れた。

――螺旋階段が炎を纏った怪物に埋め尽くされ、地獄と化していたからだ。

「……は？」

蠢く赤々とした炎と、無数の赤ん坊が泣き喚くような不協和音。それは心臓の高鳴る鼓動に紛れ、聞こえていなかった地獄が一斉に溢れ出した惨状だった。

「――ッツ!!」

頭部を角に挿げ替えた、おぞましい半人半馬の怪物。それは炎の鬣と燃える骨槍を振り回し、塔内を二十体以上の群れで蹂躙、五層を我が物顔で跳ね回っている。

凄まじい熱量は階段の上にいるスバルたちまで届いて、眼球が一瞬で乾くかと思われるほどの熱風に、スバルは悲鳴を上げてのけ反った。

「これ、何が……！　本気で、何が起こってんだよ!?」

「薄気味悪ぃ魔獣がいたもンだな、オイ。オメエ、あれがなンだか知ってっか？」

「知らねぇよ！　俺も、でかいミミズ以外の怪物……魔獣は初めてで……ぁ!?」

階下を眺めるレイドの横で、同じ光景を見ていたスバルが喉を震わせた。

人馬一体のそれを、便宜上はケンタウロスと呼ぶが、それがけたたましい咆哮を上げながら、凶悪な炎の槍を振り回し、追い立てている存在に気付いたのだ。

「――しっ！」

鋭い呼気を放ち、その人物は魔獣の群れを優麗な剣撃で迎え撃つ。

血が散り、魔獣の腕や足が断たれ、一拍遅れて絶叫が響く。それを背に聞きながら、圧

倒的物量と対峙するのは、激戦に白い制服を汚した一人の騎士――、

「他の連れが見えねえが……ま、やりやすいっちゃやりやすいわな」

「――！　おい、どうするつもりだ!?」

「オメエ、質問ばっかだな」

とっさに声を上げたスバルを、無関心な眼差しでレイドが一瞥する。

彼は螺旋階段の縁に立って、あと半歩踏み出すだけで転落しかねない位置にいた。――否、転落しかねないのではない。むしろ、その逆だ。

「聞いてばっかじゃなく、たまには斜め上の行動でもしてみろや。オメエと話してても面白くねえよ。見てて楽しい女でもねえ。オメエ、オレに何のつもりで話しかけてンだ？」

「――――」

「オメエの方がどうしてえンだよ。身内が下で気味悪ぃ魔獣に囲まれてンのに棒立ちか？　弱え奴は選択肢が少ねえな。言い訳ばっかりうまくなりやがる」

肉食獣が草食獣を嬲るように、レイドの言葉は強者の理屈でできている。スバルには適用されない強者の理屈、それは絶対に相容れない強者と弱者の隔絶だ。

「はンっ」

言い返さないスバルに鼻を鳴らし、ついにレイドの体が前に傾いた。

止める、暇もない。そのまま、レイドは躊躇なく、その身を宙へ投げ出した。スバルが辿ったのと同じ、『死』への直行便へレイドも乗り込む。

真っ直ぐ、ナツキ・スバルであれば即死を免れない速度と高さを実現し、レイドは頭から眼下の光景へ吸い込まれるように落ちて、落ちて、落ちて――、

「――ッッ!!」

真上から草履の踏みつけを喰らい、ケンタウロスの胴体がひしゃげてへし折れる。衝撃に四本の足が砕け、嘘のように押し潰された魔獣はどす黒い床の染みに変わった。

それを成し遂げたのは、スバルなら死んでいた高さを飛び降りて、魔獣を草履で踏み潰しながらもピンピンしている、レイド・アストレアの暴挙であった。

「――」

知性を持たない魔獣たちさえ、その存在感に脅威を覚え、警戒を露わにする。乱入してきた赤毛の剣士を前に、ケンタウロスが一斉に赤子の咆哮を消した。

注目が集まる。それは、塔を焼き尽くさんとする魔獣の群れだけではなく、それらを相手に大立ち回りを演じていた騎士――ユリウス・ユークリウスも同じだった。

「あなたは……何故、ここに」

「何故、なに、どうして、聞くこと一緒で仲良しか、オメエら。もっと他にあンだろ。女にモテる秘訣とか、うまい酒の銘柄とか、どうしてそンなに強いンですか、とか」

目を見張ったユリウスの前で、レイドが草履の裏の肉片を指で払う。そのまま、彼は手近なところに立っていた別のケンタウロスに手を向けた。

その手に、何の冗談か、細い木の棒――箸によく似たものが握られていて。

「女にモテる秘訣は顔、うまい酒は火酒『グランヒルテ』。――オレがどうして世界で一番強ェのか、そいつはオレがオレだから」

そう言って、レイドが突き出した箸をちょいちょいと動かした。

次の瞬間、動きの止まっていたケンタウロスの全身に亀裂が走り、血が噴く。魔獣は自分の体の崩壊に遅れて気付き、『死』のもたらす痛みに絶叫した。

それが、死に逝く赤ん坊の断末魔に聞こえて、最高に悪趣味だ。魔獣を造形したデザイナーがいたとしたら、そいつの感性は死んでいると太鼓判を押せるほどに。

そして、それをもたらした男は笑みを崩さぬまま、その箸をユリウスへ向ける。その先端を見やり、黄色い目を見張るユリウスに、レイドが歯を剥いて嗤った。

「――そら、『試験』の続きだ。オレが飽きる前に、もぎ取ってみせろや、オメエ」

2

――おぞましい剣舞が、吹き抜けの五層を舞台に展開されていた。

長い赤毛を躍らせ、たくましい肉体を自由自在、縦横無尽、天衣無縫に操るレイドが、手にした短く脆い棒切れを使い、信じ難い光景を演出、展開する。

吠えるレイドに殺到するのは、凄まじい炎を纏った人馬一体の魔獣、ケンタウロス。両手に握った炎の槍を振りかざし、魔獣たちは法外な火力で敵を屠らんと襲いかかる。

だが、それはレイドの振るう棒切れに焦げ跡一つ残せず払われる。脆い木の棒が灼熱に焼かれない理由は明白。――ただ、燃えるより早く棒切れが振るわれているだけ。

「そらそらそらそらそらそら！　どうした、オメエ！　遊ンでンのか、オメエ！　こないだとは違ぇ状況だ、狙い目だぞ、オメエ！　周りのお友達利用して、ちったぁオレに報いてみせろや！　おらおらおらおらおらおらおら！」

やかましく騒ぎながら、棒切れが押し寄せる魔獣の体を致命的に切り刻む。だが、それすらもレイドにとってはついでに披露した神業に過ぎない。

彼の興味の対象は、この人の形をした暴力に抗うユリウスという騎士だけなのだ。

「いったい、あなたは何を考えている⁉　これだけの魔獣が地下から湧いた！　今は塔全体の一大事で、力を合わせて対抗すべき状況です！」

「はンっ！　お行儀のいい剣筋の奴は考えることまで行儀がよろしいな。オメエ、そンなンで人生楽しめてンのかよ？　オレの経験上、やりてぇこと我慢してる奴より、やりてぇことやってる奴の方が強ぇし楽しンでンぞ、オメエ」

「何を……」

「大体、気持ち悪ぃ火炙りの馬が走り回ってるぐれえで何の問題がある？　雨が降ったのと変わりゃぁしねえ。雨の方が面倒臭ぇな。オレぁ癖っ毛なンでよ」

常識的な視点の正論を、凶人的な視点の暴論が笑い飛ばす。

理解不能の哲学をぶつけられ、ユリウスの表情は困惑し、それから激情を宿し――、

「かっ！　それだ、それ。悪くねえぜ、オメエのその面」

「──ぐ」

「けど、足下がお留守だ。まぁ、オレから見りゃあどこもかしこもお留守番だがよ」

残虐な笑みを浮かべるレイドの蹴りが、ユリウスの胴体をまともに捉える。

魔獣と敵、二つの障害に対処しなくてはならないのはユリウスもレイドも同じだが、両者の間にある大きなモチベーションの差、それが互いの実力差をさらに広げる。

蹴りの威力に吹き飛ばされ、ユリウスは五層の壁に激突した。衝撃が塔全体を揺らし、膝をつくユリウスへと魔獣の群れが涎を垂らして殺到した。

「く、ぁ！」

その『死』の猛攻を、ユリウスは長い足を振り回す動きで強引に回避。押し寄せる魔獣の体を足場に包囲網を突破し、眼下の魔獣たちへ左手を向け──、

──何も起きない。突き出した左手を握り、ユリウスの表情が苦悩に歪む。

「──この期に及ンで、まーだ本気でやれてねえな、オメエ」

刹那、ユリウスと魔獣の間に割り込んだレイドが、二振りの棒切れで嵐を起こす。

吹き荒れる剣風が十数体のケンタウロスを宙に巻き上げ、バラバラの肉片にしてぶちまけるのにほんの二秒──為す術なく、あの危険な魔獣の群れが全滅する。

「その分じゃ、遊ンでやっても収穫ねえか。だったら、オレは勝手に出てくぜ、オイ。皿の食べ残しが気になってたが、青臭いままじゃその気も萎えるからな」

「待ってくれ、出ていくだと⁉　この状況で、あなたは塔を放置するというのか⁉」

「出てる結論を聞き直してンじゃねえよ。雨が降ったぐれえで遊びに出掛けンのを我慢する奴がいるか？　なンせ、塔の中にゃ退屈な奴しかいねえ。オレの遊び相手ができたのが激マブ一人……オメエらじゃ、今のオレの遊び相手も務まらねえ」

「――っ」

奥歯を軋ませ、ユリウスがレイドの態度に激情を抱き、しかし発露を躊躇う。

ここで激発すれば、レイドを引き止める糸口を失う。そうなれば、異常事態の続く塔の平穏は取り戻せない。その、ユリウスの苦悩を見て取り、

「どうにもなンねえな、その性分」

心からの失望、そんなレイドの呟きがユリウスの頬を硬くさせる。

ユリウスの瞳を過る複雑な感情は、まるで目指す山の頂を雲に隠された子どものように痛々しかった。その心痛は、余人には決して窺い知ることなどできないモノで。

――しかし、直後、階下から噴き上がる業炎が、棒立ちのユリウスを焼き尽くさんと迫る状況は、真上から戦場を俯瞰する『凡人』にはよく見えていた。

「――ぁ」

事ここに至り、五層の戦いを直上から見下ろしていたナツキ・スバルは、自分が呼吸を忘れるほど階下に意識を奪われていたのだと自覚する。

規格外のレイドへの驚嘆、畏敬は今さらのものだ。割愛しよう。

だが、初めてその戦いぶりを目にしたユリウスの剣術は、スバルが付け入る隙など微塵もない、たゆまぬ鍛錬の果てに勝ち得た努力の結実だった。

もし彼と立ち合えば、スバルは何の爪痕も残せず無様に敗北するだろう。それが木剣の立ち合いでも、涼しい顔すら崩せず滅多打ちにされるに違いない。

——スバルの実力では、ユリウスの『死者の書』を読むことなどできないのだ。

『だったらあ、あのお兄さんを死なせるには今が絶好のチャンスよねえ？』

スバルの中に生まれた葛藤が、少女の甘い声音となって脳裏に響く。

一度はレイドの手で全滅した魔獣が、五層より下から次々と補充されてくる。その一体の放った攻撃に、立ち尽くすユリウスは気付いていない。

このままならば、ユリウスは魔獣の炎に焼かれ、命を落とす。そうなれば、書庫に加わるユリウスの『死者の書』を、スバルが読み解くこともできるはず。

少女の言う通りだ。この、偶発的な状況だけが、彼を死なせる絶好の——、

「——後ろだ、ユリウス!!」

「——っ！」

声に、ユリウスの体が反射的に硬直を解き、回避行動を取った。その体を掠め、背後から迫った業炎が五層の床を直撃、炎が焦熱地獄の火力をさらに上げる。

「————ッッ!!」

奇襲をしくじり、五層へ飛び上がるケンタウロスがけたたましく咆哮する。そのご立腹

の一体に続いて、次々と現れる魔獣の群れが再び五層を占拠した。

状況は膠着状態へ戻り、ユリウスは業炎の余波を浴びたマントを脱ぎ捨てると、身軽な姿となってレイドに向き直──らない。

彼の視線は頭上、窮地を知らせた姿勢のまま固まるスバルの方を向いていた。

──瞬間、長く高い距離を置いて、スバルとユリウスの視線が交錯する。

「────」

遠く、はっきりとは互いの顔も見えないような距離だが、スバルは彼の黄色い双眸を疑念や戸惑い、様々な感情が過るのを目の当たりにした。

そして、今にもそこから逃げ出したくなるスバルへ、ユリウスは──、

「──エキドナを、アナスタシア様を頼んだ‼」

騎士剣を掲げ、ユリウスがスバルを──否、スバルの背後、おそらくは塔全体を示すようにし、そう叫んでいた。

ひび割れ、傷だらけの信頼。ユリウスが縋ったのは、そんな頼りない代物だった。

あるいはこの瞬間、そう叫ぶことが正しいことなのか、ユリウス自身にすら迷いを断ち切れていない。そんな中で叫ばれた言葉だった。

それが、ユリウス・ユークリウスの決断だと、そう理解したから──、

「──っ！」

弾かれたように、スバルは重い足を動かして走り出していた。つんのめり、躓きそうに

なりながら、不格好すぎる姿勢で螺旋階段に背を向け、走った。

行き先はわからない。逃げるのか、そうでないのか、それすらわからない。

『どこへいくつもりなのお？』

問いかけの答えはない。それでも、足は止められなかった。

ユリウスを階下に、魔獣の群れとレイドのいる場に残し、スバルは脱兎の如く走る。

「——はン。本当に、どうもなンねえな、その性分」

遠く、そのやり取りを傍観したレイドが呟く声がした。

ほとんど、先刻と変わらない内容の呟きだった。

それがほんのわずかに、違う感情を宿していたか、どうか、わからないままに。

3

——何故、叫んだ。

『見殺しだったら、自分で殺すのと違って手に感触は残らないはずでしょお？』

息を荒げて走りながら、自問自答するスバルの背中に甘ったるい不満の声がかかる。寄り添う幻聴は、『わたしの首は絞めたくせに』とスバルの身勝手を呪っていた。

異論はない。スバルの行動は矛盾し、筋道が通っていなかった。

本気で『死者の書』を希うなら、スバルはユリウスを見捨てるべきだった。なのに葛藤の結果、スバルはユリウスが炎から逃れるお膳立てをした。

この手で殺された少女が、それを赦せないのは当然の帰結――、

「――スバル！」

無我夢中で走るスバルを、不意に呼び止める声があった。声がしたのは、気付かずに通り過ぎた曲がり角の向こう――そちらから、小さな人影が駆け寄ってくる。

「探したのよ！　そっちは魔獣だらけだから、いったらマズいかしら！」

「べ、ベアトリス……？　それに……」

ドレスの裾を揺らし、懸命な顔つきで走ってくるのはベアトリスだ。ユリウスに続いて二人目の無事に、スバルは安堵と驚きを同時に得る。

そして、驚きはそれだけにとどまらない。

「……よりによって、ここで君と出くわすのか、ナツキくん」

微かに息を乱しながらそう言ったのは、ベアトリスに同行するエキドナだった。

思いがけない組み合わせだが、それよりもスバルの心を厳しく締め付けるのは、エキドナの浅葱色の瞳に浮かぶ、スバルへの強い猜疑心だ。

当然の警戒だった。ユリウスやベアトリスの態度の方が異質なのだ。

――メィリィの亡骸を隠した部屋で、スバルがエミリアたちと交わした会話の内容を知っているなら、エキドナの態度が当たり前なのだから。

「ベアトリス、お前も聞いてるんだろ。俺は……」

「――っ、今はその話をしてる場合じゃないのよ！　こっちにくるかしら！」

「本気かい、ベアトリス⁉　彼は檻の外に出ている！　この状況でだ！」

俯くスバルの腕を取り、引き寄せようとするベアトリスをエキドナが制止する。より警戒を強めるエキドナは、その右手をスバルの頭へ差し向けた。

その指先が、まるで銃口のように感じられてスバルは唾を呑み込む。しかし、そんなスバルを庇うように、ベアトリスはエキドナと真っ向から対峙した。

「どくんだ、ベアトリス！　ラムの言葉を聞いたろう。彼は、君の知る彼ではない！」

「そんなことないのよ！　手を繋げば……触れたベティーにはわかるかしら！　スバルとベティーの契約は生きているのよ！　お前にも、その繋がりは否定させないかしら！」

「……だとしても、信用はできない。彼も、納得のいく説明はできないだろう？」

歯を食い縛るエキドナが、ベアトリスの訴えを強硬に撥ね除ける。

その不安と焦燥からくる激情は、スバルの受けていたエキドナの印象を大きく裏切るものだった。彼女は必死だ。何かを守るために、必死になっている。

そんな激情の原因が自分にあると理解し、スバルはふと、息をついた。

そして――、

「……どういうつもりだい？」

ベアトリスの肩を押さえ、無防備に前に出たスバルをエキドナが訝しむ。しかし、スバルは何の用意もなく、エキドナの問いかけにゆるゆると首を振った。

「見ての通り、降参だよ。……この塔は、もうダメだ」

もはや、何もかもスバルの手には負えないと、そう判断した。

キャパシティを大幅にオーバーし、どうにもならない事態が多発しすぎている。そんな状況への白旗、全てを諦めた敗北宣言。

だが、その敗北宣言を、エキドナは違った意味合いに受け取ったらしい。

「この塔はもう……？　つまり、君はすでに目的を遂げたということかい？」

「……目的？」

「とぼけないでくれ！　君たちの狙いは祠の『魔女』だろう⁉　それが叶った。だから本性を現したんだ。……アナの直感に従っておくべきだった。この場所には、他の誰も連れてくるべきじゃなかったんだ！　ボクの、失態だ……！」

色濃い自責と悔悟の念、それを込めたエキドナの呟きにスバルは困惑する。

彼女には、スバルには見えていない何かが見えている。そして、スバルがその何かに関与していると疑っているのだ。

「……どうでもいいか。もう、終わる世界だ」

「どうしたのよ、スバル！　そんな言い方、スバルらしくないかしら！」

「俺、らしい？」

全てを投げ出そうとするスバルの袖を引いて、ベアトリスがそう訴える。その彼女の泣くような訴えを聞いて、スバルはベアトリスを見つめた。

「俺らしいって、なんなんだ。お前らが見てる、俺らしさなんて、どこに」

「……記憶をなくしたと、そんな出来の悪い嘘を貫き通すと？　妹を忘れたラムや、自分を忘れられたユリウスと共にいながら、君はまだそんな残酷な演技を！」

「演技？　演技だと!?　俺のこれが演技だと、お前はそう言うのか!?」

　瞬間、激情に塗り潰されるスバルの声が、エキドナの怒声を上書きした。その勢いに気圧されるエキドナを睨み、スバルは歯を剥いて吠える。

「演じるなら、もっとマシな奴を選ぶに決まってんだろ!?　誰が、誰が好き好んで『ナツキ・スバル』になろうとするもんかよ！　こんな、気持ち悪い奴に！」

　選ぶ自由があれば、誰が『ナツキ・スバル』になろうなどと考えるものか。これほど歪で耐え難い、『ナツキ・スバル』になりたいなどと、誰が、願う、ものか――。

「お前らよってたかって知らねぇんだよ！　誰なんだよ！　何もかもなくしたんだよ！　俺はコンビニ帰りなんだ！　今日一日、店員と口利いた覚えしかねぇんだよ！　それがいきなり異世界？　砂の塔？　死体？　『試験』！　偽物！　『ナツキ・スバル』！　ふざけるんじゃねぇ！　ふざけるんじゃ、ねぇ！」

「――――」

「そうだよ！　どうせ俺が悪いんだよ！　ここじゃないとこにいきたかったんだ！　家に帰りたくなかったんだよ！　偽物の顔張り付けて、父ちゃんとお母さんに迷惑かけてんのが怖かったんだよ！　だから、最初はワクワクしてたさ、最初だけな！」

ベアトリスが、エキドナが、激発したスバルを凝然と見つめている。

意味が、わからないだろう。彼女たちには、スバルの苦悩の意味がわからない。――そこには、埋められない隔絶があった。

スバルも、彼女たちも、互いが互いを救えない。そんな隔絶があった。

「なんで、今いきなりキレてんだって思ってんだろ？　俺だってわかんねぇよ！　でも、今いきなり限界がきたんだよ！　俺なんてこんなもんなんだって、ぶちって何かが切れたんだよ！　望まれたって何もできない！　できやしない！　だから！」

「――――」

「だから……もう、許してくれ。許してください。俺を、うちに帰してください……。神様が、俺に罰を与えようと、したんなら、わかりました……俺が、悪かったんです」

いつしか喉は嗄れ、鼻の奥に痛いぐらいの苦みがあって、スバルは蹲っていた。

頭を通路の床に擦り付けて、赦しを乞う。誰に頼めばいいのかわからないから、神に祈った。知っている全ての神の名を浮かべて、祈った。

これが、怠惰な自分にもたらされた罰なら、どうか赦してほしい。

反省も後悔も、きっと人生が変わるほどしたから。

だから、お願いだから、赦してほしい。

愚かなナツキ・スバルへの天罰に、もう、誰も巻き込まないでほしい。

傷付きたくも、傷付けたくも、ないのだ。

掌の感触は、何故、こんなスバルを見捨ててくれないのか。

そのスバルに寄り添い、丸まった背中をベアトリスが優しく撫でている。性懲りのない
蹲り、涙声で懇願するスバルに、エキドナが、ベアトリスが黙り込む。

「――――」

「……ボクは、君を信じない」

ベアトリスの掌と対照的に、エキドナの声は硬く、冷たいものだった。

「泣いて縋られようと、一欠片の疑念が拭えないなら、ボクの答えは同じだ。ボクはアナを取り戻す。そのためなら、誰に憎まれようと、恨まれようと構わない」

「――――」

「……だけど、戻ったアナに顔向けできなくなることも、したくない」

そう言って、エキドナがスバルに向けていた指を、ゆっくりと下ろした。そのまま、エキドナは力なく首を横に振り、

「ベアトリス、君は彼といけばいい。ボクはユリウスを探す。可能なら、上で会おう」

「……わかったのよ。ほら、スバル、今は立つかしら。担いでも連れてくのよ」

信用できないが、排除もしない。だから、別れることがエキドナの最大の譲歩だった。

その別れの言葉を聞いて、ベアトリスが小さな肩をスバルに貸そうとする。

その奮闘に体を起こされ、スバルは息を吐いた。そして――、

「――これは、何のつもりかな？」

片目をつむり、エキドナが自分の服の裾を見る。――その白い服の裾を、伸ばしたスバルの手が摘み、いかせまいとしているのを。

何故、そんな真似をしたのか、スバルは自分の無意識の中に答えを探して。

「ボクは譲ったつもりだ。それが、どうしてこうなる？」

「……ユリウスに、頼まれて」

「彼に？　馬鹿な。彼がそんな判断を……しかねないのはわかるが」

一瞬、スバルの涙声に逡巡するエキドナ、彼女は「それ以前に」と言葉を継いで、

「ここにくるまでに彼と会ったのか？　彼は五層の様子を見にいったはずだ。それなのに君と会ったのだとしたら……いや、それより頼まれたとは？　彼は今は……」

「あ、あ、いや、ちが……」

矢継ぎ早に質問をぶつけられ、スバルはその剣幕に気圧される。

『お兄さんったら情けないのお。……なんで、引き止めちゃったわけえ？』

そして、怯えて言葉の出ないスバルを、少女の亡霊が失望の目で眺めている。その眼差しに心が軋み、ますます言葉は出なくなる。

少女の疑問の答えは、スバルにもわからない。何故、エキドナを引き止めたのか。

ユリウスの、約束とも言えない叫びを思い出してまで、何故――、

「――ぁ」

少女から目を逸らし、言葉に詰まるスバルは苛立つエキドナの向こうを見る。その現実

逃避の視線が、それを捉えた。――通路の先に浮かぶ、赤い光点だ。

その赤い光点を見た瞬間、スバルは直感的に悟った。――目が合った、と。

闇に同化する黒い巨体、赤々と輝いた光点、異様に発達している一対の鋭い鋏と、掲げられ、蠕動する尾針が白く鮮やかに輝いて――、

「は」

――刹那、想像を絶するほど巨大なサソリの尾針が、光となって通路を蹂躙した。

4

――飛来する尾針が通路を砕き、噴煙を巻いて、破壊が蔓延する。

そんな光景をスローモーションに感じながら、スバルは眼前で展開される凄まじい破壊の渦の中心に、ドレス姿の少女が飛び込んでいくのを見た。

「――『不完全E・M・T』かしら!!」

スバルの手を掴み、もう片方の手を正面にかざしたベアトリスが叫ぶ。

直後、スバルは自分の体から、見えない何かがベアトリスへ流れ込むのを感じた。ごっそりと何かが抜け落ち、眩暈で頭がふらつく。代わりにベアトリスの掌は、押し寄せる白い光に対して絶大な効果を発揮した。

「――――」

生じたのは、見えない光の壁のようだった。それは石造りの塔を破壊する白光を受け止め、光がスバルたちを避けるように前から後ろへ抜けていく。

轟音に鼓膜を殴られ、意識を揺らされながら、スバルは自分がどんな地獄に迷い込んだのかと、口を開けながら絶叫した。

少女の背に庇われ、一度は投げようとした命に執着し、何故、生きるのか。

「――ぅ、あ！」

その、我が身の不運を呪うスバルの意識を、微かな悲鳴が呼び戻した。それは、敵の猛攻に体勢を崩し、思わず後ろへ倒れ込むエキドナだった。

しかし、彼女の倒れる方向に、その体を支える床がない。尾針の攻撃に砕かれ、通路が崩壊し、大穴が開いている。そこへ、エキドナの体が吸い込まれる。

とっさにエキドナが手を伸ばすが、掴まれるものが何もない。あわや、そのまま階下へ転落し、命を落とすことになりかける。――その手を、スバルが掴んでいなければ。

「ナツキくん……!?」

「ぐ、おおおお……！」

エキドナを支えた左腕は、レイドが強引に肩を嵌め直した方の腕だ。痛みが走り、奥歯を噛みしめる。エキドナは小柄だが、意識が緩めば一緒に落下しかねない。

なのに何故、こんな危険を冒したのだ。

「……君を、測りかねるようなことをしないでくれ」

「知る、か……！　とっさなんだよ……！」

「その答えは……！　ナツキくんらしくも思えるが、ね！」

尽きぬ自問自答を重ねるスバルに、助けられたエキドナが憎まれ口を叩く。そのまま、エキドナはスバルが掴んだのと反対の腕を天井へ向けた。

何事かと視線を上げ、スバルはエキドナの狙いを理解する。——衝撃に揉まれるスバルたちの頭上、天井を這うように近付いてきていた黒い影の存在。

大サソリが薙ぐように鋏を振るうのを見て、スバルの思考がゆっくり加速する。

一般的に、サソリと言えば毒針のイメージだが、千種類を超えるサソリの中で強力な毒を持つのは実はほんの数十種類しかいない。となれば、サソリは毒針以外の何を使って狩りをするのか。——その答えが、凶悪な鋏だ。

「エル・ジワルド——！」

あれにかかれば、スバルやベアトリスの体などいとも容易く——、
エキドナの五指が光り輝き、五条の白い熱線がサソリの鋏を、顔面を、甲羅を焼き焦がしながら迸った。その威力に耐え兼ね、たちまちサソリが後退する。

一目散に逃れるように、音を立てて落ちる鋏もその場に置き去りにして、だ。

「ジワルド！　ジワルドジワルドジワルドジワルドぉ！」

「待て！　落ち着け、エキドナ！　逃げた！　あいつは逃げた！　逃げたから！」

大穴にぶら下がったまま、やたら滅多に攻撃を繰り出すエキドナ。暴走する彼女の体を

引き上げ、スバルは必死にエキドナを呼んだ。興奮し、錯乱状態にあった彼女だったが、やがてぐったりと脱力し、その体をスバルに預ける。

「はぁ、はぁ、はぁ……や、やった……？」

「……やれては、ねぇ。たぶん逃げられた」

達成感に満ち溢れたエキドナには悪いが、サソリは噴煙の向こうへ逃げ延びたはずだ。一秒後には煙を破り、反撃が飛んでこないかと戦々恐々とする。

「けど、それはない……か？　さっきのあいつは……」

「――魔獣、なのよ。いきなり、この四層に現れた無粋な輩かしら。問題はそれだけじゃなく、下層と上層にも異変が起きているようなのよ」

「上、下、真ん中、全部の階層で問題が起きてたってのかよ？」

深刻な顔のベアトリスの報告に、スバルは思わず唇を噛んだ。

確かに、五層ではユリウスが魔獣と交戦しており、四層では今のサソリと遭遇した。上層の異変も、レイドが降りてきたことと無関係ではあるまい。

「……その問題の一つが君なんだが、自覚がないようだね」

スバルの胸から離れ、立ち上がったエキドナが容赦なく呟く。彼女は額に浮いた汗を拭いながら、拭えない警戒を瞳に宿してスバルを見下ろした。

「君は……いったい、なんなんだ？　何がしたくて、誰の味方をする？」

「俺だって、わからねぇよ。わけがわからねぇのは俺も同じだ。だって俺は……」

「——記憶喪失」

スバルとエキドナの会話、その最後をベアトリスが引き取った。記憶喪失は彼女らの前で明かした情報ではないから、二人はエミリアたちから聞いたのだろう。

知っていて、ベアトリスはスバルを守り、エキドナも言葉を尽くそうとはしてくれる。

それを裏付けるように、エキドナは思案し、それから躊躇うように、

「……どうして、今、ボクを助けたんだい？」

と、スバルにそう尋ねた。

「君が手を差し伸べなければ、ボクはそのまま転落死していた。アナの体ごと、ひどく無念の死を遂げただろうね」

「……とっさだったんだ。わからねぇよ」

ユリウスの頼みが脳裏を過ったのは事実だ。しかし、それは彼女が穴に落ちる前、別行動になりかけた瞬間であって、あの場面で手が伸びたのはとっさのことだった。

「全部に理由があるわけじゃないだろ？　いきなりで、全部そうで、俺は……」

「——。それが、君という人間の本質なのかもしれないな」

「え……？」

ふと、肩の力を抜いたエキドナの呟きがあった。

その響きに唖然となるスバルに、エキドナは嘆息しながら肩をすくめる。

「ここで言い争っても仕方がない。長居して魔獣に再襲撃の機会を与えるのも馬鹿らしい

話だ。移動しよう。ユリウスと合流したい」

「同感かしら。ひとまず、ここを離れるのよ。急ぐかしら」

「あ、え、え……？」

戸惑うスバルを置き去りに、エキドナとベアトリスは手早く方針を定める。そして、ベアトリスの小さな手が、確かめるようにスバルの手を握った。

その小さな感触に息を呑めば、ベアトリスはスバルを青い瞳で見つめて、

「ベティーを、連れ出してくれたことも覚えてないかしら」

「……ご、めん。お前が、何を言ってるのか、俺には」

「――いいのよ」

ベアトリスの声に、ひどく儚く、寂しい感情が交えられていたのを聞いて、スバルは自分がこの世で最も恐ろしい罪を犯した気分を味わう。

そんな得体の知れない罪悪感を抱くスバルに、ベアトリスは不敵に微笑んだ。

「スバルが忘れたとしても、ベティーの中に残ってる。スバルが刻んでくれたものが、ベティーの中で色褪せることはないかしら。だから、今はいいのよ」

「ベアトリス……」

「たとえスバルが忘れても、ベティーが忘れない。ずっと覚えてる。そして、思い出させてみせるかしら。そのためにできることは、何でもやってのけるのよ」

それはあまりにも、一人で立つナツキ・スバルには眩しすぎる答えだった。

いったいどれほどの苦境を乗り越え、心を鋼に鍛え上げれば、これほど幼い少女がここまで気高い意思を持つことができるようになるのか。

「――ぁ」

圧倒されるスバルは、思わず瞼の奥に込み上げる熱を堪えるのに必死になった。そんなスバルの奮闘を、ベアトリスは何も言わず、繋いだ手の感触だけで支える。

手を握るだけで、支えになってくれる。

「移動しよう。きた道は戻れないから、魔獣の逃げた方角へいくしかないな」

「エキドナ、お前は……」

「許す、許さない。疑う、疑わないの話は後回しだ。君への疑念は晴れない。だが、状況には優先順位がある。商人に必須の考えだよ。それを、ボクは間近でずっと見てきた」

だから、これ以上の押し問答をしない。それがエキドナの結論だった。

スバルも、拒絶感と妥協してくれたエキドナの意を尊重し、それ以上は蒸し返さない。

「床が脆くなっているから気を付けて。あのサソリの落とした鋏にも注意だ」

足下に注意しながら、転落死しかけたエキドナが先ほどの意趣返しをしてくる。彼女の指差す先、転がっているのは熱線に断ち切られたサソリの大鋏だ。

見た目の物騒さと合わせ、それは現実感を損なうオブジェクトにも見える。ベアトリスの軽い体を抱き上げ、スバルはその鋏を大きく跨ぎ、乗り越えた。

ベアトリスの体は本当に軽い。十一、二歳に見えるが、その年代の少女と比較しても軽すぎた。それは、記憶にない一年で体が鍛えられたことと無縁の軽さ――。

「べあ――」

その違和感を疑問にして、舌に乗せようとしたところで、異変が起きた。

足下で、サソリの大鋏がびくりと震え――直後、光が弾けた。

5

――自切、という仕組みがある。

主に節足動物やトカゲに見られる現象で、『トカゲの尻尾切り』などと言われる、外敵から逃れるために体の一部を自ら切り捨てる行動のことだ。

カニの鋏などにも見られる行動であり、つまるところ、それに似たことをサソリの形をした魔獣が行ったということなのだろう。

自切された部位は相手の注意を引き付ける囮の役目を果たすという。

ならば、別の役割を果たす自切があっても不思議はない。――獲物の接近を感知すると破裂し、『地雷』のように対象を引き裂く自切部位があったとしても。

――腕が、足が、焼け付くように痛みを訴えていた。

「うぅ、ぐ、ぅぅ……っ」

呻き声を漏らしながら、スバルは血塗れの状態で足を引きずっていた。

――否、引きずっているのは足だけではない。もっと、別のモノもだ。

「……もう、いい。置いて、いくんだ」

そう言って、足を引きずるスバルに引きずられているのは、ぐったりとしているエキドナだった。スバルは彼女の両脇に腕を入れ、引っ張りながら通路を進む。

あの置き土産を残した魔獣から、少しでも遠くへ逃れるために、必死で。

「――クソ、クソ、クソ、クソ！」

油断した。油断していた。完全に頭がどうかしていた。

直前の、ベアトリスの言葉に救われ、エキドナの態度が多少なり軟化してくれたものだから、そのことで心が緩んで、まんまとこの有様だ。

情けなくて、情けなくて、自分が心底情けなくて、涙が出る。

どうしてこれだけ苦境に立たされ、自分は成長できないのか。変われない。苦難とは試練とは難局とは、神が成長する機会としてもたらすものではないのか。

殴られっ放しで、血を流して骨を折られ、魂を砕かれ命を奪われ、苦難がもたらすものがそれしかないなら、人はいったい、何のために苦しむのだ。

「ナツキ、くん……もう、十分、だよ……」

「十分じゃねぇ！　何一つ、十分じゃねぇよ！」

「……ボクの、ことより、ベアトリス、だろう？」

目をつむり、たどたどしく呟くエキドナに、スバルは息を詰まらせた。

エキドナの言葉は、悲しいが正論だ。スバルにとって、ベアトリスとエキドナのどちらが大事かと言われれば、悲しいがスバルはベアトリスを取る。

——だが、ベアトリスはいない。いなかった。いなくなってしまった。

炸裂の瞬間、ベアトリスはスバルの腕の中、胸や頭を庇える位置にいたから。

「……そう、か。あの子は、本当に、損な子だ」

沈黙の意味を理解し、そう呟いたエキドナにスバルは何も言えない。

血を流し、痛みに呻いていたスバルは、溶けるように消える少女と最後の言葉を交わすこともできなかった。——ただ、最後の表情だけが、記憶にある。

安堵したような、スバルを慈しむような、そんな表情だけが。

「————」

あんな、スバルにとって都合の良すぎる表情が、ベアトリスの最期だというのか。

だとしたら、消えゆく少女にあんな顔をさせる『ナツキ・スバル』など、この世から跡形もなく消えてしまえ。そう『ナツキ・スバル』を呪いながら、スバルは消去法で残ったエキドナを引きずり、逃げている。

まるで贖罪のように、贖いのように、あるいは咎人が罰を欲するように。

そんなスバルの行いを、息も絶え絶えにエキドナは制止する。こんなことをしても無駄だと、あれほど、アナスタシアに体を返すのだと息巻いていた彼女が。

それも当然のことだった。――彼女の体は、両足が付け根から吹き飛んでいる。

「――――」

もはや、ほとんど血も流れていない。

軽いと、そう感じたベアトリス以上に軽い体を引きずって、ほとんど応急手当もしていない状態で、彼女にどんな未来が待っているのだ。

「痛い……ああ、痛い、な。本当に、人の体は、痛い……」

「ごめん、ごめん……違っ、そんなじゃなくて、俺は……」

「律儀に、謝るなよ、ナツキくん。それに……もう、アナに合わせる顔が一つもないボクだけど……この痛みは、唯一の、アナへの恩返しだ」

「おん、がえし……？」

あまりにこの場にそぐわない響きに、スバルは無理解に目を瞬かせた。そんなスバルの反応に、エキドナは「だって、そうだろう？」と口の端を緩め、

「今、アナに体を返せば……アナは、この世の終わりかと思うほどの痛みと、死の恐怖を味わうことに、なる。……こんなの、地獄だよ。味わうのは、ボクでいい」

「あ、う……」

「アナのために体も返せず、ユリウスを手助けすることもできない。……ボクは、こうして地獄に落ちるのがお似合いだ」

自嘲と自責の念が、エキドナの心を静かに、容赦なく焼いていた。

彼女の生気のない瞳が、ゆっくりと近付きつつある『死』の存在を理解させる。『死』の秒読みを前に、スバルは何もできない無力感で打ちのめされた。

無知無能、無力無謀、その代償に失われる命を、ただただ見ているしかできない。

無力を悔いて、エキドナは死んでいく。——スバルを置いて、死んでいく。

「楽にしよう、なんて……思わないで、くれよ？　ボクは、うん、これでいい……」

「——」

薄れていく意識の端で、エキドナのこぼした言葉がスバルの中に新たな選択肢を芽生えさせた。——楽にする。それは『死』の迫る彼女へできる、唯一の。

『ねえ、今の聞こえたあ？　これって、渡りに船ってやつよねえ？』

か細い呼吸を繰り返すエキドナの傍ら、少女がスバルを覗き込んでくる。その微笑みが意味するのは、スバルに与えられた『死』の大義名分への歓喜だった。

「——」

痛む体を動かし、スバルは崩れた通路の一部、拳大の破片を手に取った。頼りない重さだが、瀕死の少女の頭を砕くぐらい、これで十分のはずだ。

『これは、介錯だからねえ、お兄さん』

介錯、それは誰かのために、安らかな『死』をもたらす善良なる願い。命は尊く、かけがえがない。だから、誰かにそれを奪う権利があるなら、その願いだけが誠実で。

それが唯一、この場に居合わせ、何もできなかったスバルの、唯一の贖罪の機会。

唯一の機会、だったのに——。

「————」

手が、震える。瞼の奥が痛みを訴え、喉が呼吸を忘れて空しく喘いだ。

振り上げ、振り下ろす。それだけの簡単な動作が、今のスバルにはできない。体の動かし方を忘れてしまったみたいに、手足が動かない。

「……ぁ」

掠れた息が漏れ、音を立てて、瓦礫が通路の床に落ちた。

その音と、力の抜ける膝に負け、スバルはその場に崩れ落ちる。

「……こんな」

簡単なこともできないのか、ナツキ・スバル。

苦しんで死に逝く人を楽にする。そんな欺瞞さえ、やってやれない。

口先ばかりの贖罪、方便でしかない罪悪感。そうでなくて、この様はなんだ。

「……ナツキくん」

「俺、は……」

「介錯の、ために、君は……石も、握れないんだ……」

薄く瞼を開け、力のない浅葱色の瞳が跪くスバルを映していた。その吐息のように弱々しい声が、惨めなスバルを糾弾しているように思えて息が詰まる。

しかし、そうして身を竦めるスバルに、エキドナは場違いに唇を緩めると、

「……疑って、悪かったね」

そう、息を抜くように謝られた。

エキドナに、謝られた。ナツキ・スバルを疑って悪かったと、謝られた。

――そして、その真意を確かめる間もなく、彼女は死んだ。

メィリィを殺し、その死体を隠して、記憶をなくしたことを誤魔化し、嘘を重ね、託された願いを裏切り、心を救おうとしてくれた少女を死なせ、ついには死に瀕した女性のために手を汚すこともできず、自分を哀れむスバルに謝って、エキドナは死んだ。

『死んじゃえばあ？』

言われるまでもなく、死にたかった。

今、起きたことも何もかも忘れて、死んでしまいたかった。

ナツキ・スバルは死ぬべきだと、世界中の人間に後ろ指を指され、死刑を宣告してほしかった。それに値する罪を犯したと、ナツキ・スバルは己に絶望した。

絶望、した。

6

――世界は、闇色に塗り潰されようとしていた。

「――――」

へたり込み、動けないスバルへと無数に伸びてくる黒い手、漆黒の魔手。

螺旋のように渦巻くそれが、ナツキ・スバルを魂ごと鹵獲し、溶け合おうとしている。

ゆっくりと、自分の存在が虚ろになっていく感覚を味わいながら、しかし、不思議なことに、スバルはそれを全く嫌だと感じていなかった。

――魂を汚され、存在を上書きされる。

そんな命への最大の冒涜を侵されながら、スバルの心は安寧に満たされていた。だってそうだろう。その冒涜なら、他でもないナツキ・スバルが先にやっている。

『ナツキ・スバル』の魂を汚し、存在を上書きした結果が、この有様なのだから。

「――――」

死にたい。消えたい。潰えて、躙られて、跡形もなくなりたい。

蘇るなら何度でも、その身を灰にして、掻き消してくれ。

――愛してる。

切実に願うスバルへと、終焉をもたらす黒い魔手が愛を囁く。

耳を塞いでも、心を閉ざそうとしても、それはぴたりと閉じた心の隙間に指を入れ、こじ開けた隙間から入り込み、スバルに愛を囁きかけるのだ。

――愛してる。愛してる。愛してる。

やめろ、うんざりだ。これなら、あの少女の恨み節の方がずっといい。

いくら繰り返されても知ったことか。俺は、愛していない。俺は、俺を愛していない。

愛されていることは、知っていた。知っていたさ。

あの両親だ。父も母も、スバルのことを心の底から愛してくれていた。

知っていたさ。知らないわけがない。だから、スバルは消えてしまいたかった。

両親に愛されているのに、愛される価値のない自分を愛せるはずがなかった。

——愛してる。愛してる。愛してる。愛してる。愛してる。

やめてくれ、勘弁してくれ。もう十分だろう。

とっくの昔に、俺の中では結論が出ていたんだ。わかってた。わかっていたのに、目を背けていただけだ。見ないようにしていただけだった。

あんなに必死で、一生懸命で、スバルを案じる人たちが、悪い人たちのはずがない。

わかっていた。わからないはずがない。だから、スバルは死んでおくべきだった。

スバルの存在を包み込もうとする人たちの慈悲に、照らされないよう努めるべきだった。

この責め苦に耐え抜いたなら、俺の願いを叶えてくれるのか。飲んで、砕いて、すり潰して、二度と他人と交わらなくて済む、無の彼方に消してくれるのか。

だったら、だったら受け入れよう。受け入れたい。これが最後にできるなら。

これを最期にできるなら、ナツキ・スバルは消えてなくなったって——。

——愛してる。愛してる。愛してる。愛してる。愛してる。愛してる。愛してる。愛してる。愛してる。愛してる。愛してる。愛してる。愛してる。愛し

てる。愛してる。愛してる。愛してる。愛してる。愛してる。愛してる。愛してる。愛してる。愛してる。愛してる。愛してる。愛してる。愛してる。愛してる。愛してる。愛してる。愛してる。愛してる。愛してる──。

「──そこまでよ」

世界ごと、ナツキ・スバルの存在を塗り潰すような怒涛(どとう)の愛の告白を、貫くように銀鈴(ぎんれい)の声音(こわね)が一閃(いっせん)、スバルの下へと真っ直(まっす)ぐに届く。

耳元で囁(ささや)かれるような、終わることのない愛の告白。

声が、した。

「──────」

光が、迸(ほとばし)った。

それが、スバルと溶け合わんとしていた漆黒の魔手へと突き刺さる。光が炸裂(さくれつ)し、直撃を受けた魔手が弾(はじ)け飛んだ。だが、それは無数の影の一本に過ぎない。

千の内の一を削った代わりに得たものが、その膨大な勢いの影からの敵意では割に合わない。しかし、その一撃を放った声は果敢に踏み込み、自らへ押し寄せる影の魔手を尋常ならざる身のこなしで回避、回避、回避。

そして──、

「──スバル！」

銀鈴の声が、へたり込むスバルの手を力強く握っていた。

そのまま、ぐいと体を引き上げられ、力ずくでその場から連れ出される。一心不乱に前を見つめ、長く煌めく銀髪をなびかせる少女──エミリアが、懸命に走る。

彼女の生存を確認した。だが、心は沸き立たない。当然だろう。

ユリウスも、ベアトリスも、エキドナも、スバルは全員を見殺しにした。

ナツキ・スバルは疫病神だ。自分の『死』を帳消しにする代わりに、周りの人間にそのツケを払わせている。そう宿命づけられていると言われても、納得するぐらい。

「──もう、十分だ」

「え？」

「これ以上、足掻いても仕方ないって、言ったんだよ」

腕を引こうとするエミリアに抗い、スバルは足を止めた。なおもエミリアはスバルを連れ出そうとするが、今度は断固たる意志でそれには従わない。

「──」

二人、スバルとエミリアが正面から対峙し、お互いを見つめ合った。

黒い影に呑まれ、終わっていく世界で、スバルは自分を見つめるエミリアを睨みつけ、

「なんで助けようとする？　おかしいだろ、そんなの。お前だって、俺が偽物だって、そう思ったから氷の檻に閉じ込めて、殺そうとしたはずだ」

欺瞞の言葉で事実を捻じ曲げ、悪しざまに罵ってエミリアを傷付ける。

もう二度と、彼女がスバルの手を取ろうだなんて、間違っても考えないように。

だが、そんなスバルの思惑など、眩しいぐらい真っ直ぐなエミリアには通用しない。

「殺すだなんて、そんな物騒なことしないわよ！　私は、スバルからちゃんと話が聞きたかっただけ。スバルは話してくれたじゃない。記憶がないって。だから……」

「そんなのは！　ただの方便かもしれないだろうが！　あっさり信じたのかよ!?　馬鹿げてる。どうかしてるぞ！　お前も、ユリウスも、ベアトリスも！」

氷の檻に閉じ込められて、苦し紛れのように記憶喪失の事実を打ち明けた。

だが、まともな思考力があれば、そんな話を鵜呑みにしたりしない。ラムやエキドナの態度が正解なのだ。それなのにエミリアたちは、半分以上が馬鹿だった。

「いいや、違う……みんな馬鹿だ！　最後には……あんな状態で、最後には、エキドナまで、俺に謝りやがって……意味が、わからねぇ」

「エキドナが、最後……？　スバル、何があったの？　エキドナたちは……」

「死んだ！　エキドナは死んだよ！　両足が吹っ飛んで、痛いのと血が足りないのと……とにかく苦しんで死んだ！　ベアトリスもそうだ！」

「――っ」

「あの子も、俺を庇って……自切なんて、馬鹿げた仕組み……俺が気付いてればよかったのに。それができなくて、死んだ。俺を、忘れないって、そう……」

スバルが忘れても、ベアトリスは忘れない。

必ず、スバルの記憶を取り戻してみせると、ベアトリスは気丈にそう言い切った。

だが、彼女は失われた。その発言の直後に。

口ほどにもないとはこのことだ。口先だけの大望、それを言葉にして、すぐに。

スバルを『死』から遠ざけて、安堵したような顔で、この世から消滅して。

「あんな消え方、するぐらいならやめればよかった。連れ出す？　連れ出した？　どっちでもいい。関係ない。とにかく、ここじゃないどこかから……どこかから引っ張り出されたなら、やめときゃよかったんだ。そうすれば……」

あんな顔して消えるような目に、遭わないで済んだのだ。

「ユリウスの奴も、そうだ。きっと、今頃、もう……あんな、おっかない魔獣が大勢いるところで、レイドの邪魔まで入って、それで、いけ、頼む、とか……馬鹿だ」

みんな馬鹿だ。いったい、何を期待しているのか。

頼むとか、取り戻すとか、疑って悪かったとか、何を言っているのか。

頼んで、どうなる。取り戻して、何の意味がある。疑われて、当然ではないか。

託されたものを全て裏切ったから、ナツキ・スバルはここにいる。

一人だけのうのうと生き残って、それが耐え難いから、消えてなくなることを望む。

一番、馬鹿で、愚かで、どうしようもなくて、救えない、それが――、
それが、ナツキ・スバルでなくて、なんだと――、

「──私とスバルが初めて会ったのは、王都の、盗品蔵って場所だったの」

──。

────。

────。

「────」

自問と自責の底なし沼で、身動きのできなくなっていたスバル。

そんなスバルの鼓膜を震わせたのは、突然のエミリアの告白。──懐かしく、愛おしい記憶を呼び起こすような、そんな調子の思い出語りだった。

「……は」

掠れた息が漏れる。

何を言い出したのかと、その発言を嘲ったり、馬鹿にするニュアンスはない。スバルの意識はそこまで追いついていない。本気で、ただ、唖然とさせられた。

そんなスバルの反応を余所に、エミリアは指折り、記憶を蘇らせていく。

「そのとき、私はすごーく大事な徽章をフェルトちゃんに盗られちゃって。それを取り戻さなくちゃってパックと大慌てだったの。……それで、追いかけた先で、メィリィのお姉さんと戦うことになって、危なくって、でも、ラインハルトが助けてくれて。それで、ホッとしたところをメィリィのお姉さんに狙われて……それを、スバルが助けてくれて」

「────」

「それが、スバルと私の初めての出会い。……思い出した？」

問いかけに、スバルは首を横に振った。

詳細に語られる記憶だが、その内容に欠片も心当たりがない。到底、そうとは思えない行動だ。それは、エミリアと『ナツキ・スバル』の記憶だ。

繰り返す、『ナツキ・スバル』が紡いだ記憶の一片――。

「でも、スバルは私を庇ったせいで大ケガしちゃって、それでロズワールの屋敷に一緒に連れ帰ったの。そこでベアトリスが文句言いながら治療してくれて、ラムと……きっとレムとも、スバルは仲良くなったのよ」

「――――」

「そうしたら、今度はお姉さんじゃなく、メイリィが魔獣をけしかけて悪さをしたの。それをスバルとラムが食い止めて、ロズワールが魔獣をやっつけて、私はお留守番……『でーと』の約束をしたのも、このとき。……思い出した？」

「――――」

首を横に振る。

覚えていない。そんなことは、していない。――俺は、していない。

「屋敷では色んなことがあったんだから。マヨネーズを作ったり、みんなでお酒を飲んだり、パックが雪を降らせたり、『王様げーむ』をして……それから、王選のために王都に呼び出されて、ね」

「――――」

「スバルと、初めて大ゲンカしたのも、このとき。私はもう、スバルに無茶して傷付いてほしくなくて、なんでそんなに優しくしてくれるのかわからなくて、怖かった。だから、全部、ケンカしたときに終わりになっちゃうって、思ったのに……」

思い出を語るエミリアの声に、微かな震えが混じる。

それは喜びと悲しみ、不安と期待、様々な相反する感情の混ざり合ったものであり、スバルは喉が渇くような感覚に襲われた。

焦がれる、焦がれる、焦がれている。胸が、灼熱に焦がれている。

エミリアに、この顔をさせる全てに――否、たった一つの要因に、焦がれている。

「何が起きてるのかわからなくて、不安な状況に押し流されるだけだったとき、一番心がもやもやしてたとき、スバルが駆け付けてくれて、それで……」

「――――」

「それで、なんて言ってくれたか。……思い出した？」

「思い……」

――思い出せない。

出てこない。出てくるはずがない。

エミリアの声の震えが、呼びかけが、縋るような響きが、それを明白にする。

スバルは、ここにいる自分は、彼女の求める『ナツキ・スバル』ではないのだと。

わかっていた事実を突きつけられ、スバルは改めて羨望と嫉妬に魂を焼かれる。

何故、お前なんだ、『ナツキ・スバル』。

俺とお前で、どうしてそこまで違っている、『ナツキ・スバル』。

エミリアも、みんなが、思っているのだ。

――本物の『ナツキ・スバル』を返せ。

――お前なんて、ナツキ・スバルなんて死んでしまえと。

この場にいたのが、お前であれば、どれほど。

そう思って、傷付いて、苦しんで、嘆きたい気持ちでいるはずなのに。

それなのに――、

「――でも、私は全部、覚えてる。スバルの言ってくれたこと、してくれたこと、しようって約束してくれたこと。全部、覚えてるの」

悲しみも不安も、全部がなかったことになるように、喜びと期待が微笑みに宿る。

その、エミリアの微笑を目の当たりにして、スバルの唇が震えた。

何も、ない。どこにも、ない。

言ったことも、してあげたことも、しようと約束したことも、全部。

この、体の内側には、頭の中には、心の奥底には、魂の果てには、何も見つからない。

だから――、

「覚えちゃ、いない。思い出せも、しない。お前は……お前は！　お前らは！　誰の話をしてるんだよ!?」

エミリアが、その咆哮に紫紺の瞳を見開く。

それを見据えながら、なお、スバルは込み上げる熱い雫を瞬きで焼き払い、口汚く、できる限りの悪意を込めて、吠えた。

「誰かのために命を張れて！　誰かのためにとっさに動けて！　誰かのために頑張ろうって走れて！　誰かのために命懸けで何かを成し遂げられる！　そんなことってあるかよ!?そんなこと、できるかよ!?」

覚えていると言われて、思い出せないと答えて。

ベアトリスが言ってくれた言葉に答えられないまま、彼女は消えてなくなり、そのことの後悔を拭えないまま、エミリアに優しく、言い聞かせるように、思い出を語られて。

ユリウスが託し、ベアトリスが信じ、エキドナが赦し、エミリアが願う。

それが、『ナツキ・スバル』。異世界へ呼ばれた、本物の――、

「――ふざけるな！　そんな奴が、ナツキ・スバルのわけがねぇ！」

ナツキ・スバルが、誰かに希望を託されることなどあってたまるものか。

「俺は知ってんだよ！　ナツキ・スバルがどれだけ情けなくて、どれだけクズで、どれだけどうしようもなくて、どれだけ腐った野郎なのか！」

ナツキ・スバルが、誰かにその心を信じられることなどあってたまるものか。

「誰を見てんだ!?　何の話をしてんだ!?　そんな奴、どこにもいやしねぇよ！　全部嘘っ

ぱちなんだ！　そいつが見せたもの、そいつと話したこと、全部全部！　その場しのぎの口から出任せだ！　信じる価値もない！」

ナツキ・スバルが、誰かにその罪を赦されることなどあってたまるものか。

「ナツキ・スバルにそんな価値があるもんかよ！　ナツキ・スバルはクズなんだ！　どうしようもねぇクソ野郎なんだよ！　俺が誰より、それを知ってるんだ!!」

ナツキ・スバルが、誰かに共にあることを願われることなどあってたまるものか。

「――――」

そんな価値はない。そんな、願われる価値などどこにもない。

ナツキ・スバルは疫病神だ。誰かといても、傷付け、失わせ、死なせるばかりだ。

だから、やめよう。

そんな男のために、エミリアや、みんなが、傷付く必要なんてない。

傷付く必要なんて、ないのだ。だから――、

「……俺じゃなくても、いいだろ」

ぽつりと、呟いた。

それが、スバルの偽りようのない本音だった。

「――――」

自分じゃなくても――否、ナツキ・スバルでない方が、ずっといい。

何もできない男に、何故託す。何故信じる。何故赦す。何故願う。

もっと、うまくやる方法があるはずだ。もっと、うまくやれる誰かがいたはずだ。

それが皆の望む『ナツキ・スバル』なのだとしたら、それはもうどこにもいない。

最初からいなかった。虚像だ。虚栄の存在、あり得ざる幻想。

『ナツキ・スバル』は、ナツキ・スバルのIFなんかではなく、幻想の存在なのだ。

「だから、俺なんか無視して、削ぎ落としてくれよ。もっと、強い誰かとか、頭のいい誰かが、やってくれる。俺は、俺には……」

俺には無理だと、無力感だけがナツキ・スバルを打ちのめした。

人には、器がある。分相応がある。それを、わかってもらいたいのだ。スバルには、エミリアたちの隣を歩く資格がない。彼女たちに、そう望まれる資格もない。

強くも、賢くも、ない。そんなスバルを、望まなくてもいい。

だから――、

「――私の名前は、エミリア。ただのエミリアよ」

「――ぁ？」

無力感を吐き出して、吐き出したはずのものに心を支配されて、空っぽのつもりでいたスバルは、不意打ちのような銀鈴の声に喉を鳴らした。

「――――」

言葉の、意味がわからない。――否、意味ではない。意図がわからない。

顔を上げ、スバルは正面、自分の名前を名乗ったエミリアを見つめた。彼女は自分の豊かな胸に手を当て、丸く大きな紫紺の瞳にスバルの姿を映している。

「――――」

その、輝く瞳に息を呑む。そのスバルを前に、エミリアは続ける。

真摯な瞳で、その胸一杯に詰めた、思い出を力に変えるように――、

「話さなきゃいけないことも、聞かなくちゃダメなことも、たくさんある。たくさんたくさんあるの。でも、今は一つだけ、聞かせて」

「――――」

「ユリウスが、ベアトリスが、エキドナが。そして今、私が手を引いて、一緒に走って、どうしても守ってあげたくて、死なせたくなくて、そうやって……」

万感の思いを込めて、エミリアが目をつむった。

数秒、彼女は言葉を中断する。そのわずかな沈黙の間に、彼女の胸に様々な想いが去来したのがわかる。この場にいない、仲間たちを案じる感情も、伝わる。

それらの想いを抱えたまま、エミリアの桜色の唇が震えて、

「そんな風に、私たちに思わせてくれたあなたは、誰？」

「――――」

「お願い。――あなたの名前を、聞かせて」

エミリアの問いかけに、胸の奥で心の臓が震えた。

それは、眼前にいるナツキ・スバルを否定して、過去のスバルを取り戻さんと、そうした意図の表れではなかった。

——それは、ナツキ・スバルの、肯定だった。

「——」

目の前のあなたは偽物だと、本物のナツキ・スバルを返してほしいと、そう言われた方が、そう願われた方が、そう悪罵された方が、まだマシだった。

だって、それは他ならぬ、スバル自身が望んでいたことなのだから。

彼女たちの望む『ナツキ・スバル』にはなれないからと、否定して、掻き消して、なかったことにしてくれと、そう願ったのはスバル自身だからだ。

だが、エミリアが——否、彼女だけではない。

ここに至るまで、ナツキ・スバルに言葉をかけた全員が、同じことを願った。

強いも、弱いも、関係なく。

こうして全てを忘れ、どうしようもない醜態を晒しても、なおも変わらず。

ナツキ・スバルを、必要とすると、彼女たちは態度で、言葉で、命で示して——。

「——」

「……どうして、なんだ？」

「どうしてここで、ナツキ・スバルなんだ？　あいつに、何ができる？　あいつに、何を期待するんだよ……」

意味がわからない。

この、絶望的な状況で、どうしようもない劣勢で、ナツキ・スバルがいたら、何がどうなるというのか。どうして事態が好転する。打開できる。

全ての期待を裏切る男、ナツキ・スバルにどうして、期待ができるのだ。

「あの、弱くて、頭も悪くて、情けなくて、意気地のない奴に、何を」

「──あなたの、言う通りかもしれない」

嫌々と首を振り、否定ではなく、懇願するスバルにエミリアが目を伏せる。

長い睫毛に縁取られた紫紺の瞳、心を直接くすぐるような銀鈴の声音。エミリアという存在の全てが、ナツキ・スバルを未練でこの世に繋ぎ止める。

今すぐ消えてなくなりたい衝動を、彼女の紡ぐ答えを知りたい欲求が打ち砕く。それはまるで楔だ。──エミリアは、ナツキ・スバルを世界に繋ぎ止める楔だった。

その楔に心を引き止められるスバルへ、エミリアは言葉を重ねる。

「スバルより強い人はいるし、きっと頭のいい人だってたくさんいる。でも、私はどんなときでも、一緒にいるのはスバルがいい。スバルがそうしてくれるって信じてるし、願ってる。だって……」

「──」

「だって、助けてくれるなら、できるから、そこにいたから、そうしてくれる人より──

好きな人にそうしてもらえた方が、ずっとずっと、嬉しいもの」

そう、エミリアは微笑みながら、言った。

微笑みながら、ほんのわずかに頬を赤らめて、言った。

「――――」

息を、抜くように、スバルは呼吸する。

エミリアの言葉を受け、一瞬、確かに自分の中の全ての時が止まっていた。

どくどくと、心の臓が脈打つのを感じる。

それと同時に内側から湧き上がってくるのは、『ナツキ・スバル』への嘲笑だ。

「――は」

理解した。

馬鹿馬鹿しいぐらい、痛々しいぐらい、理解した。

『ナツキ・スバル』にあって、ナツキ・スバルになかった、底知れない力の源。それがいったいなんだったのか、スバルはついに突き止めて、笑ってしまった。

――そうか、『ナツキ・スバル』。お前、あんな美少女に惚れてたのか。

「――――」

理解してしまえば、なんて馬鹿な理由なのか。信じ難い。度し難い。許し難い。

身の丈に合わないにもほどがあるだろう。あんな子が、振り向いてくれるもんかよ。

あんなカッコいい騎士が、あんな賢そうな女が、あんな可愛らしい少女が。

そして、目の前にいる、あんな美少女が。

お前に託して、お前を信じて、お前を赦して、お前であることを願って。

救いを求めるのではなく、希望に縋るのでもなく、直面した壁を共に乗り越えようと望むなら、それはそれができる誰かじゃなく、お前がいいと。

そんな風に望んでくれるような存在に、何をどうしてどうやって、なれたんだよ。

「――私の名前は、エミリア。ただのエミリアよ」

押し黙ったスバルに、今一度、エミリアが自分の名前を名乗った。

紫紺の瞳がこちらを見る。その瞳を、スバルの黒瞳が真っ向から見返した。

そして――、

「――お願い。あなたの名前を、聞かせて」

「――――」

エミリアの、再びの問いかけに、言葉を躊躇った。

散々、否定を重ねた。

そうはできない。そうはなれない。そうじゃないと、否定を重ね続けた。

だから、これはきっと、都合のいい言葉遊びでしかない。

――託され、信じられ、赦され、願われる。

この砂漠の塔で、エミリアたちにそうされる資格があるのなら。

この砂漠の塔で、エミリアたちを助け出せる誰かがいたとしたら。

それが『ナツキ・スバル』なら、その『ナツキ・スバル』がどこにもいないなら。

「──俺の名前は、ナツキ・スバル」

「────」

「ユリウスに託されて、ベアトリスが信じて、エキドナが赦して、エミリア……君に願われる、その男の名前が、ナツキ・スバルなら」

紫紺の瞳を黒瞳で見つめて、銀髪を煌めかせる少女に黒髪の少年が答える。

桜色の唇を震わせた問いかけに、血で赤黒く汚れた唇が答えを返した。

「──俺が、ナツキ・スバルだ」

──今、弱々しく、力のない、絶望に蝕まれた体と心で、しかし宣言しよう。

エミリアを、エミリアたちを、その無事を、安寧を、望むと、願うと宣言しよう。

それが、スバルに託し、スバルを信じ、スバルを赦し、スバルに願った彼女たちへの、ナツキ・スバルができる最大限の──否、そうではない。

恩返しなんて、そんな殊勝な気持ちではない。これは、みっともない懇願だった。

彼女たちに救われてほしい。そのために、自分の全てを費やしたいと、そう思えた。

「────」

強く、自分をナツキ・スバルと言い切った。

その胸中、『ナツキ・スバル』への不信感は、欠片（かけら）も拭い取れていない。今も、スバルの内側に焼き付いて離れない、『わたし』――メィリィを死なせた、邪悪な男の顔と声。それが払拭（ふっしょく）されるときなど訪れないのかもしれない。

だが、いい。それでも、いい。

救われたいわけではない。救ってほしいと、縋（すが）り付くこともしない。

救われてほしいと、思った。

助けたいと、心が叫んでいた。

――『ナツキ・スバル』にならそれができるなら、俺がそれをやるのだ。

願わくば、走り出した切っ掛けよ。この道の果てに目指したものよ、同じであれ。

思い描いた道行きが同じであれば呉越同舟。お前は嫌いだが、文句はないから。お互いに顔も見たくない間柄でも、我慢して、乗り越えてみせよう。

だから、頼む、『ナツキ・スバル』よ。――俺に、エミリアたちを救わせてくれ。

「ありがとう、エミリア。――俺に、そう思わせてくれて」

「――スバル、私は」

そのスバルの返答を聞いて、エミリアの紫紺（しこん）の瞳に波紋が生じる。

感情の変化、彼女に訪れるそれが喜びと悲しみと、プラスとマイナスのどちらなのか見極めたくなくて、スバルは弱いとわかっていながら目を伏せた。

そんな、弱い自分で抗（あらが）うと、そう決めたスバルにエミリアが唇を震わせる。

何かを言おうとして。――その直後だった。

「――っ」

それまで、まるで二人の対話の邪魔はすまいと、世界が根こそぎ気遣ってくれていたみたいに静かだった状況が、一瞬にしてひび割れる。

「――エミリア！」

周囲、二人がやり取りしていた通路が、瞬く間に膨大な影に握り潰される。

床が形を失い、足場をなくしたエミリアが大きくバランスを崩す。その彼女へと、まだかろうじて足場を残したスバルが強く床を蹴り、手を伸ばした。

瞬間、塔が砕け散る。砂の香りを纏った古びた石の塊、そんなモノに成り果てて。

「――――」

その中を落ちていくエミリアに向かって、スバルは懸命に追い縋る。距離が縮まり、たなびく銀髪に追いつき、ついには細い、彼女の体を抱きしめる。

「スバル……っ」

柔らかく、熱い体を抱き寄せて、スバルの名を呼ぶエミリアが身じろぎする。たぶん、腕の中で位置を変え、自分が下敷きになるつもりの動きだ。

それでは、助ける側と助けられる側があべこべなのに、困ったことだった。

エミリアも、他のみんなも、本当にどうかしている。でも、悲しいかな。エミリアのその思いやりも、この状況では残念ながら役には立たない。

地面に背中を向け、落ちていく先が見えていないエミリアにはわかるまい。

スバルたちが落ちるのは、硬い塔の床ではなく、投げ出された挙句の砂地でもなく、この塔を包み込み、あらゆる全てを終へ導く、漆黒の影の中なのだから。

「――――」

抗いようがない。二人はこのまま、抱き合いながら影に呑まれ、終わりだ。

――だが、終わりではない。これが、ここからが、きっと始まりになる。

一度は始めたことを、今一度、ここで、新たに、終わりから、始める。

そのための約束を、交わそう。

ここで、この世界で、エミリアと交わした言葉を、本物にする。

救われたこと、救いたいと願ったこと。

全部抱えて、この終わりから始めよう。燻っていた時間は、おしまいだ。

呪いのような執着、いいじゃないか。望むところだ。

――ナツキ・スバルに、愛される資格があるかはわからない。

――でも、エミリアに、エミリアたちに、愛される資格は確かにあるから。

「――――」

この終わる世界で、この始まりの世界で、君たちが、俺にかけてくれた言葉を、君たちが覚えていられずに、忘れてしまったとしても。

この終わる世界で、この始まりの世界で、君たちに、俺がぶつけてしまった言葉を、君たちが覚えていられずに、忘れてしまったとしても。
俺が、覚えてる。
全部、覚えてる。
今度こそ、しがみついてでも、忘れないから。何があろうと、忘れないから。
この記憶だけは、たとえ『死』んだとしても、忘れないから。

「たとえ、君が忘れても――俺が、君たちを忘れない」

――ずっと覚えていろよ、ナツキ・スバル。
影が迫り、スバルとエミリアを、漆黒が呑み込んでいく。
抱きしめる腕に力を込め、最後の最後まで、この温もりだけは失わないように。
そのまま、ナツキ・スバルは、エミリアは、影の中へ、中へ、どこまでも沈んで。
流転し、全てが失われ、何もかもがゼロになり、目論見通りに終わりがくる。
そして、何もかもがゼロになった場所で、始まるのだ。
――ナツキ・スバルを殺し、『ナツキ・スバル』を取り戻すための戦いが。

《了》

あとがき

やあ、どうも！　またしても見づらい感じで長月達平です！　鼠色猫です！

前回、久々にまともなフォントサイズのあとがきがあったと思いきや、全体的なページ配分でまごついた結果、またしてもこの状態でお目見えです。目を細めて読んでね！

そんなわけで、本編23巻、お付き合いありがとうございます。

前回のラストの展開を引き継ぎ、フレッシュなナツキ・スバルでお送りしました！　最近、ちょっと色んな苦境でタフになってきたので、この辺りで一度、気持ちをリフレッシュした感じですね。

これがホントの、『Re：ゼロから始める異世界生活』！

なんだかものすごい邪悪な感じになってしまいましたが、作者としては、読んでくれる読者のみんなが楽しんでくれるよう、常に全力全開ですよ！

つまり、スバルが苦しみ嘆くのは、作者と読者による共同作業——！


屁理屈で罪悪感を分け合ったところで紙幅の限界、恒例の謝辞へと移ります！

担当I様、今回も世の中が大変な状況下で、互いにステイホームしながらの進行、ありがとうございました。なんだかんだで数ヵ月顔を見ていませんが、次に会ったとき、前みたいに髪の毛が赤くなってないことを祈ってます！

イラストの大塚先生、今回は特にカバーイラストのレイドの迫力！　ありがとうございます。作中の背景だと映えないので、カバーではレイドさんの全盛期のイメージイラストでお届けしています。龍を下敷きのインパクトがすごい。レイド感爆発です。

デザインの草野先生、こちらもレイドの気合い入った一枚をド迫力に切り取っていただいてありがとうございます！　迫力が全てのキャラなので、これで活きました！

コミカライズ関係でも、月刊コミックアライブでは花鶏先生&相川先生の四章コミカライズと、野崎つばた先生の『剣鬼恋歌』が連載中！　そしてマンガUP！でもツカハラミノリ先生の『氷結の絆』が始まりました！　いずれも勢いと華のある筆致で物語を描いてくださっておりますので、そちらも皆様、ぜひともよろしくお願いします！

そして、MF文庫J編集部の皆様、校閲様や各書店の担当者様、営業様とたくさんの方々にお世話になっております。今後とも、何卒よろしくお願いします！

それから最後に、いつも応援してくださる読者の皆様に、最大級の感謝を。

放送延期に見舞われたテレビアニメ第二期も、いよいよ！　今度こそ！　放送目前となりました！　ステイホームの期間、一期を見直したり、書籍を読み返したり、準備万端なことと思います。その勢いと期待をぶつけてください！

では、ここから先の物語と、テレビアニメで繰り広げられる物語、どちらのリゼロも刮目してお楽しみください！　ありがとう！

また次の巻でお会いしましょう！

2020年5月《迫る期待に胸を高鳴らせながら——》

ARCHITECTURAL DESIGN
プレアデス監視塔
PLEIADES WATCHTOWER
上面図
TOP VIEW
雲
CLOUD
1
2
3
4
5
6
バルコニー
BALCONY
螺旋階段
SPIRAL STAIRCASE
地下
UNDERGROUND
塔の構造を特別に教えてあげるッス。
シャウラ先生

「本編23巻、お付き合いいただき感謝する。ここは次巻予告の場として、この作品に関する様々な情報を告知する場面なのだが――」

「オイオイ、そンな面倒な場に呼ンでくれてンじゃねぇよ、オメエ。そもそも、オレと一緒にやるとか、オメエ、痛ぇの大好きか？　勘弁しろよ、イジメたくなンだろ？」

「生憎、そのような趣味はない。以前まではともかく、今の私はあなたとは敵対関係にあると言っていい。ここは淡々と、告知をこなさせてもらおう」

「へいへい、オメエの好きにしろや。オレは仕事なンざする気はねぇからよ」

「言われるまでもない。――まず、原作情報だ。来たる七月、短編集6が発売される。今巻の続きである24巻は、九月の発売予定だ」

「オメエ、ずいぶんと生き急ぐじゃねぇか。ちったぁ緩く生きろよ。そうもいかねぇか、弱ぇ奴は！　オメエらの気持ちはわかンねぇな、ちっともよ」

「彼を弱いなどと、聞き捨てなりませんね。その先入観を覆す内容、テレビアニメの第二期の七月放送、こちらも確定しています」

「どうしたら稚魚が泳げるようになりました、って話だろ？　成長しても稚魚ってンじゃ、アニメの間は卵じゃねぇのか？　いつ生まれてくンだよ、待ってられねぇぜ」

「それ以外にも！　すでに発表されている、コンシューマーゲームの発売もあります。こちらはイラストの大塚真一郎先生が

キャラクターデザインし、原作者の長月達平先生も監修した、オリジナルの物語……タイトルは、『Ｒｅ：ゼロから始める異世界生活　偽りの王選候補』

「アニメ一期の内容からの分岐、ねえ。オメエ、王選なんてうだうだ騒いじゃいるが、誰が頭かなンてそンな大事かよ。オメエの頭はオメエについてンだろうが」

「ぐ……っ」

「原作にアニメにゲームまであって、稚魚が泳ぎ疲れて溺死しなきゃいいけどな。ま、そうなってもオメエ、オレには何の関係もねえよ。がははははは！」

「あなたが、どれだけ言葉を弄そうと……！」

「で、コミカライズの第四章、『聖域と強欲の魔女』の２巻の発売も、こいつとおンなじ六月発売なンだと。おっと、やる気なかったってのに思わず言っちまった」

「あなたは……！　いったい、何を考えておいでなのだ!?　ここでのことだけではない。『試験』の最中も、塔の中での振る舞いも！」

「オメエ、そいつがどうしても知りたいってンならよ。それこそ、オレに喋らせてみせなきゃなンねえだろうよ。できっかよ、オメエに」

「私が……私、には……」

「その様じゃ、オレから聞きたい話は聞けねえよ。オメエも、オメエじゃねえ奴も、オメエが弱いせいでどうにもならねえ。――ああ、救ねえな、オメエよ」

MF文庫J

Re:ゼロから始める異世界生活23

2020年 6月 25日 初版発行
2020年 8月 5日 再版発行

著者 長月達平

発行者 三坂泰二

発行 株式会社 KADOKAWA
〒102-8177 東京都千代田区富士見 2-13-3
0570-002-001（ナビダイヤル）
印刷 株式会社廣済堂

製本 株式会社廣済堂

Printed in Japan ISBN 978-4-04-064730-2 C0193

◇◇◇

【ファンレター、作品のご感想をお待ちしています】
〒102-0071 東京都千代田区富士見2-13-12
株式会社KADOKAWA MF文庫J編集部気付「長月達平先生」係 「大塚真一郎先生」係